百年中国记忆
系列丛书

总策划、主编
刘未鸣

副主编
唐柳成　张剑荆　段　敏

百年中国记忆·先烈经典文丛

我的少年中国

恽代英散文诗歌选

恽代英 著

中国文史出版社

图书在版编目（CIP）数据

我的少年中国：恽代英散文诗歌选 / 恽代英著 . -- 北京：中国文史
出版社，2020.11
（百年中国记忆 . 先烈经典文丛）
SBN 978-7-5205-2458-2

Ⅰ . ① 我… Ⅱ . ① 恽… Ⅲ . ① 中国文学—现代文学—作品综合集
Ⅳ . ① I216.2

中国版本图书馆 CIP 数据核字（2020）第 209613 号

责任编辑：秦千里

出版发行：中国文史出版社
社　　址：北京市海淀区西八里庄路 69 号院　邮编：100142
电　　话：010-81136606　81136602　81136603（发行部）
传　　真：010-81136655
印　　装：北京朝阳印刷厂有限责任公司
经　　销：全国新华书店
开　　本：16 开
印　　张：15.25
字　　数：190 千字
版　　次：2021 年 1 月北京第 1 版
印　　次：2021 年 1 月第 1 次印刷
定　　价：48.00 元

编者说明

恽代英（1895—1931），生于湖北武昌。中国共产党早期青年运动领导人之一。1913年考入私立武昌中华大学，1918年毕业后留校任教。1918年2月25日，原配妻子沈葆秀难产死亡。1919年在武汉参与五四运动，是武汉地区五四运动主要领导人之一。1919年10月加入少年中国学会；1920年春，专程到北京负责编辑《少年中国学会丛书》。1920年和林育英一道创办利群书社，后又创办共存社，传播新思想、新文化和马克思主义。1921年加入中国共产党。1923年任上海大学教授，同年8月被选为中国社会主义青年团中央委员、宣传部部长，创办和主编《中国青年》，它培养和影响了整整一代青年。1926年5月，到黄埔军校担任政治总教官。1927年，相继参与领导了南昌起义和广州起义。1928年底，开始主持中共宣传工作，创办《红旗》杂志。1930年5月6日，在沪东被捕，被叛徒顾顺章指认出卖。1931年4月29日被枪决于南京军人监狱。

本书收录了恽代英具有代表性的散文、书信、日记、散论和诗歌。恽代英早年追求进步，思想开放，心心念念以改造旧中国、创造少年中国为己任，饱含激情，文笔雄健，写下了大量富有启发性的优秀文章，成为深受读者喜爱的一代青年领袖和导师。特别值得一提的是，本书摘录了恽代英写给亡妻的日记，其用情之真、之深、之纯、之痴，令人耸然动容，唏嘘感叹。革命家的文字依然散发着历史的魅力，在人们心中掀起精神和情感的波澜。

目　录

散　文

日 记

散 论

诗 歌

散　文

爱澜阁自叙

　　吾前事俱详述于乙卯、丙辰两年日记。今自叙者，仅及近年之事及吾一切性习。吾之性习颇多不与人同者。首述饮食。吾幼即于食物多所好恶，所恶者太甘之物，如洋糖等，及一切酸、苦、辣之味。海菜除海带丝、江瑶柱，不以入口。小菜除豆腐及豆腐干、芹菜、韭菜，不以入口。水果等均不入口。其所以不入口之故，自己亦难言之，大抵自幼所习，偶强食之则吐出。全叔曾逼试之，固不爽也。近年习得食白菜、萝卜，甚甘之。海菜亦习得食，海参、淡菜则究不十分悦之也。喜食肉，且喜食肥肉，然常自不欲多食为累。牛肉本家中所戒，亦从未入口。羊肉以己身属羊，幼尝有令勿食者，今亦不能改此习也。凡属果物，无一事入口者，虽间于不得已时食之，意终不欲。故每为客或被招宴，恒不能举箸也。又鳖蟹等亦所不食。

　　以上述对于饮食之过去及现在也，然吾自身对于饮食之改良理想则异是。吾常服素食之说。试行之不久而辍，以吾所食素菜种类甚少也。天生万物一切平等，断无令人类以他种动物供口腹欲之理。且屠戮支解，俨然无异操刀以欺弱小之同类。亦非仁人所宜为。吾初次之试行素食，一本于少文、厥明之鼓吹，一感于某日之以箸支解鱼体，恻然悯之，故立此志。后虽作辍，心不忘也。吾意欲广习多食蔬菜，又因卫生起见，欲多食水果。然此二者皆与所嗜相背，屡欲行之，而屡不能行也。

对于衣服，吾不喜华丽，每着丽服心如有所不安。一由于不惯，一由于非心所愿也。吾尝愤世人骄侈之习，欲以己身力矫之，故衣履破而不易，敝而不舍。同学强欲以不耻恶衣与吾比，然鲜有能至终胜余者。彼不胜余者，则反讥吾之不爱整洁也。究平心自问，吾亦非能不耻恶衣者。吾对于衣服之理想，以整洁为上，若华丽则勿取。吾意将终不服绮罗。为衣，但取轻暖，适于卫生而已。彼以衣服骄人或恃衣服为生者，吾不敢与之伍也。

吾甚拙于交际，然以吾之自筹生计，定然与他人异趣，故于交际之拙，亦不以为忧。吾不愿交尊者，不愿友有富贵气人，不愿友多机诈心欲愚人以自利之人，其他则以爱众亲仁为目的。吾之理想，每欲以助人为求人相交之法。吾于同辈每不设戒心，尽所知以告人。但每有等人，稍与之深相结纳，则自以为牙期之侣，吾殊不愿承受此名。知音一语，谈何容易。我有何音受知，彼有何音见知于我，我殊不欲见此好相标榜之人，既为我窃名，更欲与我并名于世也。然尽有一无能力之人，亦腼然出此言于口者，不知世人何以轻与人许为知己如此之易也。

吾于生计，颇不似一般所称为志士者之疏忽，然吾又有吾书痴之见解。吾甚不愿效世人之奔走征逐以求升斗之食，亦不愿与人胁肩谄笑、强相交结，以自固其生，吾将完全持吾之知识之能力，以换将来生活之具。其成功固吾所望，亦吾所信。如不成功，吾亦难为五斗米折腰，为口腹以丧其志也。

吾愿富，然亦不畏贫。富必有以利世，贫必有以守身。吾每悲同辈少年之不得善教养，以浇其天性，促其生机。吾誓必救此时或将来之少年，尽吾力以辅助之。吾自信以知识能力求富，为必然可能之事，故吾信吾将来必能成吾此志也。然如万一出吾所料，生计场中决非直道可行者，吾必宁守贫安分而不妄与小人争鸡鹜之食也。所谓读书人气节沦丧久矣，吾尽心力必有以矫正之，即令天下于此浊世中，群呼我为书痴，吾亦无所憾。

吾自问于思想一方面有可赞叹之发达，古来有何人可以为比，当世有何人可以为比，吾殊不愿轻与之比也。吾尝自信于思想界可谓为发明者，且已有发明之成绩，如文明与道德之关系，人智之进化，及其他关于真理及无政府、共产等主义，多有惊人之语。在他人或不以为有何等惊人之处，无自信所言，或他人梦想不到、或从未明白知悉、或知而不能以言语形容者也。吾脑中有无数之新奇思想，作文可数年不愁无材料，且以经过事实观之，思想之日益发达有不及作为文章以告世人者。世人作文每乏思致，吾适与之相反。吾每自思，或吾之天才非人所及，古今中外无可相并者。此言未免骄妄，然吾每有此念，时一现于心中也。

吾于思想，不但知其事当然，且凡知其当然者，鲜不知其所以然，绝无常人头脑永不清楚之状态。故即为学言之，皆能自知其得力所在。此事如在困而知之之学者，原不足奇，吾固于一切学问皆未费何等力，而所以知得力所在，皆由事后反想得之。如作文一事，是其例也。吾文十三岁时即为师长赞美，然吾读文不过十余篇，能记忆者更少，能涵蕴其味者更少。吾不知吾文何由而得师长赞美也。迩年来始渐思得之。既思得之，则有困而学之之学者所不及知者，吾亦不自知吾脑力之发达何似也。

吾为文皆不预布局面，见题即直抒己意。亦不好矫作古语奇语。但偶一为之以为笑耳。吾作文振笔直书，新颖之思想自然由笔尖写出，此思想之由心至手、至笔、至纸，顷刻之间耳。于顷刻之前，吾固无此思想也。此等奇境，吾每作文即遇之，仿佛若仙助者。言谈之间亦然，每有隽语冲口而出，自讶其奇，确非所料也。

近来作文动笔辄数千言，尽日之力万言可致。吾作文仿佛言语，然自思亦不至极俗浅者。以吾不饰字句则笑吾文之俗，然吾意，彼笑吾者未必不较吾更俗，或且不成章、不成段、不成句、不成辞也。近来既好作长文，渐学预布局面。不布局面，辄至杂乱颠倒，此亦经验所得也。

吾为文向不用稿，故每有误处。然吾好将错就错，故作周折，以自圆之。自圆之究竟有效否，殊难言之。然多能令人仍觉其自然，他人阅者决不知吾此中有何等周折也。

吾非无机械心，然吾自思尚未以此害人。吾最不愿他人以机械心待我。他人以此欲取利于我，我虽阳为不知，必使彼一无利可取，虽吾愿助之处，亦一概不助之，盖使彼等以此得利，无异助长其恶性也。惟吾绝不尤而效之。吾自问每有吃小亏而一语不发之时，他人或以吾不自知或不能设法报复，但吾自信不如此也。

吾于旧友每念念不忘，自问待之之情，与旧时无殊。但书信过从每疏慵不时。他人不谅或不能无怪意，吾反躬殊无怍也。

吾言似骄而无当，然鲜有过实者。如去年考前欲获冠军，卒酬吾愿。吾今后尚欲得冠军至于卒业，非好上人，吾自以实力得之，以有为也。

吾于校中有力者恒相远，一恐彼溷吾以各种杂务，二恐于其中得无数嫌怨，殊不值也。但校中每有相须之事，辄有召余之时。余意在教师在同学必多以余与伯言同为学生有势力者，余殊不愿有此名。惟每为校中作事必尽力，他人不知，或且以余为求此名也。

余有一恶习，自小学至今未改者，即好于小事中犯学规是也。吾在龙正初等，教师每以余能而宽恕之，然以此为彭师所手责，一次在高小为徐国彬师所呵责，张宪武师所批责，然至今仍时现此弊，教师每诮笑之。

晏起晏睡之习若成于天性，无论立若干次志鲜能改之，此亦可耻之事也。每以此晏到堂时刻，吾意他日必买一警钟以救此弊。

吾既不娴交际，对人每失礼，吾颇以此为病。然亦屡改而时不免失误也，虽家庭中亦每失礼，自思殊可笑，亦无可自逭之事也。

友人自去载自叙所述者外，不可不述者，如余景陶、夏长清是。余君旧每试冠军，此时与吾等交甚浅，以吾等所知，似嫌太用心，而未必有何等实用之思想。今日与之相接，乃知大非所料，岂非吴下阿蒙耶？抑前者吾固未之知其情耶？以近所见，余君大有思想，既与余等倡自助之约，又屡倡议设学校议会事。虽不见实行，要非常人所能道也。余君纯良能自约制，吾友亦吾师也。

长青持身甚严，近世见斯人真鸡群鹤也。彼拘谨似未免太过，若妇人女子。然彼自爱之深，闲恶之严，虽自命为君子者，亦不逮万一，吾甚佩之。

去年最得意之事，即为投稿之成功。此事乃职业成功之小影也。吾初与少文谋，苦学若无成功之望。今之情形去成功不远，吾考试冠军，不须学费，加以屡次投稿所得，颇足购学用书之半。自今以后，吾更思完全自立，除吃饭外，均不以累家庭，事难做到，然必勉为之也。子强弟近亦有自立之志，即葆秀亦每以自立为言，吾必竭力助之，以期一二成功也。

学校考试，被试者每有看夹带等弊。吾在北堂每试以交首卷名。吾缮写极快而不须稿。知者，直书不假思索。不知者，妄设一答，亦不甚舞弊也。吾此时每为亚安作答题，吾爱之，故不惜枉道以为之。然吾交卷之神速如故，诸师监堂者，每伫立吾侧，吾卷立就，以此皆信吾不舞弊，不知看书等事。吾初非不间一为之也，特为之之时甚少耳。汉西先生言，北堂考试不看书者，惟吾与修已。吾念此言重辱先生之明，不敢自暴。自入中华几为同人所引诱矣，赖少文、卓然自立为全堂惟一之不看书人，故感而仍复不看书之旧，亦以恐汉西先生之消责也。吾自是后立志坚定，且深信不看书而列前茅，绝不为难，吾深信此义，悍然行之，果有成功。吾自喜有此决见，又有此成效也。

吾于革命前即投杂稿于中西报，革命后投稿群报，有时事小言颇长，恐稿今佚矣。又投稿消闲录中华民国公报，有雅斋谜语颇长，此时中颇投稿论文于各报，均不售。后投《义务论》于《东方》，为投稿之一新纪元。

吾善笑，不知从何时起。盖自与一般少年名士周旋，已为人知有笑癖矣，中华同人呼我为 Laughter。飞生亦善笑，不逮余。民樵、潜生更不及矣。

吾好与小儿游，好自己留存小儿状态。在河口时，忆父亲大人言，吾有孩气，吾固不自讳也。在中华，飞生等呼为 Youngster，亦即此意。

选自恽代英 1917 年日记

向　上

　　我们无论怎样的人，若是被人家说是一个无长进的，我们一定是很发气。这为什么发气呢？你若不是说一个人是应该有长进的，你便是自己承认你是没有长进，你便是自己承认你发气是无理由。

　　你若是说你是应该有长进的，你是如何的有长进呢？你自问今年比去年长进是在那里？明年比今年又预想要怎样的长进？我看你若是肯想的，你一定要自己觉得，以前不见得有何等长进，以后的长进预想亦不能有多少。究竟你本是这样只能有小小长进的人，或者还原是无长进的呢，或是你自己不求长进？

　　你若是能够长进，而自己不求长进，你岂不是自暴自弃糟踏了造物给你的天资；你若是没有能长进的天资，你一定是自己很可惜。现在你有了这天资自己又糟蹋了，你自己不可惜，倒叫人家替你可惜呢！

　　你不愿意人家说你是无长进的，但是你时时刻刻，又无异自己承认你是无长进。你不是说你德行是没法赶得别人么？你不是说你学问是没法赶得别人么？你不是说你才干是没法赶得别人么？说起一般圣贤豪杰，你若说赶不得他，无论你这话对与不对，总还算可以原谅。现在便是你的父兄，你的姻戚，你亦说赶不得他，甚至你的朋友，你的同学，你亦说赶不得他；总而言之，只要比你强一点的人，你总是承认你赶不得他。山虽高，没有爬不上的；路虽远，没有走不到的。你若不是全无长进的人，你自己想，怎么应该说这种话！

究竟你总说你赶不得别个，是怎样的心理？你以为别个原来都是天生比你天资高些的么？你有甚么凭据晓得人家比你天资高？他爬就爬上了，你不爬自然赶不得他，怎的说他天生比你会爬些呢？他走就走到了，你不走自然赶不得他，怎的说他天生比你会走些呢？我说这些话，你一定有些不服，你要说实在人家是比你会走会爬些，你虽然有时亦同他们爬一回走一回，你总是赶不得他。但是我告诉你，你以为他是实在会走会爬些么？他常爬，所以比你像会爬些；他常走，所以比你像会走些。少说些比方话罢，他常用心，所以脑筋像灵活些；他常做事，所以手腕像敏捷些。这灵活敏捷，断乎不是天生的。你用心，脑筋还是一样灵活；你做事，手腕还是一样敏捷。你能比他还肯用心，恐怕脑筋还要比他灵活，你能比他还肯做事，恐怕手腕还要比他敏捷，你为甚么便自己服了输，便说你赶不得人家呢？人和禽兽有怎样的分别，最大的一桩分别，便是人是向上的，便是说人是有长进的。蜘蛛从古便会结网，到了现在，还是结他从古所结的网。蜂子从古便会做窠，到了现在还是做他从古所做的窠。如若人是没有长进，何以一个时代的文明，比前一个时代总是不同，不比蜘蛛蜂子那样呢？你若是没有长进，你便是有些聪明智慧，亦只好比蜘蛛蜂子。咳！你是一个人，怎的只比得上这些小虫，你便以为够了呢！

你若是不愿意做一个无长进的人，告诉你罢，你莫说你穷，古时穷得很的人，一个样可以做大事；你莫说你年纪大，古时年纪大的人，一个样可以进德业。古人说："人人都可以为尧舜。"又俗话说："有志不在年高。"在我们没有盖棺材板以前，谁能限制我们的事功德业？有胆子的，向前走罢！有力量的，向前走罢！没有人挡拦你，你不肯向前走，岂不是你痴騃么？

你不是说天下好人越发少了，天下的好事情，越发没有人做了么？你不要只晓得愁眉叹气，恐怕正是没有人做，所以留这些德业事功给你呢！以前外国有个亚力山大大王，怕他老子把天下事功做完了，他没有事功做。现在你们有这些事功在你们前头，由你们做，你们怎么不做呢？

我们中国人的一个大毛病，便是嘴巴会说，实地不肯做出来。现在要求看这文的人，想一想罢，你若是愿意做一个有长进的人，做一番事功，修一种德业，出来，做罢。你莫望别个人，别个人若不做，你正好做。别个人若是真不做，你正好下力真做。做罢，莫说你没有大好事做，你拣你能做的做，你自然一天变一天的成个伟人了。你总想路是走得到的，走大步子，一年到，走小步子，亦不过二三年就能到；你若不能走大步子，又不愿走小步子，便是顶容易走到的路，一万万年亦不能到。是怎么的呢？因为你简直不走。

原载《端风》年刊第一号，1918 年 12 月 12 日

真男儿

当演说会散了的时候，自鸣钟已敲了四下，听演说的人三三五五的出了会场。一途走，一途谈论才所听的演说。听他们所谈论的，大约今天这演说员，很能雄辩滔滔。讲的我们的国家怎样的危险，我们这般国民应怎样的救国。这一席话，似乎一般人还能领解。总之演说得好，是他们一致承认的。然而这演说在他们身上生的效力，确是各有不同。现在亦不讲一般不足轻重的人，把这演说当作秋风过耳，随听随忘的。单只提一个人，他因为听了这演说以后，做了一番大事业，这便是我题目上所说的真男儿了。看官，你想这天从演说会出来的人，同是一样的耳朵，听的是一样的演说，却这让我说的真男儿一个人，得这大的益处，可见人能留心，便处处受益，处处有做大事业的机会，只怕人不留心而已。

这男儿姓甄名新，字勉痷。他在那个时候，还只十七岁，在中学里读书。他向来勤学，每次考试总在人家头上。只是他性情孤特，看得他一般同学醉生梦死的生活状态，觉得甚为可厌。再加还有三五个败检闲的，他十分看不过眼。所以他总觉得人海茫茫，尽是一般鬼禽兽。他把这种观念种得深了，一天一天的越觉得善人少，恶人多，渐至于不信世界上还存留着一个善人。所以人家与他谈市井猥琐的话，他固然觉得不堪入耳，便是人家与他谈道德学问，他亦是一笑置之，以为这亦不过是鹦鹉学舌罢了，谁信他当真懂得什么道德学问呢！

他今天在学堂里，十分无聊，听得有个什么演说会，是外处来的一个演说员，很负盛名的，他想同是无事，不如跟到会场去看看。但是你想他这样性格的人，便是一个负些声名的演说员，他又何曾放在眼里。可是这演说员的词锋十分利害，其中更有一段话，令甄新惊心动魄。他说：我们若以为国家是我们的，我们应该救国家，国家是一个人的力量所能救的么？你怎样讲合群，说低一点，你只知自私自利，还没有为国家尽丝毫之力，脸上一种骄吝的丑态，已经令人难堪了。说高一点，你又只知愤世嫉俗，总觉得世界上只你一个人好，你的好处，是怎样了不起呢！人家的好处，收在心里，你不晓得；摆在面上，你又不相信，动不动便唉声叹气的说：天下没有好人。像你这样好的人，天下未必便没有了。平心自问，你岂不是笑话么！我问你为什么不替社会国家做事？你便说一木怎能支大厦。你为什么不找可以协同做事的人一路做事，谁叫你用一木去支大厦呢？我想你懒惰罢了，你自己先便不愿意做。你骄傲罢了，你自己不肯折节以交天下有志之士。倘若你能把骄气惰气从根本上铲除了，切实的做去，可交的人多得很呢！可做的事多得很呢！（真是会演说的所说的话）

　　咳！这句句话似乎故意说给甄新听的，甄新这时如受了当头一棒，半天似失了知觉的一样。散会过后，低着头细细想他这几句话，自己想着从前所为的事，何曾不是骄不是惰呢！究竟骄些什么！国家的事，危急如千钧一发，又怎还容得懒惰。他想到这里，很感激这演说员把他从大梦中喝醒。你看他后来做的事业，又怎能不为他感激这演说员呢！

　　他从此以后，改变了一个人。待朋友谦恭了，做事情勤快了，（小孩子不错。）他朋友中天性有一方面优点，才能有一方面擅长，他都能一一认识出来，并加以称赞推美，居然他亦被他一般朋友所信爱。现在他精神格外畅爽了，他自己亦笑从前以世人都是鬼禽兽的荒谬可笑。若不是受这一篇演说的益处，无论他将来不能做大事业，便这畅爽的精神，亦得不到了。

他在学校里是个很出色的学生，所以他的亲戚都是很看得起他。现在只讲他有一个亲戚，是在邻县居住，家中原是仕宦后裔，所以亦有一等家产。这家的家主姓名叫作向原，在那里是一个很有声名的绅士。有一年夏天，听得甄新放了暑假，便邀他到自己屋里来歇暑。甄新因为本系亲戚，便应命而至。向原得见甄新长得一表人材，气象峥嵘，言词流畅，颇觉欢喜。早晚常常要与接谈数次。只可惜所谈的，论到国家社会的事情，总是格格不入。在甄新的意思，颇羡慕向原有这好的凭借，正好为社会做事，向原总以此为孩儿之见。向原总想他不是一定不愿替社会做事，但只虽有些家产，似乎总只才够日用，虽有些闲暇功夫与力量，但亦总是被杂务纠缠住了。实在就甄新想向原那里是没有多的钱，他赌博有钱，接客吃酒席有钱，施给僧道有钱，里面的妇女烧香拜菩萨有钱，再不然同是一样吃饭，佳餚美馔平白的多花了十几串钱原有钱，同是一样穿衣，斗靡增华的多花了几十块钱则有钱，只要在这些花费的钱中间，简省一二项，便要造福社会不少（小孩子说话不错）。再一说向原的时候力量，那一件不是可以为社会做事呢？他早晨老晏的起床，谈闲话去了几点钟，无谓的应酬去了几点钟，剩下的时候，看小说、打牌、吃酒，倒反弄得一天忙得不可开交，究竟有何益处于人于己？只是可惜向原虽是他的亲戚，这些话可是不好太说很了，只好暗中为向原可惜罢了！

向原有两个儿子，亦有十几岁了，只是没有受什么好教育，且沾染上了社会上许多恶习惯。甄新觉得很为向家的前途担忧，但向原还是莫名其妙，时时还要夸奖他两个儿子漂亮，将来一定很有启发。甄新有时亦同他们论起少年之教育，是怎样应该预备切实的生活技能。向原父子何曾不晓得这个道理，只是总不肯过细想一想。而且觉得一般少年人亦却是如此昏昏的过日子，便以为我们又何必定与我们不同。咳！你想这种心理，不是说人家都走死路子，我们何必定寻什么活路，这亦是一种什么天经地义的理由么？

一转瞬间，甄新的学校又开学了，甄新辞了向原向学里去。自此昼夜攻读，闲暇的时候，常常与同学中有志的人谈论关于道德学问的一些事体。倒也志同道合，什为有味。现在且将闲话少讲，时光易过，不觉甄新已在中学毕业了。毕业之时，甄新居然考一个甲等第一名（小孩子读书不错）。却是论到升学一层，甄新家中甚为寒素，颇有说不到这里的光景。毕业之后，他的同学，三三五五，有的约他到上海考交通部专门学校，有的约他考北京清华学校，有的又说北京大学是全国学校的巨擘，有的又说南京高等师范是新教育思潮的前驱，甄新亦觉得应该出外省学几年，且开开自己眼界。但谈到自己的家景，只好自笑这是梦想罢了（向原何在，何不助把力）。甄新既然不能到外省去求学，一般同学都替他惋惜。而且一般教员亦替他惋惜。看官我想你们亦未必不替他惋惜呢？却是有价值的人，总是有价值。因为甄新平日品行学问都很见信于人，所以他的一般教员朋友平日常常推奖他，外人因此亦略晓得他这一个人。居然毕业了不到一个月，就有个办小学的，因为他用的些教员，总是才能欠缺，不能教来学的人受益，再加以有的癖气乖张，又有的性情懒惰，所以他久已不甚满意这一般人。有一天他到甄新的教员家中坐，那教员对他讲甄新不能升学，甚为可惜，他听了这话，心中触动了他那改良小学的心思，便托这教员向甄新致意，要聘他做教员。这教员听了，自然十分高兴，即遣人将甄新召来见他，甄新听得是教育上的事情，便一口应允了。从此甄新做了小学教员。我不是说以前的那些教员癖气乖张性情懒惰么，自古道薰莸不可同器，他们看见甄新另是一种人，你道他们如何容得。幸亏甄新品行性质，温文谦和，总把以前的一般教员当作老前辈看待，他们的行为，有好些不合于教育界旳，甄新何曾不晓得，只是他知道现在既没有比他们好的人，你便把他们推翻了，接他们的后手的，总还不过像他们一般的人，何况不容易说推翻他们的话呢。所以甄新对于他们，总只至多可怜他们不懂大道理罢了，却不肯存厌弃他们的心。一方面自己总是勉力尽个人的责任，教导这一般小学生，那般教员有时亦似不愿他一个人勤勤恳恳，把他们比坏了，所以亦要引他去吃酒打牌。只是他总是推说有事，不肯答应，他们亦把他没有法子。起初虽然有些教员看见他别的事都殷勤小心，不计较他这点不随和的地方。亦有一二个教员，还想不容他。但是因为他没有什么错处可说，又加以他同事的说，他是东家相信的人，所以不敢下手，到得后来，大家索性把谋他的心下了。因为他到这里，居然把学生都长进了好些，学校的精神亦发展了，他不但勤勤恳恳做自己的事，便其余教员的事，他亦暗暗地帮助他们（小孩子做事不错）。或是课外借个名色设一个会，或是遇着休假日子，带着全校学生旅行，那些教员倒亦佩服他不怕辛苦，落得自己愉闲玩耍。实在说到辛苦一层，甄新觉得同些天真烂漫的儿童一齐玩，究竟是快乐，比疲精劳神于吃酒打牌，吃酒醉了，打牌昏了，伤了自己的身体，得罪了朋友，损失了人格的好多了呢！

　　甄新除了做事的时候以外，他每天还要读书求学，常写信给外埠进学校的朋友，告诉他们应如何互勉做一个切实而勤快的人。甄新平日本为一般同学所敬爱，所以他信上说旳话，一般朋友都很重视他。又加甄新好学不倦，每每请他这些朋友，指示进修的门径，介绍新出版有益的书报，所以这些朋友人人都信他是一个谦虚的君子，越觉得他所说的话，不容不仔细思索研究。看官，你看今天甄新可谓不惮烦劳的了罢，你想他便如此做去，究有何益？然而你看他后来，便知道他力量没有虚耗的呢？每年到暑假的时候，他的一般同学从外埠回来，他常将他们邀到学堂里来，一则叙叙别情，二则彼此交换学术上的知识。他一般同学在言谈之中，都觉甄新每年靠自修很有长进，所以他们都很惊讶佩服。而且甄新每月所赚薪水，总要拨出十几串钱买书，所以他书斋中中西图书杂然并列，便是他那一般朋友，都还趁不上他，人家怪甄新一个小学教员那得如许钱买书，甄新说只好比我每月少赚这十几串文，再不然只好比我吃酒打牌消耗了这十几串文，实在人家都是不真想求学买书，不然，那里节省不下这十几串钱呢！他一般朋友都羡慕他这种志向与毅力，亦喜欢常到他这里看看报，因此他这里居然成了他们旧同学的俱乐部了。（小孩子结交一发不错呢）。

虽然在放假的时候，甄新还是把他的学生，每日招集到学校中，叫他们温习功课，同他们采集动植物，讲述故事。他的一般朋友敬重他，又喜欢这一般天真烂漫的小学生。所以亦常常帮他的忙，把他们在外处所得的新知识，凡这般小孩子所能领受的，不惜一一传授得他们。那些小孩子在这品行高尚学问渊博头脑清洁的好社会中，居然一天一天大有长进。（甄新一小孩子耳。又引出一般好小孩子，真真不错。）

时光易过，转瞬间甄新的朋友从外埠亦渐渐的毕业回来了，除了几个还要出洋留学的以外，又有几个在外埠就了事情，此外闲着在家里的亦不少，这时间恰恰甄新的同事，有些辞职他去的，甄新便选了几个品学最优的同学，荐得学校的经理，一层因得甄新平日的信用很好，一层亦因得他的朋友平日声名素为经理所知，所以经理便答应了。（甄新是一个好教员，又引出无数好教员实实不错）。从此以后，甄新的学校，新势力一天大似一天。加之这学校的学生，毕业以后升学的时候，一切选择学校、进学校后品行学业的帮助，甄新常辗转请托可靠的朋友，代他们照拂。这些小学生因此居然个个成德达材，在各学校中都是出色的人物。他们人人都念甄先生，亦常常从甄先生书札往来（一般小孩子都能成德达材，都能记着先生，阅者诸君，从此不要把甄新当作小孩子看了）。看官，若是你们看见无论他们中间一个什么人，你们必定晓得他们前途不可限量，由此推之，你们又谁能决定甄新的前途呢？

现在我们不可不把向原那边略叙一笔，向原现在业已死了，他那两个儿子亦勉强在一个什么中学毕了业，只是他们骄惰惯了的，在学校上课的时候，无非欺饰教师的耳目，一出课堂，便呼朋引类，吃酒打牌去了。（这向家两个小孩子，何以不同他们一班小孩子，一样会读书。阅者想想，独非向原之过耶？独非向原不早听甄新之言之过耶？）他们只企望混了张中学文凭，借他父亲的庇荫，混个事干，谁知正是他们毕业的时候，他父亲得病死了。俗话说：人在人情在，现在他父亲已死，人人晓得这两个少年，是没能干而多嗜好的，谁高兴替他谋事。恰只有些少年，看见向家还略有些未花尽的财产，便来巴结他们，他们看见这些世交长辈，一个个不理会他们，反不自怨他们自己不长进，还要说英雄是有什么不得意的时候，益发嫖大赌。（不读书罢了，何苦乃尔。）他们说：古时候有个信陵君是这样的。咳，他们不读书亦罢了，读了两本书，别的都不记得，恰恰这信陵君三字记得，做他掩饰罪恶的材料。（好记心，果不错耶！）你想俗话说：坐吃山空。坐吃都要山空，还加得不安分吗？所以不到几年，向家变成精光了。（吾为向家两小孩子惜，吾更为已死之向原惜。）

看官，说什么善有善报，恶有恶报，实在这种报应是一个自然的道理。甄新的前途，做书的亦不知他是怎样，便是向原的两个儿子，做书的亦不敢断言他们是一穷到底的，只是我们看官，你把书关着想一想罢，各人的前途，是要各人自己奋斗，各人的戏，是要各人自己唱的。（紧要话，一般人奈何忘却耶！）我叙甄新的事，想起好多少年，你们那一个不可以做他做的事呢！他不过是一个中学毕业不能升学的学生，恐怕你们境遇还要比他强，只是你们怎赶不上他！我想你们不肯做罢了。路不走不到，事不做不成，谁是有志向做真男儿的，请看甄新做的事罢！谁是还没有立志向的，请看向原父子的事罢！我亦不再多说了。

原载《端风》年刊第一号，1918 年 12 月 12 日

呜呼青岛 ①

> 呜呼青岛！
>
> 呜呼山东的主权！
>
> 呜我中国未来的前途！

贪得无厌的日本人，没有一天忘记了我这地大物博的中华民国。他知道我们的同胞：

是没有人性的，

是不知耻的，

是只有五分钟爱国热心的，

是不肯为国家吃一丝一毫亏的。

所以对于中国的土地，夺了台湾，又夺大连、旅顺，现在又拼命的来夺青岛了。对于中国的主权，夺了南满的主权，又夺福建的主权，现在又拼命的来夺山东的主权了。国一天不亡，我们一天不做奴隶，日本人总不能餍足；我受日本人欺侮，还要把日本人当祖宗看待的人，我不责你是黄帝不肖的子孙，我看你有一天打入十八重地狱，任你宛转呼号，没有人理你，像朝鲜人一样。你若是有人性，我请你：

---

① 恽代英在五卅运动期间，1919年5月17日所作的传单，当时曾在武汉街头散发。

莫买日本货，亦莫卖日本货，把日本商业来往排斥个永远干净；

莫伺候日本人，问日本人要饭吃，是有血性的，饿死了亦罢，为什么甘心做奴隶！

多看看报纸，亦晓得外埠有人性的同胞，做些什么，好学个榜样。

你若是怕为国家吃一丝一毫亏，这可被日本人猜透了。咳！未必你真是无人性不知耻的国民吗？

选自恽代英 1919 年日记

致胡适 ①

适之先生：

奉谕慰甚。现想已到北京。明知先生此时必忙碌异常，但萧鸿举君求学情殷，连日探询消息，有如狂痴，不能不恳先生拨冗向俭学会一询问。该会借款法，载在章程上，大约只重在担保一层。代英愿为萧君完全担保。再请先生为代英向俭学会作一恳挚的转达。并望速赐答复为盼。

新声已遵转该社寄呈先生一份。此种出版物在此间毁誉参半。好在该社人品性尚有可信，故同学视之尚觉有些价值。先生介绍之语，业经看过，外埠因此颇有向该社索阅新声者，可为该社幸，亦可为新潮流之传播幸也。代英之于新声，愿任阅定稿件之事，只求不与旧势力直接冲突太甚，以免激起过大之反响。因代英等同时尚须注意校务之进行，有不能不委曲求全者在也。

新教育社所寄学生联合大意已收到。此间与同学业已谋有端绪，现武汉中学以上男女各校几完全结合。想先生在报端可以见其一二。但吾国人于群众生活，素少研究，而代英又只好暗中与以助力，欲求永远切实之结合，殊无把握。现北京法专与清华已有代表来校，谋联合全国学生正在进行。

---

① 此信写于 1919 年 5 月 19 日。

北京学界竟闹成如此现象，殊为中国前途痛心。蔡先生如可回北京，似宜力劝为国家为人类勉为其难。先生自身作何计画？倘蔡先生与先生决不可留，亦请迁地仍以讲学为事，如此可直接裨益后生，比闭户著书之生活有益多矣。

代英每疑与旧势力不必过于直接作敌。一则所谓新人物不尽有完全之新修养，故旧势力即完全推倒，新人物仍无起而代之之能力。一则若用稍委曲之方法，旧势力既不生反感，虽全盘与之推翻，亦不知觉。一如以孔子之道治自命为孔子之徒，比用直接之方法，成效远优。代英尝谓朝三暮四，朝四暮三，虽同是一样，然以此欺世人，极为有效。譬如恋爱自由，闻者必诧为妖言。然若与言结婚自由，则自命为时髦者，不肯反对。再与言离婚自由，则头脑略清者，亦易懂解。实则自由结婚加自由离婚，去恋爱自由不远矣。代英即用此法以立说，颇觉有收效处。再劝人互助，此亦无人反对之事，且去其自私与懒惰之恶习。彼于大同学说，及新人生观，自另有一番领会之能力。此则新声社诸君及代英自身所觉亲受之益也。未知假定此番新旧大决战后，设为旧势力战胜，上述方法，先生以为可供吾党之采取否？

恽代英　上

复吉珊[①]

"做人"无所谓学问智识之别，望足下努力，固可以求益于代英，亦令代英以及足下其他之朋友，常能求益于足下也。

人间之苦，看得似乎极多，究竟有何苦可言，苦乐都由心造。生老病死惨痛之事，都人生所应有。我们只尽力为人类扫除干净，我辈借此事心有所托，情有所发，血有洒地，力有尽地，亦自然忘自身的痛苦，且能愉快奋发，病痛亦减少。代英自身是个证据。领袖非引导人，乃以协商及妥当之法，使一群人自然从我。

演讲之无结果，实在不必灰心。此等人本无真修养，又无真才能，又无真见识，所讲总是千篇一律，笼统含混而实空洞无物的道德话，故至于此。最要者，自身及有志朋友养成高尚纯洁的平民精神，勤劳服役的习惯。对于时事，养成有系统的知识；对于人生及社会问题，养成明确的见解；对于品性，养成坚忍而不移易的节操。演讲以传播时事为佳，盖说者易为言，听者易于不忘而传述也。

凡事业以方法错了而失败者，改方法再做。如此事已完全失败，改一事再做。总不要坐着失望，坐着嗟叹，自己短了自信力同兴趣（参观六月二十二日一则）。

[①] 吉珊即卢吉珊，又名陆沉，湖北黄冈人，时为中华大学附中八班学生，互助社社员。

事业为之不得其法，只因平素为事时少，无练习，故不纯熟。由此更可知平日活动要紧。

教育应注意由爱、由信生敬。空敬不如无敬。

代英之习惯，每好计划以后半年一年之事，足下有暇亦可如此预计，则再来校时，一切进行皆胸有成竹矣。

此信写于于 1919 年 7 月 4 日

致子孚 ①

你已经就了业，得一个归宿，听了很觉喜欢。你眼前同时是有两件大事：一练习能力，一发展怀抱。我愿你莫把练习能力看轻了。因为你以前是学生，以前是书本上得的知识，脑筋中得的想像，都不能算小学教育的切实能力。现在有这个机会，从小学教育中练习小学教育，这正是你需要的机会。所以，你切莫只把他当"学成致用"的时机，实在这还是你工场实习的受教育时间。老工匠的知识，常常不合于科学原理，然而我们不能不低声下气，从他们学习些实际上的功课。而且，我们想把科学原理应用到实际上去，不可不（一）懂透实际的状况，（二）与老工匠联络，（三）看机会的，（四）勇猛改进他，——看机会是一件要紧事，勇猛又是一件要紧事。不然，卤莽的改进必至失败。

我们个人的失败便是文化的不幸。以我做事的经验，每每在做事中间发生疑问，说"我是完全为饭碗来的吗"？大抵这种疑问总是在不能达到自己理想时发生。我几次想辞职，但是我不敢。有好多时间我完全是忍辱含垢的向前做，只觉得我这事业是善势力的基础，黄金世界的第一步，三百个同学休戚所关。以我所晓得的，景陶同我一样想，一样做，或者他含忍的还比我分量重些。我们不应该这样做么？

---

① 子孚即胡业裕，湖北黄陂县人，时为中华大学附中第三班学生，互助社社员。

你今天的地位同事业正同我们有些仿佛，我想你一定亦要发生这样疑问。你亦预备忍辱含垢，为你面前的小兄弟们向前做么？我们毕竟应该知道这是辱是垢，因为我们迟早总是要奋斗出去，决不能苟安于这中间。但是，我们毕竟应该知道要含要忍，因为我们不应该降服，也不应临阵脱逃，惟一我们能做的是暂时含忍，觑着个机会打出去。含忍与苟安有什么分别？我们应该怎样慎重？又应该怎样勇猛？这是你应该自已研究的。总而言之，你上了战场了，你应该研究怎样做一个胜利的战将。

孔丘的教训，我想你最好不要显明的反抗他，只不提倡他便可得了。这些过于重看的地方，不是一刻说得清楚的。我想你不要凭一时的感情同他肉薄〔搏〕的格斗。若有时用得着你同他鞠躬，甚至于跪叩，我盼望你看在你那般小兄弟的面上，勉强的照着做，——同你在这里勉强上课一样。对于孔丘的人格同教训，亦似乎与我的见解与你的微微不同，盼望有机会详细讨论。但是无论你能否略略修改你的意见，你总不要同他肉薄〔搏〕格斗，因为那多半是失败的道子。你所应该做的，告诉那般小兄弟，孔子不是宗教家，孔子的话有些（莫说完全）不宜于今日，同时你再鼓吹平民精神，提倡无常师主义（背面便打破了独尊一教精神），自然他们不得误入歧途了。

（这封信是为子孚初次就职写的。内中意义，差不多初就职的人都可研究。我对孔子人格问题，一月十七、八日日记说了。孔子的教训，亦于四月二十七、八日批评了几句）。

此信写于 1919 年 8 月 29 日

致王光祈信

接着我的朋友刘养初①君的信，同他寄来少年中国学会会务报告四册，又学会规约一纸。他告诉我，他已经入了会，并劝我亦入会。还说，他已把我同我们的朋友魏希葛（君薯）介绍于你。我读了他的信，又细看会务报告同规约，我觉得很感动。以我平日所知道，你们中间很是有能实际为社会做事的人，而且，我看你们的会员通讯，亦觉得真是充满了新中国的新精神。假如我配得上做你们的朋友，我实在诚心的愿做一个会员。

你们的信条——奋斗、实践、坚忍、俭朴——已经是我两三年来的信条了。我对于这信条实践的经过，刘养初君有好多事可以告诉你。我自知我有几种缺点，如晏起晏睡，不整洁，好自炫，不能守精密时刻。但是我自信很富于奋斗实践的精神同能力，我就了职业满一年，有很好的成绩，我很信这是中国同世界未来的希望。现在看了你们的事业，觉得亦是很有希望，所以愿意加入，帮助你们的进行，而且鼓励我们大家的勇气。

章太炎先生说："现在青年第二个弱点，就是妄想凭借已成势力。"这话同我平日的感想一样。我们中国已成的势力，没有一种可以靠得住。因为他们是由几千年谬误的教育学说、风俗习惯传下来

---

① 刘养初，即刘仁静。

的，你凭借他，他便利用你。所以南北军阀，新旧议员，以做官为营业的官僚同留学生，以闹场面为唯一目的的政客同学生联合会代表，以出风头为惟一主义的国粹学者同新思想家，我们只好把他们看作一丘之貉。不是说他们便没有一个可以为国家人类做一点事情的人，他们多少亦有些有用的地方，但是不能把他们做一个切实可靠的希望。惟一可靠的希望，只有清白纯洁懂得劳动同互助的少年，用委曲合宜的法子，斩钉截铁的手段，向前面做去。我从前就是本这个见地，同好些朋友结好些小团体，互相监督，互相策励。自从去年从本校的学生做本校的职员，得同志的同事及同学（便是说中学部的学生）的帮助，到今天，学校中渐渐养成了一个劳动而互助的风气。我很信要做事是少不了一种势力的，我已往、现在、将来，便都是以养成一种善势力为目的。

我觉得，好多好人都不以为有养成甚么势力之必要，不知道你怎样想？但是，我以为这是错了的。养成势力同凭借势力是两件事，养成善势力同养成恶势力方法亦有些不同。中国的好人向来是独立的、保守的、消极的。这样的好人，自然用不着甚么势力，但是这种好人是没有用的。我们不是要做这样的好人。现在有些好人知道要做事，但是不知道做事要审慎，要委曲，要慎防失败。所以，他们不管甚么教做势力。这样好人亦不能于社会有甚么用处。我敢说，民国元、二年，同盟会及社会党的健全分子，差不多都是这样的好人，后来都被恶势力压服了，吞灭了。所以我想，若没有善势力，我们是不能扑灭恶势力的。自然，善势力应当用正当方法养成功，而且时时要谨慎这种势力的错用。我从前在《青年进步》上面，做了一篇《一国善势力之养成》（见去年 × 月号），自己便照所说的实践了。现在自信，多少是养了些善势力。这里同学能知道自由、平等、博爱、劳动、互助的真理，而且实践他的渐渐多了。

我想，恶势力没有经久而不失败的。我们看见的恶势力，清室、袁世凯、张勋都失败了，便段祺瑞亦失败了。几次中国的事不坏于恶势力不失败，而坏于恶势力失败的时候，没有善势力代他起来，所以仍旧被别种恶势力占住了。政界是这景象，二商学界又何曾不是这样？即如学生联合会，应该可称为新起的势力了，然而这种势力，好学生没有那胆子，所以不敢运用；没有那志愿，所以不肯运用；平日修养又多缺欠，所以亦不会运用。至于敢运用的，或者是胆大心粗的人；肯运用的、会运用的，或者是另有作用的人。总而言之，这不配称为善势力，实在并不配称做势力。我说这些话，不是我对学生联合会有甚么恶意，我亦知道，有些地方学生联合会很能为社会做事，有些会里的代表，亦很纯洁，有能力。不过就大多部分说，我可以断定说，许多地方这势力是糟了的，这便是不注意善势力的养成，好人的修养，不注意教他做顶有用人的毛病。我自信我的职业是最便于养成善势力的事业。我很信靠我同我的朋友的力量，一定可以养成更大的善势力。很信这善势力是中国各方面欢迎的，很信中国一定可以靠他们得救。我总说很信，我实在仿佛同看见了一样，仿佛同 Joan of Arc①看见法国要靠她得救一样。我很喜欢我自己现在有如此深切的信心，明确的觉悟，因为这加增了我极多的勇气同兴味。我现在在奋斗的中间，明明看见我们是一定得胜的。纵然我在得胜以前死了，我亦没一毫懊悔，因为世界究竟被善势力战胜了。

　　我很喜欢看见《新青年》《新潮》，因为他们是传播自由、平等、博爱、互助、劳动的福音的。但是我更喜欢看见你们的会务报告，因为你们是身体力行的。团结是虚心研究的朋友。从实告诉你，我信安那其主义已经七年了，我自信懂得安那其的真理，而且曾经细心的

———————————————

　　① 贞德（1412—1431），法国民族女英雄。

研究。但是，我不同不知安那其的人说安那其，因为说了除挑起辩难同惊疑以外，没有甚么好处。我信只要一个人有了自由、平等、博爱、互助、劳动的精神，他自然有日会懂得安那其的。我亦不同主张安那其的人说安那其，因为他们多半是激烈的、急进的，严格的说起来还怕是空谈的、似是而非的。所以同他们说了，除了惹些批驳同嘲骂以外，亦没有甚么好处。我信只要自己将自由、平等、博爱、劳动、互助的真理，——实践起来，勉强自己莫勉强人家，自然人家要感动的，自然社会要改变的。我的修养方针，我对人家，至少把待人的道理待我，人家对我，至多教他把待人的道理待我。因为要减少社会的反感，所以把这些真理只当做我应尽的义务，不当做我应争的权利。但是，我所以要减少社会反感的原故，依我想，是为社会做事的正法，或者不纯然由于我的胆怯。而且，我在这里没有一天敢不向前做。现在亦居然有人加我过激党的头衔，只是我无论如何总是要向前做的，总是要谨慎的向前做的。我不怕失败。但是我极不愿失败，我自信失败了不是我的不幸，是社会的不幸。

我很可惜看见许多有志的少年，多是太不怕失败了。他们或者不免骄傲，不免孤僻，不免圆滑，不免浮燥。我亦不敢说我没有那个毛病，但是我现在可以说完全改了。以我就业一年的经验，觉得幸亏改了，不然便完全在新社会还要站不住脚，若还要从旧社会打到新社会，那可第一步便要失败了。我觉得，我们少年不是主张新学说的难，能真有奋斗、改造的志愿同能力的难。刘申叔、何海鸣不都是前十年的社会主义家吗？现在那里去了？无品格的社会主义家同无品格的孔教徒是一样的不值钱。谁是有品格的呢？你们说要身体力行，这实在最不错了。阎锡山的孔子教育，有人说他是毒蛇猛兽。然而说亦是无用的，他真算能做的一个人，我们若不做，你能怪阎锡山吗？我们若肯做，你用得着怕阎锡山吗？一个阎锡山，可以抵得住一万个只知道说话的新思想家。一个身体力行的新思想家，亦可以抵得住一万个只知说话的孔教徒。事既如此，我们要胜利，只有身体力行一法。

此信写于 1919 年 9 月 9 日

致宗白华

白华：

现在我告诉你，我们最近实行的一件事业。我盼望你能在《学灯》里给点地位刊布他。因为我想看《学灯》的朋友，一定有好些有志的青年，若我们做的事，他承认有价值，可以因此激发他；他承认有要改良的地方，我们亦可以借此领他的教。

上次我曾寄了一篇《共同生活的社会服务》在《学灯》发表，我想你总该曾经入目。现在我们经了几个困难，将这个理想实现了。我们的"共同生活"，原定现时做两件事：

（一）于城市中组织一部分财产公有的新生活；

（二）创办运售各种新书报以及西书国货的商店。原定的办法：一、营业的收入，及同人他项收入的、自由捐助的，为公有的财产；二、共同生活，最初由六人组织，膳宿费用由公有的财产中支付；三、公有的财产，于上项支付外，有余款作推广事业之用。推广事业有五方面：

甲、加增共同生活及服务的人数；

乙、共同生活中音乐、体育及其他方面设备的进步，且进营乡村的新生活；

丙、关于同人衣、食、住及求学费用的完全供给，乃至完全供给同人家庭中儿童教育、老年休养的费用；

丁、进办他项生产事业，如印刷、售物、森林、畜牧之类；

戊、进办他项有益社会事业，如兴学办报之类。

我们朋友决定了这个计划，便起手进行，求他的实现，亦便同时与挫折为缘了。最初有个比较地方适宜而且门面排场些的昌明公司应许与我们联合，然而他们索租价太高，而且约定至少须租一年。我们这事是个冒险的试验，成败都无把握，而且我们并不能用全力经商，资本亦很有限，怎敢答应他这些条件。所以只好作罢。后来我们自己租屋，又因我们都是些书疯子（自然与书呆子有些相同，亦有些相异），老外行，几次都垂成而败。我们那时不禁意兴沮丧，而且又有许多别的关系，这时我们的进行，遂完全作一停顿。

我是一个很信得过"共同生活"的利益的人。我信私有制度必须彻头彻尾的打破。不但说甚么黄金世界的实现，不能不靠经济上人类的完全解放；即如眼前社会事业的发达，亦决非人自为战的办法所能奏效。而且朋友的了解，心身的愉快，亦非把私产的离间，完全逐于宇宙以外不可。因此我所以以前很盼望这事业的成功，而且预备将我就职业的收入，酌量按月拨到公共财产之中，总将这计划教眼前就实现，然而这事既屡挫折；我又因有必要的原因，将已有的职业辞掉了；所有同志的朋友亦预备都三四月间分赴京沪，预备升学。所以经费及服务的人，都比以前更无把握。我们想不如暂行中止进行的好。

后求《学灯》栏将"共同生活"宣言刊布了，许多地方的书报亦陆续寄来了，而且还有热心的少年，赐寄了赞美鼓励的信；令我们有许多愧作，不能不再起来干得试试。这一回竟被我们办成了。我们租了横街头十八号的屋，有六人住店服务，现在已开市三四日了。

我们这次所有搬运橱架书籍，一大半靠自己，我亦做了许多一生未做的劳动事业，往返夯了几次比人高的书架，抬了几次桌子，搬运了几箱书。所有同志的朋友，亦是一样。自然这些事在劳动家是个家常饭，我们却肩膊痛了，而且面上亦显然有德色，学校的仆役没有代我夯代我抬，亦还向我照例的道歉。照这看来，若不是我没有个彻底的平等精神，必然是我们本是高贵些的人类了。咳！卑鄙荒谬的潜意识！

从这以后，我们自己扫除，自己裱糊，而且自己生火做饭。论到这些事，我都比我的朋友们做得少些，而且亦更外行。不过我常把惰性当仇敌待遇，常勉强自己尽力的学得做。最有味的，莫过于做饭，这事我们的朋友亦都不大很内行，而且买的炉子、锅、甑，都不很合式，每每做了些夹生饭吃。不过我们仍然高兴，仍然天天研究，天天改良。今天轮着我做饭，几个朋友帮着我，仍然做不好，不过我倒学了几件乖了。

我们读书做事，都在楼上。亦有四个人在楼上席地而睡，因为是减省床铺钱的原故，而且与床铺一样舒服。我们轮流掌柜台及做饭。除这种服务外，每人作课大概多可一日九时，少可七时。现在诸事未定，作课不能十分这般计算，将来总可完全如此的做到。

从上午八时至十二时，下午一时至六时，晚七时至九时，是作课的时。早七时起，夜十时睡。所作的课，各人自由规定。

我仍然预备规模立定后，自己到北京求学去，别的朋友亦仍然有些预备到京沪去。只是这里店务，还有同志继续下去，亦容易继续下去。

我们现在的办法，有些与原定的不同。如服务人的伙食费，仍由各人自己每月出四串文试办。这亦是减少失败原因的一个办法。我们所营的业，原只好说是一个冒险的试验。我们经售的书报，几于完全是与新文化有关的，而且多半是武汉别家书店所不卖，或不曾卖的，所以购买的人的多少，还要看看再说。我们开市的时节，又太不当令：即是逼近阴历年底，天寒大雪，许多学校又放了寒假，我们有希望些的顾客，又多半不在这里了。所以我们好笑说，我们是实行背时主义的商店。

现在 并有远道挂号来函，询问情况，愿意加入的人，我们实在惭愧得很。这不过是一个小书店，而且亦还配不上说甚么高远的主义与理想。不过我信这究竟总是我们新生活的起点，一个平和的改造远动的起点。我祝我们成功，我祝做我们这一类的事业的成功。

还有许多可以说的话，怕你看困倦了，下回再说罢。

你能介绍些有价值的书报给我们代卖么？我们总只好先卖书，后交价，按月清帐汇款。《解放与改造》二卷一、二、三期都没有寄来。这种还得此间人的欢迎，你能设法为我们寄一二十份来么？

原载《时事新报》副刊《学灯》，1920 年 2 月 23 日

做人的第一步

比研究正确的人生观还重要些的一个问题

有许多天性纯厚的青年，有许多好学如渴的青年，他们都说他们希望做一个"人"。他们是真诚的这样希望，没有一毫虚伪欺饰。

我们希望做一个人，我们应当研究"做人的第一步是什么"？有的人说，要希望做人，须先养成一种正确的人生观。这话是对的么？我可以说，这话不对。请问你：因为你今天自信没有正确的人生观，真的遂不相信人应当做好人了么？真的遂不相信人应当做一个有益于社会的人了么？但十个人有九个都十分相信人应当这样，没有一点怀疑。然则你与有正确人生观的人，有什么分别？

你说你虽然知道人应当怎样，但是你不明白人为什么应当怎样。所以你相信你便是因为这样，终究未能成为好人。所以你相信你便是因为这样，要最先养成一种正确的人生观才好。然而你错了。你以为人明白了为什么应当做好人，他便会勇猛的去做好人么？谁不明白卷烟中间含有害人的尼枯丁，所以不应当吸；但他能因此便不吸卷烟了么？更有谁不明白鸦片是杀人的东西，所以不应当吸；但他能因此便不吸鸦片了么？我们有几多明知应做而不肯做的事情？倘若你有了正确的人生观，你明知人应当怎样，你便能怎样做么？我敢说：你如不早些养成一种实践的习惯，则正确的人生观，对于你只好帮助一点谈话、作文的材料，决不能帮助你做一个人。

有的人说，要希望做人，我们只有从今天起不做坏事。这话自然是不错的。但是你相信你便能够不做坏事了么？你一定知道许多终身不杀人不放火的人，他做的坏事，比杀人放火还利害十倍。放弃职守的官吏议员、无形中给人恶影响的父兄师友，他们做的坏事，都是无形的，或者自己亦不觉得的。你自信你绝对没有做他们那样的坏事么？一般的人，为父母妻子的生活、为衣食居处的体面，不得已要去争夺饭碗、抢劫权利，不得已要去从事奔竞、贪恋权位。他们做的坏事，都是无法的，或者自己亦不愿意的。你自信你绝对不至于做他们那样的坏事么？

我们责备人家，诮骂人家，常常是很刻薄周到的。我们能用那一样刻薄周到的办法对待自己，我们就可以看出我们做了的坏事，或将来免不了要做的坏事，还多得很。我们要做人，决不能因为我们不觉得的做了坏事，或者没有法子的做了坏事，便原谅自己。我们要做人，定要有个把握，连这些坏事都不去做才好。

所以我敢说，做人的第一步，不是去研究那玄远的甚么正确人生观，以养成高谈阔论的习惯。我们要研究今天怎样教自己做事，然后真的且永久的能不做坏人。

青年要读书，不读书，你将来没有什么可以供献社会，那便你纵然想帮助社会，亦没有什么可以拿去帮助。但是真有志的青年！你不要把读书太看重了。你要有把握你能与恶社会奋斗，你要有把握你能克服恶社会；然后你读的书，可以帮助你为人类效力。倘若你不能奋斗，或你不能克服恶社会，那便你纵然读了书，你读的书，恰只够你拿去帮一般恶魔害人，以自己混一碗饭吃。所以真有志的青年！你固然要读书，你读的书，最要能帮你奋斗，最要能帮你克服恶社会才好。所以你最要能懂得社会，最要能懂得如何是改造社会最好的方法。你能克服而改造恶社会，你才不至于会受他们的引诱或逼迫，你才能达到你做人的目的 。

自然我们同时不能不注意我们个人生活必需的各种知识与技能。自然亦有时候，因为我们在现在制度之下，有些知识与技能，虽然我们自己明知是不急要的，然而不容我们不学习他。我们应当用几多力量学那一种学科？我们应当比较多注意于那一种书籍？我们应当按照我们做人的目的，怎样去选择、去学习、去应用他？这都是我们必需讨论的问题。这些问题的切实而重要，比研究人生观还要紧十倍。

　　除了读书以外，我们还要在做事中，应用我们在书本中所学习的知识。我们还要在做事中，寻求我们在书本中所未曾学习的知识。我们知道一点，便要勉强去做。做了以后，一定会发生困难。在困难中间，我们应研究这是证明我知道的道理不正确呢？还是这原来是免不了的困难呢？我们应研究我们要怎样改变我们的行为？或者我们要怎样避免或克服这样的困难？这都是我们必需讨论的问题。这些问题的切实而重要，比研究人生观还要紧十倍。

　　我们不要只知望远不知望近。我们不要只知力学、不知力行。我们真要做人，我们应当注意做人的第一步。

　　原载《学生杂志》第 10 卷第 5 号，1923 年 5 月 5 日

怎样才是好人?

人人都说他要做好人,有些人居然已经被人家认为好人了。

学校的操行分数列甲等,而且特别的颁发过操行的奖品奖状,这不十足的证明了,他成为一个好人么?

但若把这种事证明自己是好人,终未免太可笑了。

流俗的所谓好人,只是不杀人不放火。他虽然没有大的好处,但是谦慎和平,却很不惹人家嫌怨,人家亦找不出他的大错来。

学校所谓操行好的学生,更只是不犯校规,不麻烦惹事的学生。这样,教职员便自然要觉得他驯良而可爱了。

无论有许多所谓不犯校规的学生,他在校规以外,或者教职员严格监视的范围以外,不免仍要做许多虚伪不正当的事情;便令他能完全不做这些事情,他那种盲目的,被动的服从校规与教职员,根本原谈不上甚么"道德的价值"的一类话。

校规与教职员的命令,我们应当有一番判断,然后去服从他。我们亦不一定完全是服从,若是有不合理而应当反抗的地方,我们量自己的能力,有时候亦可以反抗。即使事实上不能反抗,我们亦只是忍辱而屈服,不一定都是像乖顺的儿子一样的去服从他。

孟子说,"以顺为正者,妾妇之道也。"现在学校里最提倡这一类妾妇之道。别的职业界亦很有些这种情形。但是妾妇之道,终是妾妇之道,不能因有合于这一道,遂自命为好人。

至于流俗所谓好人，正如孔子、孟子所说的乡愿。孔子曾说"乡愿德之贼也"。我们要拿这个"贼"的言语行动，来与今日一般流俗所谓好人相比，最好请注意孟子所描写的。

孟子说，"非之无举也，刺之无刺也。同乎流俗，合乎污世。居之似忠信，行之似廉洁。众皆悦之，自以为是，而不可与入尧舜之道者，是乡愿也。"你看这几句话，活画出一个好好先生的"贼"样子来。

便是孔子不得中行而与之，亦只赞成进取的狂者，有所不为的狷者。他从来不肯饶恕那些混世虫的乡愿先生。活活的一班乡愿先生，偏要说他们是好人，他们自己亦相信是好人，大概这正是孟子所说"众皆悦之，自以为是"八个字的好注脚罢！

然则怎样才是好人呢？

第一好人是有操守的　好人不因为许多人都做坏事，他亦做坏事。好人亦不因为许多人都不做好事，他亦不做好事。好人是自动的选他应做的事情。他不是刚愎专断，但是他决不因为人家的讥笑诮骂，而无理由的改变他的行为。他看父兄师长，都只是一个人，至多是一个应当受他尊敬的人。但他决不能做他们的奴隶。他不能把他的行为，完全受他们盲目的或者谬误的支配，以丧失了他独立自主的人格。

第二好人是有作为的　好人若是没有作为，他的好有甚么用处？好人不是我们的玩具，不是我们拿来炫耀人家的装饰品。而且在今天复杂而不良的经济组织之下，一个只配做玩具、装饰品的好人，他结果终不能保持其为好人。因为他很容易的被卖，或逼到自己不能不改变节操。所以好人不是一味老实的忠厚。好人少不了有眼光，有手腕。好人能正确的应付一切的问题，然后能够保持自己的好名誉，且做得出一些好事来。

第三好人是要能为社会谋福利的　好人要有操守，但有了操守，若只做一个与世无关的独行者，这种好人要他有何用处？好人要有作为，但有了作为，若只拿去做一些损人利己的事情，这简直是一个坏人了。好人要有操守以站脚，能站脚然后能做事。好人要有作为以做事，能做事然后可以谈到为社会。好人的做事，要向着为社会谋福利的一个目标。好人的好，是说于社会有益。不于社会有益，怎样会称为好？

你愿意做好人么？做好人总要注意上面三件事。仅仅不坏的人，不能算好人。因为第一他不久要坏的。第二他这种好于社会毫无关系。

切不要把乡愿误认为好人。亦莫以为循妾妇之道，是甚么做好人的法子。要做好人，先硬起你的脊梁，多做事，多研究，多存心为社会谋福利。除了这，没有可以成好人的道理。

中国要有一万个好人，便可以得救。因为一个这样的好人，很容易引导指挥几万的庸众。

亲爱的读者！你愿意加入做一万个中间的一个好人么？

原载《中国青年》第 1 期，1923 年 10 月 20 日

救自己

在我要离开成都的时候，在一个学校同学的送别会席上，听了那个校长的演说，令我生无限的感想。要说那一位校长是我的一位好朋友，而且他的话，有一部分是因为对于我的好意才那样说的。但是我只很愿意他没有说那样的一些话，特别是他没有对一般青年说那样的一些话。我承认他的话是太不审慎，太不正确，太使一般青年迷惑了。

他说，人要为社会做事，但是亦须要保养身体。他说他的一般早死的朋友——亦是我的朋友——都是因为为社会做事，没有保养身体的原故。他主张人亦不要太贪求长命，不过总要活五十岁才好。除这以外他还说了许多话。

我因为听不过这些牵强错误的话，亦仗着我和他的交情，当面就起来驳倒了他。人不应无故戕贼自己的身体，自然是应当的。但对于自己的身体，亦只能顾惜这多。谁敢担保保养身体的人便要活五十岁？用甚么法子知道要活五十岁才好？我们为社会做事，为人做事，处处有牢狱死亡的危险，我们亦应当时时有牢狱死亡的预备。谁顾得能活五十岁不能？而且我要问，一个人纵然不为社会做事，不为人做事，便定能活到五十岁吗？半夜里起火会烧死。不防备的时候发水灾会淹死。土匪军队打仗时会被流弹所打死。甚至于坐在屋里，走在路上，屋头落一块瓦片，小孩子丢一块石头，打中了太阳窝，亦会被打死。我们不用再谈发生了传染症，或者被生番盗匪所袭击的时候，无一时一刻没有死的机会了。谁敢自信定能活到五十岁呢？

我不是说这个朋友说了几句这样的错话，便怎样的了不起；我想到全中国有许多很纯洁很有希望的青年，每天在学校里，都会常听见他们所佩服的教职员，对他们说这一类荒唐错误的话。我不能不为一般青年的思想担心，我不能不为中国的前途担心。

我决不希望教育普及。这些未成熟的，这些思想昏乱的，这些常常给学生许多大错而特错的教训的教职员，遍满了教育界；教育越普及越危险，教育越普及，中国的事越令人痛心绝望。

昨天接了一个女学校同学的一封信，他又给我一个这类的论证了。他说：

"昨天某先生向我们讲，你们走路要重，说话要迟。古人说得好，刚毅木讷近仁。爱说话便是轻薄，好运动便不庄重，便是不仁，——不仁便是禽兽。"

大家听啊！这都是主张所谓"师严道尊"的"师"说的话，这都是他们给一般青年的教训。全中国谁知道有多少青年男女，正在听受这种教训啊！

我那位朋友，是一位比较有名的人。那个女校，亦是一个比较所谓新的学校。但是都不过如此。还要说甚么"教育为立国之本"，这些白面书生，真是善于骗人家的供养呢。

我只希望现在的青年，要注意救自己，要联合起朋友来救自己。莫要以为教职员教训的，便一定有价值，教职员是常给与学生一些荒唐错误的教训的。我们要多看各方面的书，多听各方面的话，自己拿出一副眼光，来下一个判断，不要让他们欺骗了自己。

现在的教职员，除了一部分常给学生庸愚麻木的坏映像以外，有些是很活泼，然而思想还未成熟的。有些是读了几部书，然而思想很昏乱而笼统的。有些是有一点偏僻的品性，然而思想很怪诞执拗的。不要没有经过一番估量，便胡乱的相信他们。他们实在很不可靠。

有个朋友，批评一处的女学校教育，他说：

"现在学校还是这样的人——这样思想顽固的人，当教师指导青年，把青年极可宝贵的光阴教以无用之学。（他们还教女生看性理书，习静坐。）耗其精神，窒其聪明，使其养成一副笼统空泛的头脑，完全不知事理，不知人类社会的关系，结果成为社会的废人。能不说是这般先生的罪过吗？他们专教人以无当事理宽泛浮薄的文章，寻章摘句，作无谓之呻吟，为将来社会制造一般一无所知，一无所用，安坐而食之羲皇上人，误己误人，真正罪该万死。"

青年们！看人家是怎样迷惑你们，你们要力自振拔才好啊！

你们要常估量你们教职员的指导与教训。你们要不受迷惑，万不可只是无条件的信从他们。我希望你们总莫忘了"救自己"才好。

原载《中国青年》第 4 期，1923 年 11 月 10 日

八　股?

　　我闲谈得高兴的时候，有时对朋友说，若文章不管他对于人生有用没有用，只问他美不美，那便八股文也有他美的地方。我说这种话，朋友们没有不觉得好笑的。

　　自从八股文在中国害了几百年的读书人以后，一般吸受了欧洲文化的人，对于八股文深恶痛绝，以为是同包小脚、吸鸦片烟一样，是中国最大可耻的事。

　　我也并不会做八股文，不过据我所曾看见过的几篇八股文说呢，我觉得做这种文章的人，有时候也能够在这种死板板的格式中间，很自由地很富丽地发表他的意见。专从美的一方面说，也何至于没有一点价值？至于说八股文没有用，现在不是有很多人说文学本不一定要他有用的么？

　　我对于新文学的什么主义什么主义，老实地说，完全是一个外行。不过就我所知道的，新文学也并不一定要与人生有用，甚至于他虽然对于人生没有用，反转还要发生一些消极颓废的思想，终究不妨害他有他的文学上的价值。我常想可惜外国没有八股这种东西，若是将来也有什么德国人、奥国人或者南斯拉夫的人，发明了一种洋八股的文体，加上一个未来主义或者什么主义的名目，我看中国的文学杂志还要为他出专号、鼓吹一鼓吹哩。

　　我以为现在的新文学若是能激发国民的精神，使他们从事于民族独立与民主革命的运动，自然应当受一般人的尊敬；倘若这种文学终不过如八股一样无用，或者还要生些更坏的影响，我们正不必问他有什么文学上的价值，我们应当像反对八股一样地反对他。

废止了八股的文学，却这样高兴提倡洋八股的文学，已经是一件怪事；废止了八股的教育，却很普遍地很坚决地提倡洋八股的教育，这却更是一件怪事了。

什么是洋八股的教育呢？

专就中等教育说，现在一全国的中学生，每天要花很多的时间去学习英文、几何、三角，因此总计一全国，不知造成了几千几万半通不通的英文、数学学者。这种人若是不升学，若是升学不是学习数、理、工科，他们的英文、数学终究是要忘记干净，但他们从前为学习英文、数学所冤枉糟踏的时间精力，没有一个大教育家觉得可惜的。

我们为八股无用，所以废八股，现在这多的中学生学这种无用的英文、数学，果然是无可非议的事情吗？我们为八股斲丧人的性灵，所以废八股，现在一般中学生一天到黑疲精劳神于这种无用的英文、数学，使他们没有一点工夫学习做人的做公民的学问，果然是什么很满意的办法吗？我们为八股只可以做进学中举的敲门砖，没有别的用处，所以废八股。这在一般中学生学了英文、数学也仅仅只能用来应升学考试，除了升学是学数、理、工科的以外，这种敲门砖是再没有用了的；至于原来不升学的人，他本用不着敲门，却也辛辛苦苦的去谋这一块敲门砖，这种事说与八股教育有什么两样？我真莫明其妙。

有人说，我既知道升学学习数、理、工科的人必须学习英文、数学，那便这种中等教育没有什么可以反对。但是我要问，一全国的中学生，究竟有多少升学学习数、理、工科的？为了一部分要学习数、理、工科的人，却勉强全部分的中学生，去学习英文、数学，这有什么道理？

有人说，无论深造什么学问，学了英文、数学总有好处，这话自然是不错的。但是中学生果然每个人要深造什么学问么？假令他要深造什么学问，学了英文、数学自然总有好处，学了德文、法文、拉丁文、希腊文、天文学、考古学，岂不更有好处？为什么不一古脑儿都勉强中学生去学习呢？还有一层，不学英文、数学便无论造什么学问都不可能么？

我以为要升学或要深造的人，若是需要英文、数学，尽可以在中学毕业以后，用短的期限去补习这种学问。我们要让中学生多有些时间精力去学习读书、写字、算帐的必要技术，自然科学的常识以及历史、地理、政治、经济的大概。中等教育应该是养成健全的公民的教育。现在的中学毕业生，仅学了些半通不通的英文、数学，他对于一个人与一个公民所需要的常识，仍是全然无有，我真不知道这比八股教育有什么好处？

我们尤其要大声疾呼地排斥国人对于英文的迷信。现在教育部的章程，在中学里教授英文的时间比一切的课程都多；一般教育家总说英文、数学、国文是主要科目。有许多地方的中学生，一生用不着与外国人说话、通信，也没有读外国书的时候，却花了许多精力去对付这种科目。一个学生纵然各种科学都好，若是英文、数学学不上人家，或者仅仅是英文学不上人家，就会被人家看成无大造就的一个人，有时甚至于因此要勒令退学。我真很奇怪国人何以有这种普遍的谬见。纵然在华洋交通关系最复杂的上海，也并不见得一个人不与外国人说话、通信便不能过日子，至于内地的学生，为什么这样迫切地要学英文，更令人说不出道理来。

年来教育界的先生们很热心地提倡设计教学法、道尔顿制、六三三新学制，但是可惜这大一个问题，关系全国中学生学业的一个问题，竟全然没有人理会。

我愿任中等教育的先生们起来一考虑这种问题吧！我愿受中等教育的全国青年们，起来唤醒你们的教职员一考虑这种问题吧！

原载《中国青年》第 8 期，1923 年 12 月 8 日

假期中做的事

假期到了，许多向上的青年，都要打算他们在假期中要做的事。

可惜他们的打算，不免有许多误点。因为有这些误点，他们不但不能利用假期做更有益的事情，而且他们自己所打算的，亦每每做不到。

每个假期，都有一番打算；然而每个假期中做的事情，总不及所预定的十分之一。这不是常看见的事情么。

他们的错误，是因为他们爱用假期温习学校的功课。学校的功课，向来是很勉强的被动的注入脑中的；他素来与学习的兴趣相背。在学校中，有教师、有分数种种不自然的督责，都不能使人振奋。回到家中，每天又自己勉强去学习那已经憎恶的东西，如何会不拿起本子，便昏昏欲睡呢？

还有一层，学校的功课，是已经弄得半生不熟的了。因为已经弄得半生不熟，不看书的时候，觉得甚么亦不知道；但是拿起书来，又觉得甚么都是已经都知道了的。譬如听故事总要听那素来未听过的，才会有兴味。倘若勉强自己专听那自己觉得已经知道的故事，怎样能长久继续下去呢？

自然假期中做不成事，亦还有别的原因。有的人是因为他不曾找一个清静地方，是因为他不曾找着几个可以互相观摩的同志朋友。有的人是因为他每天把学习的时间，规定太多了。有的人是因为对于外来的无可避免的妨害，混作自己的罪过，所以因而自信力薄弱，不能持续他自己的预定计划。

我建议：第一，假期中要的几个向上的朋友，找一个较僻静的地方，如乡村的庙或城市的花园里，组织假期读书会。僻静便杂事少，不致动辄妨害功课。有向上的朋友在一块，便可以互相监督；只要有一个人能持续有恒，别的人都会愧勉。再则有朋友在一块，每星期可以大家比一比学习的进步，这亦使大家奋进。

第二，学习的时间，至多不要过六小时，便令四小时三小时亦好。三小时的持续，比八小时的不持续，要多有许多成效。我们定要留出游戏时间，定要留出写信、谈话、访问朋友的时间。而且我们每逢星期日或者星期三、星期六下午，仍旧可以休息。在休息的时间，能结队作短旅行，亦很有趣味。

第三，我们会客要有一定时间。工作的时候，纵然有人偷玩，总不能许彼此互相妨害。但我们一定有时候，发生了急要事情，必须妨害功课的。若因为不可避免的事情，妨害了功课，我们不要懊恼，不要自咎自戾，亦不要去补那缺了的功课。因为那不是你的错，你不要因那损害了你学习的兴趣与自信心。

但有比以上还重要的，你切不可用假期温习你学校的功课，切不可像那样做。你要使你在假期中得一些新知识，新的就有趣味。学校中的知识太不够用，有许多急要的知识，必须你自己补习。假期中便是你最好的机会。

我劝你在假期中，可以做下述的事情：

（一）看报与杂志，你靠那把一些常听说的事情，弄一个清楚的观念。甚么是"金佛郎案"？甚么是"粤海关事件"？直系究竟有几大的势力？国民党改组现在是甚么状况？究竟联省自治是适用于中国不是？何以许多人说中国受了国际资本主义的压迫？为甚么一些人反对基督教？中国究竟为甚么负了那多的内外债？负债的数目究竟有多少？再说远一点，土耳其复兴的情形是怎样？德国赔偿问题现在怎样了？何以英国美国现在待中国比日本待中国还凶恶？英国与法国的关系怎么样？究竟俄国内部现在是甚么样子？"国际联盟"是一个甚么样的机关？这些事情，都很有趣味，而向来你们不曾弄个清楚。现在正好从这一点用力量。

（二）看近代的中国史、西洋史。注意，我专说的近代史。我说中国史从鸦片战争一直到现在；我说西洋史从美国独立或法国革命一直到现在。有好些学校，秦汉以前的历史，多半是讲过的；希腊罗马史，亦许讲过。但是因为那些历史教员的荒谬无识，他们最轻看近代史，所以近代史每略而不讲，否亦随便的混了过去。然而实际只有近代史重要。要从西洋近代史才知道民主革命的由来，资本主义与社会主义的何以发生。要从那中间才知道从前何以有英日同盟，日本何以能打败中国与俄国而吞灭朝鲜。要从那中间才知道何以前几年发生欧洲大战，何以前几年召集华盛顿会议。现在一切的世界问题，都须从那中间才找得出根源。至于中国的事，我们要明白纠缠于外人势力的现在局面，必须知道几多次战败的耻辱，与各种不利的条约；必须知道各国势力的如何逐渐澎涨，与他们彼此间的影响。我们亦要从中国近世史中，学得许多革命的烈士，为中国的前途献身的伟绩，我们亦从那中间考察北洋系的由来，及他们盗国的经过。我们要知道当代各方面的人，他们对中国曾经做的事情，以及各种事情何以闹到现在这样。这都是最切身重要的知识，决不是学点古史，专拿来作做文章讲故事之用的可比。这不定专靠一两本专书，一切有关近代历史的书，都可以看。书必须要详细才有味得益，太简略了便不合用。

（三）看中外历史上伟人的传记。最好是注意革命的伟人。再则大政治家，大社会运动家的生平，亦可以看。这只当是看小说，然而从这中间，我们可以受那些伟人的感动，使我们更勉励向上。再则从这些传记中，我们亦可以知道许多历史的事情。

（四）看小说。最好是看水浒或这几年出版的有理想的小说。我们要希望从小说上激发我们的精神，使我们为社会上被压迫的人奋斗。太滥调的小说，未免得不着益处；专谈家庭恋爱的小说，徒然引起些儿女子缠绵的幻想，最好不必寓目。

（五）倘若还有余暇的时间，亦不妨看几本历史劄记书。古代历史、四书、五经、老子、庄子、荀子、墨子等，倘有时间，亦可以选看一两种。因为看了亦可以晓得中国人常用的一些口语。但是我决不像胡适之、梁启超等劝你们研究国学。我看这些书，与看《封神榜》《西游记》《征东》、《征西》一类的书一样。自然完全不看是很可以的；但是看过一遍，亦可以懂得一些口语的意义。

除上所说的以外，我劝你们除读书以外，还要找一点有益社会的事做。你们可以在平民学校担任几点钟功课，可以在学生联合会帮他们做一点事情，可以与几个朋友调查社会状况，可以用个人谈话的法子，帮助几个朋友。我们要养成帮助社会的习惯。而且人能为社会做事，他会感觉得一种说不出来的愉快。可怜一般终生只知自私的人，他们永远尝不出这般滋味啊！

每次假期都冤枉消耗过去了，这一回再不要又冤枉消耗过去罢！

原载《中国青年》第 13 期，1924 年 1 月 12 日

士

中国一向爱说"士农工商"，到现在还有人谈什么"士气"，仿佛社会上除了一般平民以外，真有一种领袖群伦的士君子的样子。一般读书人要自己高抬身分，便利用这个"士"的头衔，以翘然示异于民众，他们还要梦想他们是"劳心"而"食于人"的治者阶级，一般民众都是应当在他们的势力支配之下的。

实在说，"士"是什么呢？我以为便是等于南洋土人中的甲必丹，是英荷人从那些土人中，挑选出来的一些俊秀聪颖的人，以用之统治其他的土人的。从来专制帝王要想谋家天下的长治久安的法子，第一件事便是牢笼读书人，使他们从民众分开，而且成为助帝王以压迫民众的人。他们从民众分开，于是民众中得不着他们的才智的帮助；他们助帝王以压迫民众，于是他们的才智反成了他们助桀为虐的利器。他们这样的地位，正与那些南洋的甲必丹帮助英荷人以压迫土人，是一个样子的。

戴季陶先生曾说，满清入关以来，他是很讲究治术的；他把中国消极的，只知有家而不知有国的一些遗传的道德观念，约为圣谕十六条；同时他又借了学宫的卧碑，教育一般读书人，以养成为他使用的治者阶级。所以他对于卧碑看得是十分严重，童生入学的时候，要跪着听教官解释卧碑，解释完毕了问是否完全了解，童生们答应完全了解了，又三跪九叩首，然后算是入学；以后有了违背卧碑的时候，教官便可以喊来打屁股。这样的"士"，其为甲必丹一类的东西，是不待言的了。然而这并不是清朝所有的特例。从前唐太宗以制艺取士，大喜的说，英雄尽入吾彀中矣。英雄都受了帝王的牢笼，于是成了一种支配平民的势力；然而不知道他们的支配平民，正是为帝王们所利用，不过是帝王们的鹰犬爪牙而已，这亦值得骄人么？

到了今天，一般读书人还找不着他们在社会上的正当的地位，还梦想"士"的尊贵，以为自己终究是比平民们高一级，这不太可笑了么？今天的读书人，应当不过是一种技术家，或者是农工业方面的技术家，或者是治理社会的技术家，他们应当认清楚社会是平民的社会，他们只是伺候服役于平民的人。他们今天不应当还自甘于为任何有力者军阀或资本家的鹰犬爪牙，不应当还自甘于为人家作支配平民的工具。"士"的地位从来是卑贱的，只有无识的鄙夫，才会把为有力者作鹰犬爪牙认为是尊贵的事；然而现在偏会仍旧有人梦想这种尊贵！

真把自己当人的读书人，再不要把自己当为什么"士"罢！我们是平民，我们是伺候服役于平民的人。我们要知道我们在社会上受的一些无理的优待，这是因为为有力者作鹰犬爪牙以威吓欺骗民众而造成功的，我们受这样的优待只是我们的耻辱。总有一天，一般平民会觉悟的：他们觉悟了他们的生产的地位是社会的根本，他们自然会知道一般读书人不过是寄生于他们而为他们役使的技术家，他们自然有一天不肯再这样非理的优待我们。我国革命的时候，曾经有一回很藐视智识阶级的；到了今天，智识阶级仍然不过只居于附属的地位。这是不足奇异的；所谓"士"本不过是这样的一种人，我们以前托庇于有力者所受的优待犹如有力者自身所受的优待一样是没有理论根据在。

让我们抛弃那种可耻辱的优待罢！我们还复到做一个平民，还复到做一个伺候服役平民的人，这是我们的本分，我们在社会上的正当的地位。我们是真有理性的人么？不要贪什么"士"的尊贵，不要说什么自己是领袖群伦的读书人，我们趁早学习怎样去伺候服役平民罢！我们不应当像那些贪鄙的有力者们一样的愚笨而顽固呢！

原载《中国青年》第 42 期，1924 年 8 月 30 日

怎样使学问与口才双方进步

我们羡慕一个有学问的人，我们亦羡慕一个有口才的雄辩家，所以我们希望学问与口才可以双方进步。

有些人说，看书可以使学问进步，然（而）有许多人拼命的看书，究于他们自己的学问没有什么补益。不要说看了书不能灵活应用的人，只好比一个书柜子，其实便想做这样一个书柜子，把所有一切看过的书都一五一十的死死记着，亦是很多人做不到的事情。我们普通的人，每是在初看某一种书的时候，还可以记得他一部分的内容；若对于这一种书看多了几本，每每越看越恍惚，始终闹不清爽。而且普通情形，每每看书的时候，看到第二页，便忘却第一页，等到一本书看完了的时候，回想起来，不知他说的是些什么。我们看见有学问的人谈起一种道理，条分缕晰的如数家珍，然而我们想专靠多看几本书便追纵他们，其结果往往是令我们失望。

我相信不看书的人，固然不会有学问；然而只是取一个被动的态度去看书，看书的时候不肯自己下一番综括整理的功夫，一定不免于越看书越糊涂的弊病。要使书中所说的能成为我的学问，总不可以书为主，而以我为主；那便是说，只有我能采用书中的材料，以自己创造对于某一问题的整个的观念，才会使书中所说的成为我的学问的一部分。怎样取书中材料以造成我的整个观念呢？最好是每看一部书或一章书以后，要用很少的文字或言语把他的内容概括的记下来，或者是就几部书或许多报章杂志中，搜集其讨论某一问题的材料，自己下一番整理功夫，简单的有条理的叙述出来。只有经过这，才能使书中各种材料，在我的脑筋中间，留一种比较深刻的映象。

自然我们要做这种事情，我们做读书笔记亦可以的；不过倘若我们用口述的方法，同时亦可练习我们演说辩论的才干。许多人不会演说，其实还不是不会演说，他们实在并且不会说话。这怎样讲呢？他们平时虽然亦常常说话，然而所说的话，是片段的，无系统的；他们从来不曾说过十分钟二十分钟以上的有系统的话；所以一遇见演说，便说不出来了。他们在演说的时候，不免呈现一些手足无措的情形，这亦是因为平时没有说有系统的话的习惯，所以演说时失了他们平日说话的自然姿势。为练习演说，先用这种口述所读各书内容的方法，以养成说有系统的话的习惯，这是最好的法子。

我亦看见很多练习演说的聚会，然而他们每每是失败的。若是请外面名人来演说罢！那只是请人家练习演说，听演说的人是不能因此而增长其演说的才干的。若是轮流派定练习演说的人自己演说罢！结果演说的人，已既无值得大家一听的材料，而言语姿势的幼稚，又徒使人生厌；所以这种事办了若干时间，每致演讲的人不愿讲，听的人不愿听，而自然瓦解冰消了下去。要使演说的练习可以持久，最好是要练习演说的人把看书的内容做演说的材料，不要一些空洞肤浅的话。

我根据上面的意思，以为我们可以在各处发起下述的事情：至多十二人为一组，每组每星期开会一次，开会时应有三人或四人作报告，每人报告时间至少十分钟，至多亦不得迁二十分钟，报告分两种，一系报告一部书或一章书的内容，一系报告一件事实或一个问题的各项材料。

上述的办法，每组人数不可过多，因为人少则不到三四星期便可以轮流报告一次。每人报告不得少过十分钟，因为时间稍长可以强迫其练习说有系统的话；但每人至多不过二十分钟，免使一次开会占时间过于长久。在这样的会中间，报告的人可以整理他读书的心得；听报告的人，亦可以听着三四个人所读书的内容。倘若每星期用一小时开这种的会，这一小时中间，每个人都得着益处。

原载《中国青年》第 72 期，1925 年 3 月 28 日

在狱中给党组织的信①

　　王作林，年三十，从前在武昌电话局做事，本年十月失业，闲住家中半年（家在武昌豹子澥）。此次偕友人林君乘太古轮来沪找事。初与林住法大马路鸿运旅馆，因太贵，搬住东新桥车夫住小客栈（三日到沪泊），每天所住客栈无定处。六日下午到韬明路惟兴里一〇二号王春（同乡，在铁工厂做事），找不着此号码。出外，遇抄靶子②，见王穿短衣，带眼镜，有水笔、手表及四十元，意似怀疑。又似欲取去此四十元。正争持间，有人搜得传单一包．遂说是王所带。实则王仅穿二短衣，无处收藏。因带至捕房，外国人遂由毒打，强迫承认。有人从旁怂恿说，可认是别人所交，并出五元，嘱为发散。王为所动，承认是旁人所交。但后来因身边无五元票，所以只得说交者嘱王拿了过街，即自来取。后外人③忽拿出收条二纸，钥匙一圈，说是王身上搜出；并说王曾拟销灭收条，更是全无其事。王亦始终不认这是他的东西。外人又加毒打，更逼说地址。说是小客栈，又打。于是只是说鸿运旅馆，但不记得号数。又被强迫，于是胡说是四十号，外

---

　　① 1930年5月6日，恽代英在上海租界被捕，次日被引渡给国民党淞沪警备司令部。他化名王作林，自称工人，成功隐瞒了真实身份。此信写于看守所，买通看守送给了党组织。

　　② 此处指在马路上遇巡捕抄身搜查。

　　③ 外人：指外国巡捕或巡官。

人又毒打，逼招共党机关。自然无法说出。遂关看守所。夜间，外人提王坐汽车去找惟兴里一〇二号及鸿运四十号，均无此号码，又遭毒打。次日，提公堂，即有司令部包探，诬王为吴淞共党领袖，要求提解。即解公安局，问过一次，王仍供如前，即解司令部。现已三天未问。王决在问时，要说明巡捕房逼供实情。王此次在捕房被打得面相都改变。此后，未受刑讯。在此无一熟识的人，但同狱颇多关照，有人送与衣被，菜饭也不成问题，外面勿须挂虑，并不要送钱物探望，以免反引起枝节。但外间有了相告之语，望于接信后至迟第三天（后天）十二点（午）与来人约定在龙华客栈交一回信来；如尚无回信，亦须派人来与他另约一时间（来人需要酒钱，可照信内给他）。

最好能将三号从武汉进口船名，开一个来；如能为找一地址、职业可查的交来。此信能在提问以前交到，更有用处（手表、水笔、钱都可以不要也）。

照此情形，大约判决不过送苏州。不过如能设法早些出狱，自然更好了。

日　记

致沈葆秀之一①

葆秀大鉴：

　　卿爱读吾书札。吾去年往庐山，曾数与卿书，卿心甚悦，岂意今日致卿以书，乃与卿幽明隔世耶！自卿弃吾以去，吾每夜不得卿入梦，窃意卿不致恝然于我如此，吾心中近来不知是何味，每日惟愿他人替我作事，又愿嬲伯文②兄弟等谈心。吾万不料卿之舍予如是之速，而前日与卿所要约之事，一切尽成虚空也。夫此五浊世界，弃去固何所惜。然卿竟不为我厮守三五年乃至十年，使我至今日嗒然茫然，无以为主，此诚非意计中事也。……

　　昔日相晤，谈时以口对口，以心印心。今日尚思此境得乎？吾今日亦不知卿已何往，吾焚此书亦未知能入卿目否？惟吾之胸臆有不能不为卿一言，卿能幸不以为烦絮，倘更能于吾梦中有以答复我，则幸甚矣。

　　吾致卿之挽联，现悬于卿灵前，未知能入目否？倘未入目，告我当抄寄一阅。伯文亦有一联，闻大姊、三妹各拟致一联。③吾已与强

---

　　① 沈葆秀为恽代英结发妻子，1915年结婚，1918年2月死于难产，年仅22岁。恽代英悲恸异常，在日记中写信四封以致哀思与怀念。

　　② 伯文即沈光辉，沈葆秀的长兄。

　　③ 大姊为沈润芝，三妹为沈葆林，又名沈振。

弟①言，彼等所拟如无大疵谬，以少点窜为妙，盖使卿得享受彼等自然之情中所发之自然之文，较高文雅典尤有价值多多也。

卿去吾而逝时，吾固完全未能预料，想亦非卿意中事，然竟不免于此。连日怅怅，吾书此时，汝所生之儿尚健在。以吾心绪不宁，故久搁笔，今续书，此时汝儿又夭。他人言汝挈彼而去，彼诚在汝侧，慰汝寂寥。吾虽不能见，心初无悔。……

卿去时，吾已跪于岳父前申明不复娶，此事在汝生前屡与汝言之。近来他人宽慰我者，其言语常为我留续娶地位。父亲大人尚未归，此事尚须经一大奋斗，然吾意已决，应终不致负卿。吾不续娶，在家庭固恐内主无人，然卿既弃予，予何从得如卿之女子？且即得此等女子，予何能忍于负卿，而另寻新好乎？予终于独身矣。家事俟四弟②娶妇了之。未独立而娶妇，固有难言之苦，吾与卿常身受之，然今既为予与卿，故使四弟受此苦，予必竭力辅助四弟，务使于必要之金钱，皆有以自给，谅卿亦不以吾此等用钱为浪费也。此次之家变，父亲大人闻之必甚郁抑，此事予必尽力安慰。……

此次为卿丧葬费，诸父③怜予及卿，故颇从丰。予知卿必不欲丧葬有过于先妣，故诸事以先妣为节。……予已与全叔④商议，予备将来合葬。全叔言，可做到。此语谅卿必甚乐闻，予等前言同死，卿固笑吾面漫，吾今日固念念于卿，然不能舍一家之众，并天下待我援手之人而就卿，惟有待天年之至以与卿同穴耳。此事全叔既经答应，想父亲大人亦必允许。予思汝钗钿衣服留之无用，且恐逐渐遗失，故予拟禀明父亲逐渐变卖，暂假以为汝丧葬费之一部分，有余或作捐款，

---

① 强弟指恽子强。
② 四弟指恽子强。
③ 诸父：伯父、叔父的统称。
④ 全叔：恽全夫。

用汝姓名捐作正当之用。予意父亲或亦先余汝知吾家庭财政状况，亦知予财政状况，自有不得不挪借卿款之苦。惟予就业后，必尽力还卿，仍以卿名义捐作公益。余更拟他日所入，仍以十分之二与卿，如卿在时。此款或作捐款，或留为将来开办葆秀大工厂之用。卿在时不曾言拟办此工厂，招收贫穷妇女学习手艺乎？予必一一本卿原意，并即以卿名作厂名，非必要不参吾股。总之，卿虽死乎，视之犹生，且必使卿有长生不朽者，在使他人言予必连及卿，言卿必连及予。卿闻予言，谅必色然喜乎？

予之视岳家，必视卿在时尤厚。仲清①兄弟苟力所及，余必提携之，予知此亦汝心所系。仲清约可望成功，彼亦有致卿挽联，文虽不甚佳，尚知感卿平日提携之德也。

予等屡言，他生作夫妇，如非必不得已，愿勿忘此语。予必葆守予之贞节，使他日无愧于汝作配偶也。

吾甚望汝能常见于梦魂之中。如能常见，如在生时，则尤善。然汝知予之志愿与欲望，汝必不忍戕害予，亦必不忍任妖鬼戕害予。予尚将普济世间一切少年，汝能阴助予，使予成功，则予名不朽，汝之名亦可以不朽矣。

吾拟寄汝像片一纸，并将汝与我结褵三年来琐事叙为一篇，投登《妇女杂志》，登后予必焚一册与汝。此后，予每逢月之十五（阴历），必致汝一函。其他之日，予将勉求不念念于汝。……

昔日戏言身后意，今朝都到眼前来。呜呼！伤矣！西神②致书，冼伯言③问我在武昌否，则卿之像片及记事定可望登录。三妹梦卿言，

---

① 仲清即沈光耀，沈葆秀之弟，沈葆英之兄，恽代英之内弟（后为内兄）。

② 西神：《妇女杂志》编辑。

③ 冼伯言：广东人，即冼震。冼伯言，恽代英在中华大学的同班同学。

赖陈嫂子之救而得生，岂幻梦耶？抑汝果复生耶？抑已投生于陈氏耶？仲清之挽联已录一纸焚化。彼财政情形卿之所知，彼惟节省杂食之费购箔一块赠卿，此亦手足之情发于自然者也。

1918 年 3 月 1 日

致沈葆秀之二

葆秀大鉴：

　　汝去我而逝已匝月矣。吾未知汝魂魄有知耶？我无汝尚能勉自排遣，汝无我又无汝所爱之弟妹，汝何以度日耶？吾昨闻全婶言，血晕之时毫无苦痛，汝幸能无苦痛而去，吾闻之亦心慰。吾无情之人，近来待汝较汝初逝时已略淡漠，汝当冷笑而置之也。惟余可以慰汝者，前与汝言合葬之事，父亲大人已经允许，不续娶之事亦可办到。现与汝卜地落驾山[①]，先妣与王氏先祖妣墓地之间，择期本月二十七日发引安葬。呜呼！吾与汝姻缘如是之短，殊令人思之不服。他生之缘，愿无忘之。父亲意欲吾稍缓纳妾，吾意汝生前一杯一箸，犹爱情不肯轻畀他人，岂以我身汝甘使他人一尝鼎耶？吾之有愧于汝，料汝英灵必能谅原。吾自今以后，惟当更求守身如玉，使此心如古井不波。吾意我若先汝而死，不知汝哀痛何如，或汝以身殉我矣。吾即不能以身殉汝，若更不能为汝守此心，守此身，他日同穴，以何面目向汝耶？吾本有独身终老之心，且吾亦以学一自立生活为乐，汝既不终天年，吾初无须人扶持，汝如有知，于汝之去我太亟，亦不必悔，更不必念我寂寥。惟有法可续他生之缘者，必力求之，此则所以惠我者深矣。此生已休，惟他生可卜耳。

――――――――――

　　① 落驾山，即珞珈山。

66

吾思汝从我两载余，初无何等乐境。吾作事过于刻板，且爱书过于爱汝，每使汝孤寂无聊，今日回忆殊有愧矣。吾原谓将来卒业，则汝之幸福渐增，岂知汝竟不待吾卒业而去乎？吾即失汝，今日所谋者，则卒业后就事，如何填补此次丧事亏空。且父亲之意，吾等能回江苏亦孤死正邱首之意。且先姚之葬，略有谬误之处，吾意就事钱稍多，则将迁先姚与汝之枢回常州。江南风景较此为佳，且从此汝更可与先姚相近，盖吾等意欲购大地一块，永为吾家墓地。呜呼！吾果有所入不与汝谋阳宅，乃谋及阴宅，吾不知汝瞑目乎？否也。

…………

前者卿问我，卿死后我将如何，今除同死一言，我一一皆践其诺矣。吾坚持不续娶，吾意汝必怜我，然亦不必怜。吾性孤介，前者幸得汝，不然欲有家庭之乐，未必能也。吾今又安得端肃聪明如汝者而妻之？且得此等人，如待遇同于汝或更优于汝，我宁死不肯为。吾惟愿汝魂魄常依附吾身体，吾将来至上海，汝仍随我至上海。我虽不见汝，我心滋慰。又汝终不能常入我梦，吾意汝魂魄或已无知，果无知亦免汝柔肠百折，珠泪千行，事亦良佳。惟恐或虽有知，强鬼挟持汝，不使汝与我相见。吾意果有鬼必有神，吾将力求修德造福，使神灵可护我，并我所爱之人。使我等痴愿必偿，向如魂魄无知，我将来亦归于此境。惟愿化灰尘后，汝之躯壳与我之躯壳更糅杂，不可辨。其中又不许他人之躯壳相糅杂，此亦无知之一乐也。吾等既合葬，此乐或可求而得之。固合葬使汝兆偏左，留其右以待我，汝喜耶？嗔耶？惟愿我将来死后能见汝来相迎，从此永远同眠干重泉之下，以雪此壳，则异室之恨，吾知汝再见我之时，或不至憾余言不顾行，事死不能如事生也。

仲清每露感汝及感余之意，其情甚真挚。吾原推爱卿之心以及彼，今已无以报卿，故尤注意彼。吾犹忆汝前年归宁后，告我汝家中仲清等之不上进，颇惓惓无以为计。人言女生外向，汝之念念母家，何曾外向？是知汝固非寻常女子也。仲清欲来与我同居，父亲、岳父俱已赞同。此既慰我寂寥，亦于仲清有益。吾将来至上海，必设法挈仲清往投考学校。吾常见仲清，常为仲清尽力，庶几稍足以自恕负汝之罪，亦使汝不更以汝家未来事为虑也。

自汝逝后，伯父、父亲、岳父俱虑余悲思过当，或致狂疾，吾当事诚抑郁不解，老天何心乃如此处我？事后追思，又觉我处置多所失当，使汝至于此。吾思死诚不足为祸，惜不得同死。更以家中诸多关系，亦不敢同死。吾既不死，又敢狂乎？吾果狂何益于汝？他人不谅，或且以为汝致我狂，则重诬汝矣。近来力求排遣之法，精神渐觉复原。呜呼！吾等不幸而运乖，遂成异世之人。我死与不死，狂与不狂，再娶与不再娶，总觉许多未安，但亦只得求比较可安者而安之。吾知汝在冥中，亦必心中转侧，不知如何为我为计。事已至此，更无善计可言。汝第任吾今日所行，不必又或有所歉然于心也。汝不必念我无子，我之不信无后为不孝之说，汝所素知。我苟立志向上，吾父乃及祖宗必不以无后责我，更不致以此怨汝，汝一切放心。汝既为吾家而死，历代祖宗必矜怜汝，其他愚拙之事，发于我之痴情，无与于汝事也。

吾已以汝临产之一切情形撰《临产之大教训》一篇，又撰《悼亡杂话》一篇未成，此二篇均不甚可意，或须改作少年失偶，汝我难堪之情，谅无大异。吾惟祝汝无知，汝果有知，或更不能善排遣如我，吾惟愿汝能宽心自寻乐趣。……

吾为汝筹葆秀大工厂事，苟天假以缘，事非难成。吾失汝，琐屑之事，顿无人为助，外间如遇得意之事，亦无可告语。吾为汝擦棺、购置点心，意欲一睹汝笑容，终不能见。前者岳母生日，吾亲携点心二包往赠，此汝屡嘱我而我不为者。今我为之，汝不及见矣。是日与姚舅舅等打牌，吾又念今年新正，终未从容与汝一游嬉，此皆吾作事过于刻板之过。吾不知如何能补此缺憾，吾惟愿常保此灵明，死后做鬼夫妻。庶几不致再有缺憾如此刻。吾自问，除一种痴情，一种向上心，并此干净身体以外，更无事可以对得住汝。汝爱吾不肯深责吾，吾以此愈不能忘汝矣。汝怀孕十月，不知所受是何滋味，中夜疼痛不能安枕，尚宁默然自己下床料理一切，知我睡眠有定时，早起不欲过晏，终不愿轻易扰吾。呜呼！吾今日思之，愈不能不恸汝，吾不知体贴汝，待汝虽不严，而酷如此，吾惟有于汝去后，本吾良心，不作一负汝之事，不然吾无以自恕矣。吾愿吾他生托身为女子，与汝为妇，亦一尝怀孕分娩之苦，以赎此生之罪。此言出于吾之赤诚，汝必能相信也。

父亲知吾拟每月致汝一函，谓如此恐遭魔祟，此父母爱子之心。余意以遵命为是。惟吾每月十五日必一计是月中为汝所作事若干，以志不忘。汝不得每月得吾书，或非汝所愿，汝能魂魄依余，则余之心即汝之心，余之身即汝之身，更不必假尺素之力而情愫始通也。家中自汝丧后，群众一辞，以迁家为宜，床空衾冷，我亦难以为怀，不如不见为净。如因汝伤我身体，汝必不安，且亦过于拂诸长者之意也。吾如卒业就业沪滨，每年至少必两度省视汝墓．在此则拟每年四次。吾已无事报汝，惟以一颗心请汝鉴纳而已。

我校中尚未开课，大约总可以敷衍毕业，四弟因料理家务，前不久始赴宁，近因宁疫甚盛，避之杭州。吾前与汝约就业沪滨，得便必游苏杭名胜，今已不可得矣。抱冰堂花又盛开，汝魂魄亦能一往游览耶！吾言有尽，而意无穷，吾亦不知将来更何时致书于汝，惟于有必要情形时，必不忘致书耳。吾自号"永鳏痴郎"，我亦痴，汝亦痴，既痴于前矣，安容不遂终身痴乎！汝以吾言为然否？

1918 年 3 月 28 日

致沈葆秀之三

葆秀赐鉴：

　　别汝百日矣。吾终日碌碌似汝在时，然心中未尝不思卿。吾无福之人，不能终有有家之乐，又荒疏愚拙，使卿不免死于非时。吾之负卿，更何以自赎哉！闻卿在冥间尚不得安，未知信否？幽明路隔，惦念无似，惟愿安心忍守，吾等心如金石，终有相见之期。吾必不负卿，此心可矢天日，卿可不必多疑。前曾致二书于卿，未知收到否，不久当更有详函来汝墓上焚致。吾魂魄常与卿相依。卿如非不可自由，终望梦寐中常相见。仲清在此与我同居，甚佳。卿家中一切如恒。余身体颇好，勿念。闻秀生果在汝侧慰汝寂寥，甚善。现焚化金银锭甚多，望卿撙节用之，将来余月有所入，则于卿生日亡日必以是为例。卿苟量入为出，庶不致匮乏，余亦稍稍安心。有人为余说媒，余颇呈不悦之色而罢。现余镌"葆秀忠仆"图章，以见志，想此后应无以此等事相扰者也。余今夏仍拟赴庐或仍须赴沪，将来就业即在此间亦未可知。惟迁葬以备合葬，乃余所视为第一大事也。不尽白。

1918 年 6 月 3 日

致沈葆秀之四

吾连日忆汝，悒悒不乐，每念汝如复生，岂不大佳。世亦非绝无复生者，何独于汝则一瞑不复视耶？汝或终疑吾非有真情者，故恝然于我，虽梦寐中亦不与我一亲颜色？然念汝之爱我至少不减于我之爱汝，岂有弃余如是之理。幽明路隔，想汝亦苦忆我或忆我当更苦也。

吾本拟作详书，但碌碌无暇。现余已毕业，因校中苦留，决在此就事，为中学教务主任并兼功课十五点，月薪约五十元。此余审慎以得之。余拟改革计划，确有可行把握，将来于我成名成功必有大益。想卿闻之必亦欣慰，惜卿今日不在余身侧也。余拟月入十分之二仍留为汝传名之用，祭祀、修墓等事尚不在内。闻汝托梦大姊示以"塗盒"二字。周扶初言，大概坟墓未安，冥财缺乏。汝墓我总决须迁葬，以便合葬。余死心塌地，死与汝同穴，必求做到，但恐迁葬在明年耳。今日为卿生日，践前言，仍担多量冥钞至墓焚化，愿领受之。将来赚钱多，九、十月间仍可再焚化一次。余拟从此地回家，即赴庐山，同行者熟人八九，较去年多照应。因时间所限，无法为长信与汝，歉仄之极！六月初十边从庐回，当再以长信来与卿也。

在此亦便照应仲清，无论如何吾必扶助仲清到底，借以报卿。卿家中之将来，吾尽力之所及，以维持之。

1918 年 7 月 2 日

民国七年日记

二月日记

二十二日　星期五

葆秀始发动，欲分娩。此后文伯、少弥、伯平、竞华先后来。岳母因招呼葆秀亦来。

二十三日　星期六

早四时半，葆秀因平卧至血上涌，口中血块出半痰盂。余急起。察佛手散可顺气顺血，急往购之。服后，始止。嗣后，因葆秀此次为沥浆生久而不下，故翻阅各书。八时延伯母来。九时许早餐时，斋兄、伯文及全叔、赞延相继至。十时余睡，约一小时。耀苍弟、子俊、竞华、仲清相继至。与仲清谈齐家事颇久。自起至下午四时，心绪不宁，中间惟阅《新青年》数篇，写致飞生一片，及招呼家务而已。第一、二、三、四、五时均作七分。六时作四分。

至夜入房，为葆秀抱腰，令安睡，屡不能睡。夜一时许，抱葆秀下地试产，仍久不能有成，又上床。葆秀言，恐彼力不能胜，问吾可否请西医时，伯母、岳母皆不敢主张。余以为尚无要紧，答谓如必要时，自请洋人。呜呼！吾记此时，葆秀已弃我而去十三日矣！吾视葆秀之命若是之轻，葆秀，葆秀，吾何颜向汝哉！

二十四日　星期日

今日，余力劝葆秀睡，并伴之睡。呜呼！此葆秀今生最后之一日，亦为与我同卧最末之一次矣！此次之睡，约得五六小时，惟皆半睡状耳。此后余就外睡，亦不知是何情形。及醒，已下午。醒而入内仍未娩。余如丧魂魄之人，初不为葆秀危，但自己宽慰，以为无事。至五时许，努阵渐急矣。然久之又无事，换一催生婆，仍不能下。余仍抱之睡，葆秀亦倦极，然稍睡则努阵渐急，至略急，催生婆等涌进，则又无努阵矣。然余仍不知惧也，痴哉！愚哉！

二十五日　星期一

此日为吾一可痛之纪念日。葆秀既数日未产，吾曾不思以彼荏弱之身，三夜不得安睡，其性命为何等危险！余夜间虽力主其安睡，然仍听他人闲言语，又劝其下地一试。

下地约一、二小时，儿产矣。胞衣未下，吾知葆秀最畏此，然亦无法。彼等使葆秀作呕（以其发置口中），又使吹烟袋，葆秀此时用全身之力，以争性命，此其状犹在目前，亦葆秀平生未受之苦也。

未几衣胞下，吾等抬至床上。彼等恐污被褥，必欲抬至灰包上。又言不可靠于我身，应靠物上。医搬动屡屡，吾不知葆秀此时心中是如何难过。彼紧闭其口，频频以手指唇。余数问，始知为索食。时张妈上床，彼犹以手挥之，盖床动彼心上更不好过也。

长者困于数夜之看护，至是皆往视所产之儿。余频欲召一人来看护葆秀，不敢作声，恐葆秀受惊。惟坐旁频嘱其勿怕，告以所产为男，以悦其意。食物既久之始得，食后尚索食，未至。而收生者言气色不好，令吾把其两脉矣。向使彼所食非稀饭，而为白蜡，必可以安其心中之难过，且手脚又不快利也。未几，葆秀晕矣。未几，谵语，问"此为何处"矣。未几，唇舌失色矣。彼等乃大惊失措，或拍力，或击葆秀颊。呜呼！葆秀遂至此一瞑而不视矣！

吾以看护事倚赖他人，至此竟无一主张，并未毅然使之闻醋。呜呼！吾误葆秀矣！吾唤之不知若干声，抚其手脉犹存，吾深信其未死，急使彼等延医。医至，为时亦缓，且用法亦初无特别，至平明时，吾亦无可为计矣。悲乎！荒唐！如我安有长享以葆秀为妇之福。吾既断送葆秀，再有负葆秀以误他人者，有死而已。吾愿来生化女子身，即以葆秀为夫而事之，亦使吾尝此生产之苦。吾此言，他人或笑吾痴，究竟他生之事，终不可知，此言仍便易话。若吾之负葆秀，则千古之恨矣。

以道士言，今日四时入殓。吾犹忆先妣入殓之一切情形。今日乃为二十二岁之葆秀，照样画一葫芦。呜呼呼！悲矣！

二十六日　星期二

阴，雨。伯父、七叔、全叔、福叔、大哥、思达、赞延、伯文来。

余夜睡甚安，无梦。岂葆秀怜吾，不忍扰吾耶？

吾此弦已断，决不复续。向如我死彼存，彼岂能复嫁？则我岂能复娶乎？且吾昔日已与葆秀不啻要约数百回矣。抑吾不复娶，原因甚杂：一吾本颇好独身生活。二吾不忍负葆秀。三吾亦无复可得如葆秀之女子者以为之妻。四如言命数，或吾因剋妻、剋子，既误葆秀，不可以复误他人。惟吾既不娶，家中似无内主，此诚可虑。吾意惟有稍缓，为子强弟完姻。未自立而有妻室，其中固多难言之苦。吾既以吾儿女之私使子强弟受此苦，必尽力以减少其苦自任也。

葆秀遗物，余意除少数留作纪念外，其余均以变卖为办法。变卖所得之款，余拟以葆秀名义充作捐款。伯文言，可暂挪作葆秀丧葬之费，计亦良得。余意俟父亲大人归后，当商请先变其首饰，次及其衣物，或可得一、二百金。此等变卖，近于任意花费，以卖价必不得原价若干分之一也。然留之既毫无所用，任其腐坏则可惜，任其遗失亦可惜，徒足以增见物思人之感。不思人，又未免过于寡情，惟吾此款，虽暂挪作丧葬之用，他日有所入，必仍逐渐归还，作为捐款也。

葆秀在日，吾虽间有厚彼之处，然终不敢忘兄弟。故先兄弟而后彼之处亦不少。吾每好以身后人。虽吾于葆秀，吾仍厚葆秀而自薄，然待人，则仍不少厚外人而薄葆秀者。如因助人，设互助社，至甚少与葆秀闲话之机会。此亦吾视规律重于妻子，爱书重于爱妻子之故。葆秀亦知余气性，不与吾较也。新年，葆秀屡欲与余掷骰子，而余固不允；又欲看竹，余亦不允；自欲卜骨牌数，不知其法，余亦无暇为检其书；又不能自玩，使彼视而娱之。吾不能体贴其情，今尚思此日得乎？

二十七日　星期三

雪。伯父、七叔、全叔、时斋、伯文、赞庭、伯母、七婶、大姑、福婶均来此。

吾挽葆秀曰：

念汝端肃聪明，豪爽似男儿，婉柔似室女。好诗书，通情理，志道德，原谓将来，黾勉同心，用全力造福社会，造福家庭。岂意汝如许年华，竟因这一块肉，舍子而去；

自此丁零寂寞，承欢失贤助，治内失良妻。思往事，睹旧容，抚遗婴，只看目前，张皇万状，更无法处置丧礼，处置庶务。回忆此三载姻缘，难禁我万行泪，怆然以悲。

伯文挽曰：姊恨怎能消，自于归以至今朝，屈指已逾三载。爷娘掌珠，爱切挂肚牵肠，只期敬戒无违，早得麟儿纾宿愿我怀长伊戚，讵分娩而沦血海，离产竟赴九泉。弟兄胞谊，情真椎心刺骨，窃幸遗留有嗣，先承祀典慰灵魂。

葆秀在日，吾等每戏言，身后之事必以同死相要约。然葆秀固疑我面欺也。葆秀每言，必先我而死。近年二人交相体谅，绝少反目之事。葆秀每言，圆满夫妻不到头，今真验矣。然葆秀与我虑产后匝月自己保养之法，及将来关于儿童教育之法，又彼所预备将来须作之事尚多，何遽中道一瞑而不视耶？

乳媪颇有需索，余意甚不平。余向不喜受人挟制，葆秀刚亢尤甚。今余一一取葆秀之旧衣裳与彼，无论葆秀之衣，多嫁时所置，布服甚少，即令有之，余亦不忍以受人挟制之故一一取出。余谓以此儿寄之岳父家中，如彼有需索，使岳母等先与交涉结果，必与之物则与之，吾亦不惜。吾以此等烦恼委之岳家，固为不情，然亦无法之事。然又岂料此儿二日后，索兴爽爽快快离此无情之父以去乎？

放大之葆秀像片已取来，甚肖。然唤之不应矣。吾每与之言，愿世世作夫妇，未知彼能不忘此言，留为他生之印证否耳？

二十八日　星期四

大雪。伯文来二次，赞庭亦然。伯父、全叔、福叔、时斋、仲清、梦铿、老姨太、大姑皆来。吾与全叔商用合葬法，及变卖葆秀遗物暂作丧葬费，全叔以为易行。伯父以为俟父亲大人回后商之。预拟明日以葆秀所遗之菜蔬即以作祭品，又拟俟四寸像拍就后寄《妇女杂志》社，并作一文，详叙其生前琐事，以写悲忱。

看地者言，先妣墓地是南北向，而今年是东西向，惟有伯初公墓地附近是东西向，从先妣墓地过去亦东西向。葆秀如不得葬先妣附近，则邻近伯初公亦佳。否则闻钵盂山有地，葬钵盂山附近先伯母亦佳。盖便省视，亦便伯文兄弟省视也。

今日心中颇觉易饿而烦，此大抵天寒之常欤。大姑令吮冰糖，法良佳。

遗婴哭声不扬，喉中作声（记此时已殇矣），约是脐风。闻腹上有青筋三条，催生林氏为艾灸之，稍愈。此儿下地即遭非常，从予房抱过父亲房中，又颇无人招呼。余初因为彼致丧葆秀，心颇不平。至闻啼声，恻然生父子之情，然已无及矣。连日伯父、伯母等每日有人在此照拂。然思此胎既怀过六月，普通以为火气大，且近数月天气太干，尤为不良之影响，葆秀之难产未始非因于此。即此儿之难育亦未始非因于此。陆筱舫长者挽葆秀曰：

> 英物甫听啼，太息母珠归合浦；
> 贤声久钦仰，可堪夫婿赋招魂。

吾欲作悼亡诗，终不能成。葆秀未嫁，私闻吾能诗。及既嫁吾，乃不能诗矣。葆秀来数日，作诗示吾，吾勉强呕心血作数诗和之。葆秀得之喜，私置之怀中，后不知何往矣。前数月，葆秀尚渴欲得余诗，余终无以应彼。今为我死矣，余仍不能成一诗以志吾哀痛。甚矣！无才之人之窘态可丑也。来生当为诗人，庶几长日与葆秀相唱和乎？

三月日记

一日　星期五

吾今日记自上月二十四日以后之日记。吾诚万不及料此五日之间家变之频，仍乃如是之甚也。吾亲爱而并命之葆秀，既因产后而仙逝，所遗之儿乃又于今日上午五时许夭折。此儿初未有名，吾私字之曰秀生。彼今日不知何往？岂随侍于其母身侧，以慰其母之寂寥耶。吾不知父亲大人归来见之何以为情，以吾之凉德致贻祸于葆秀，乃及其子，吾固知此子失母之不易养也，然则自今以后儿童教育更成虚话矣。

人言细胞不死，自此儿夭，余与葆秀之细胞遂从此死矣。然余亦不悔，在此百劫世界中，正不差我二人之细胞，我能以力改造一般人之细胞，则一般人皆我之子弟，其细胞即谓为我之细胞亦无不可。惟无复我之细胞与葆秀之细胞相混合之新细胞，如是而已。

第一次致葆秀书。

二日　星期六

今日为报首七之期。此以下之日记多七日、九日所补。今日岳父来，亦多宽慰语。以父亲大人不即归，因决定先放焰口一坛，至二十六起（回煞后）诵血湖经一藏一夜台。人言血湖经须诵一藏，始有效益。余以其止五天，约普通亦须诵三天，则其出入有限，故遂决定一藏也。

三日　星期日

今日为葆秀首七之期，不记作何事矣。伯父常在此照料，与余闲谈。余事后方知，长者诸辈皆惟恐我以伤心致狂，因长兄、三弟皆有狂疾，恐我亦有狂根也。并闻伯父嗟叹家运，至数夜失眠，云云。

不记是今日或昨日放焰口一坛。

四日　星期一

今日接父亲大人一电，言前电未到，即归。盖前电拍安陆，必误送至钟祥县署也。伯父、时斋兄等来。余长日惟阅旧小说以解闷，亦不忆尚作何事矣。

五日　星期二

□□忆今日所作何事矣。约看旧小说甚多时。伯言或子俊曾来耶，则不能确忆是否今日之事矣。

余前与葆秀言，先姒今年阴寿五十岁时，吾已就业，可放焰口一坛。岂知言犹在耳，葆秀乃亦从逝于地下耶。吾此次对于葆秀之丧，其始出于迫切之哀情，惟恐事事之不丰，至今渐觉丰于昵之不可太过。大概能如目前情形而进行，亦可以无憾矣。至先姒将来寿辰，力之所及，索更求诵经一日。此等事于幽冥中生何效力固不可知，惟使生人见之如称道先姒之有福，此亦为人子者所闻而心慰者也。呜呼！养子方知父母恩，然亦何所及乎？

六日　星期三

今日父亲大人从安陆归，伯父来。余午后至岳父家中一坐，与仲清稍谈，归，与父亲大人闲话。

余言不愿续娶。葬，求将来可以合葬。又，钗钿衣服变卖，暂作丧费。父亲皆以为可行。惟言终于独身，恐非良策。此事吾亦虑及：

（一）恐将来无人服侍，然吾自命为不须人服侍者。（二）恐男女之欲究有不能自制者。然吾于此方面颇不可以常人相例，且吾自信遏抑此欲，初无所难。既不至横决以蹈非为，其他魔力，想亦非余所畏。余将以此身一试。余言，试思使余先葆秀而死，葆秀能以不胜男女之欲为口说以改嫁乎？果尔，则吾非存卑视女子之心者。即对于纳婢等说，自无讨论，且余安能庞然以夫主自尊？如以待葆秀者待妾婢，则于葆秀为大罪人矣。又父亲谕，每月写信事不可行。余于此，愿从而改一办法。

七日　星期四

今日为葆秀回煞之日，去葆秀逝世已十日矣。余八时许起身，略阅科学读本、旧小说。与父亲大人闲话。为红十字会译英文三电。写致绍宽、聘三各一函。至伯父处谢步，并商纸扎各事。今日心绪渐定，为聘三改订英文功课，并作英文构造，大凡举例，如：kind，kindness，［仁慈的，仁慈。］ugly，ugliness，［丑恶的，丑］之类。余名之为 Partially True Grammar［部分正规语法］余意将以此示聘三、仲清，并引起彼等自己对于此等字之注意。接瞻叔一函。

子强弟言，水至冰度下四度反渐扩张体积，其理由于水至此而结晶，故中间距离空穴较大之故，此理甚透。

闻葆秀初值浆胞破时，大吃一惊，此亦误事之一。因反思当日，吾招呼铺床竟未一与彼细谈，又忘告彼无生畏心，此真天夺吾魄。此数日中，每多自慰，曾不一思以彼之弱质安能胜三日三夜之拖延？又至晕去之时，并闻醋之主张亦不能出，此可见吾等思虑不周之过，大误葆秀，亦以大自误也。

吾细思葆秀一生似有福人，虽死于产难，无不满意。然比之产后失调之缠绵床席者，比较尚优。又一生未遇丧服，死之日据道士云，日子亦甚干净。又幸诸伯叔兄弟在此，分途办理各事，当日入殓，犹得定做绸装，又棺漆后即下雨，七单不犯七，皆俗所以为有福者。且此等世界，活着亦徒增烦恼，且我又每好先他人而后自身，葆秀从而亦必吃多少之亏。此去在彼或无所憾，惟令我多感触不能忘。吾意，彼在吾等爱好正浓之时飘然而去，使我永不能忘，亦未始非彼之一福。吾惟毅然欲为彼自葆身体之贞洁，庶几更有以成其全福耳。

此次葆秀之丧，其情形固略特别，丧礼之能如此，事后思之，亦殊足为葆秀慰。即令中人之家丧其主妇，在此世界，为家计故，尚未必能求事事适意，何况吾家本量入为出，犹有不继者，而葆秀又年轻，且居子媳地位者乎？吾甚信卒业后必可赚大钱，故以为在此事上多用若干，此亏空必不难填补。而父亲大人又出于爱子之情，但求杀吾哀痛之念，免吾因此有不自爱惜之处，故亦不甚在金钱上打算。又幸父亲大人正管理银钱，可以自由挪用。得此者缘，乃能使吾对葆秀尽此最后之情而无所憾。此亦葆秀最后之福分也。

八日　星期五

今日为葆秀诵丰都血湖经一藏（五天）。开始之日，伯文、仲清相继来。偕仲清上街买书，归途至伯言处。夜作《分娩之大教训》。

仲清为人，在葆秀初来时每以为无足道，然近居然渐次进德，俨然成人矣。此事言者多推余诱掖之功。余思，此亦余自问无愧于葆秀之一事，亦未始非岳父家中之一大幸事。在葆秀亦可以稍释其忧矣。（葆秀初来，每言及其兄弟相怨相很，父母对之均忧虑不释，葆秀亦嗟叹不知为计。余之对仲清，固喜其为有心人而愿助之，然亦出于推葆秀之心，以及彼此岳父母之所恒道。岂知天之夺吾葆秀如是之速，以吾舍已耘人之一颗心一臂力，乃不能为吾亲爱之人祈年而永命乎？）葆秀在时，□吾之于仲清，中心固甚欣慰，且自己亦多方鼓励之，仲清亦甚知感也。

九日　星期六

□日诵经，夜有夜台。伯父、全叔、福叔、时斋兄、思达、思任、耀苍、思范弟、伯文、仲清、赞庭均来，又伯母、福婶、七婶、凤妹、艮妹亦至。

夜台僧众大费其力。伯母言，葆秀之丧虽先祖妣吴宜人、先伯母周孺人亦不能及。吾固知其然，吾惟发于不可已之情。父亲大人亦矜怜而许可之。吾固谓葆秀在世，吾等之家庭生活必较他人有幸福。今彼既倏然奄逝，吾乃惟能于此等不可凭之事上尽其情，悲夫！然犹幸而能于此等事上尽其情也。吾知葆秀必可以无遗憾矣。

此次丧费事毕，用费总在四百串以外，此亦重累家庭者也。惟愿毕业后，能于宁或沪可得一较优事，每月如能存储四五十元，则此亏空易填矣。

亲戚中颇有终日聚赌以为惟一之生活者。余固疑其无好结果，居然已见其端倪，并颇有以此丧其人格者。幸而子强弟此次归家，与彼等几断绝关系，不然使恶声多少波及，亦无谓极矣。

家中诸父所出之弟妹，资性多皆聪明，然竟皆不得善教，且多溺爱，他人更无法管教。余将来生活十、九不在武昌，然作万一想，如在武昌，余拟以下午设家塾，其组织大概如下：

…………

余拟处置葆秀遗物之法——

卖者：一切钗钿，一切衣服，衣箱四，床，梳头盒。

留者：柜二，饭碗四，骨筷二双，盘子若干，茶杯若干，洋烛台若干，帐，被二，褥二，卧单二，匾箱二，线簿，钟架镜。

十日　星期日

今日补记日记甚多。上街配眼镜。阅《妇女杂志》。追念葆秀生平事，一一如在眼前，不觉泪下沾襟。就葆秀言，死去安知非福。惟吾以前对于与葆秀公共之一切计画、一切希望，皆成虚空矣。父亲大人屡诏以无悔，然余于当事尚坦然无悔，至今所悔愈多，此亦无聊之想。吾诚愿世之荒疏少年，以我为切戒也。余固好独身，然因不欲负葆秀，故此意从不使葆秀知。且葆秀固足为余累（关于旅行及经济上），然余甚甘此累，初不以为苦，而反以为乐。余自信，即同葆秀旅行及生活，初无力不足之虑，岂知葆秀反弃余而去乎？葆秀果在，于事业上亦有可为吾助者，于家庭之改良尤为可以共事。吾今安从得此人哉！

前与赞庭兄戏，参死了禅，亦闷极无聊，今补记于此（三月十日）。气极恼极发昏菩萨曰：

善哉！善哉！死了，死了。死之与了，互为因原。不死不了，不了不死，一死便了，一了便死，既死既了，不死之人，如何得了？

解曰：

不死不了者，人生之事，一事未了，又起一事，如不得死，永不得了。

不了不死者，贫苦之人，衣食不给，正惟不了，永不能死。

一死便了者，生前恩情，至死为止，既死之后，一切不问。

一了便死者，才能好了，便要死了，越是会了，越是会死。

既死既了者，既死之人，一切解脱，一切不了，一刀断了。

不死之人如何得了者，既不愿死，又不能死，便只得留在世间，不得了也。

十一日　星期一

今日为岳母生日，余购物二色携往。葆秀在时，屡逢送礼，劝余携往，余畏羞不肯，故今日决为葆秀行之。余见带弟（小舫子）等，念彼亦人子，葆秀独以产子亡夭之，独薄于余若此耶？康侯舅、小舫均以欲宽余心，强使看竹。他日葆秀必在此，今彼不知何往矣。余因须跪表，故午后回，约一小时又往看竹。共负千四百余。归，觉倦，故乘车，又令余忆昔日与葆秀并车回之光景。呜呼！吾不知人果有来世否？吾之来世能与葆秀尚有此乐否？

归，取葆秀像片视之，每念若我死，不知葆秀是何状，吾意彼必殉而随我，此则所以累家庭者更远甚矣。葆秀晕时即延西医，未知是何境况，或竟治愈亦不可知之事。总之，吾之荒疏无主张，实有以误葆秀者也。

十二日　星期二

今日血湖经功成。伯言、负生来，与言葆秀事。鼻塞，略脑痛。父亲大人屡嘱宽慰休养。吾向不先妻子而后家人，且葆秀得所安矣。惟吾自于此出于意外之境遇的变迁，不能无所动于中耳。

至志成取眼镜。至一品香购物。为葆秀换果盒。自葆秀孕后，吾旬日之间，每购物归贻之。今日所携累累，仿佛仍是此光景，惟昔日窥窗而笑之人，何在乎？晚，因养病先睡。

民国八年日记

二月日记

十五日　星期六

I sacrifice(dedicate)this day to my dear wife who died（on）the same day last year after her baby was born only several minutes.（only several minutes after her baby was born.）She had not（cast）even a glance to（at）her son who cost her a dear life and cost me（my）homely happiness half my life（for the rest my life）. I remember everything from our marriage to her death. I remember her for ever. We had had a very happy home and had hoped that we would have a wise and early-cultivated（promising）son, and（a）properly（well）-ordered family. But these hopes were all brought away with her. I have（left）the（my）home to my youngest brother who is a good brother and good friend too. BURY ME WITH MY WIFE WHEN I DIE.（今天，我把我的爱妻悼念。去年这一天，孩子刚呱呱落地，她还没有来得及看一看自己的儿子，就阖上了双眼。是儿子销蚀了她宝贵的生命，也夺走了我半生的家庭幸福。从我们的婚礼到她悄然逝去，我将永远把她怀念。我的洋溢着欢乐的家庭，我们曾切盼有个聪明伶俐的儿子，从小把他栽培，让家庭更加和谐美满。于

今，这希望竟随着她的逝去而化为泡影。我的最小的弟弟哟，我的好弟弟，我的好朋友，家中的事都托付给你了。当我离开人间后，请把我和我的爱妻埋葬在一起。[①]）

十六日　星期日

交际，王洪才君至校，与谈多时。通信，大学出版部来函并收条。寄安稟及大学出版部信。又寄致西神挂号信，附临产三大教训、悼亡杂话二稿。自省，补习课不以正式方法结止，殊为问心有愧之事。助人，教一人英文。又教耀苍弟《左传》。有整顿校友会意。当极力促校友储金团的理想之实现。智育，阅报。工作，作补考人名单。书安稟。为启智图书室扫除。作《民国七年回想录》成。体育，无。

昨日补记：晨间作校中逐月收支预计表。祭葆秀，三时余出城至洪山附近一行。夜，记去年行事略记，足成悼亡杂话。

忆昨年昨日，葆秀出于意外而逝世，诸父兄弟皆来助丧事，于短时间居然一切如仪具备。既殓后，夜中诸父渐去，庭中纸灰成堆，虑有余烬，又虑杂人伺入，或窃什物，乃于睡前偕子强弟持烛四照，且浇水灰中。此时正如大劫之后，失吾至宝，而兄弟相依，以防更远之祸。诗曰：死丧之威，兄弟孔怀。呜呼！岂不然欤！

录王次回《悲遣》十三章：

神伤不哭愧前贤，虚读南华十八篇。曾有达人难达处，风刀将断喘丝悬。（我自命旷达，然为葆秀赔万行泪矣。）

青瞳枯涩渐无光，犹是瞢腾觅阿娘。若是舌根闲强后，模糊言句费猜详。（令我思葆秀吃语之顷）

---

① 译文由恽代英的学生、生前好友郑南宣、胡治熙翻译。

儿擎婢捧借重茵，半转屏躯万苦辛。若使一灵还负痛，泉途扶侍托何人。（于葆秀产后不得安息之苦，我亦怃然不置。）

寻常痛楚苦呻吟，户外遥闻便刺心。今日进房都寂寂，不堪仍向旧床寻。

尸堂揭白写形模，几遍端相未是他。欲倩画工追笑脸，不堪连岁泣时多。（葆秀遗像却神似，出于意外。）

半月前还弄剪刀，剩抛金线几多条。病中改出裙花样，为向灵筵挂几朝。（若葆秀则四五日前尚健如我，倏然以去，梦想不及。）

影堂灯火碧荧荧，消息都无去杳冥。曾是向来行立处，纸钱灰烬满中庭。（此言如出我口）

悼亡非为爱情牵，俨敬如宾近十年。疏阔较多欢洽少，倍添今日泪绵绵。（我等则从欢洽中骞然吹断，令人永不能忘。）

为是妻言故未听，劳将曲蘗戒刘伶。今来醉也无人管，一度持觞一涕零。（为是妻言固未听，我以此待葆秀者亦未少。）

醉时感慨醒来闷，贫用奔波病却眠，白日无聊更无暇，黄昏独到穗帷前。

盂兰香食散河津，曾看莲灯出水新。谁道沧桑一年事，施灯人作受灯人。

幢幡收卷散花场，烧罢人间七七香。净土天宫随意住，可知尘世独凄凉。（葆秀言，与我居三年，当往我所不知之处。戏言乃有所合。）

先行几步谅无多，究竟同归此逝波。我已自知生趣短，暂停相待尔如何？

我读此一一合之葆秀之事，每不禁怃然泪下。借他人酒杯，浇自己块垒，亦无聊之至极也。但愿普天下有情眷属，皆得偕老百年，莫留情天之缺憾如我也。

散　论

力行救国论

谓国家不须救，非冥顽不灵者，必不道此语也。谓国家不应救，非丧心病狂者，必不持此论也。虽然，吾等果何以救国家乎？或曰：必改良政治；或曰：必移风易俗；或曰：必振兴实业；或曰：必扩张军备；或曰：必提倡教育；或曰：必促进民主。是数说皆是也，吾闻之十数年矣。说者至舌焦唇敝，争者至目努眦张。试一问于国家实际之利害何如乎？弱固犹是也，且更弱焉；贫固犹是也，且更贫焉；紊乱腐败固犹是也，且更紊乱腐败焉。此岂是数说之皆不足以救国家？吾等试一披读东西各国之历史，有改良政治而强者矣；有移风风俗而安者矣；有振兴实业而富者矣；有扩张军备而盛者矣；有提倡教育而兴者矣；有促进民主而大者矣。独至于吾国，则一无效验，此何说乎？吾意吾等苟能加以精确之研究，当不难知此非我国家之独异于他人也。非是数说之不足以救国家也。说而不能行，行之而不切实，不勇猛，故是数说者，徒为口说争辩之资料而已。吾等望以口说争辩救国家，此岂非说饼而欲求饱腹乎。

吾等自今当有一种觉悟，当知国家之所以至今日，皆由一般自命为爱国之士者，但好口说争辩，而不实行，或实行而不切实不勇猛之过。故吾等今日必须超然跳出口说争辩之范围，自见可以救国者实行之，切实而勇猛以实行之，此非不足以救中国，即非此吾人不能有丝毫贡献于国家，使吾人于此等危机一发之国家中，不能有丝毫之贡献，以至于亡，则吾人即为亡国家之一人。呜呼！吾知读此文者，必不乏有心爱国者，然君等视国家之危亡而不能救，则谥君等为亡国家之一人，此岂有过酷之虑乎？奈何君等以爱国之心而犯亡国家之罪乎？

说者必谓一人不能救国，即亦不能亡，如巨厦将倾，一木固不能支，黄河将决，一掌固不能掩也。吾之意见敢谓此说似是而实非。何故？吾等非望一人之能救国。一人倡之，则百人和之，今无倡者，故无和者，故不能救国。然则科此不肯为倡之一人以亡国之罪，此岂得为苟乎？或曰，我非可以为倡之人也。此又不然。吾所谓为倡者，非责人人以力不胜任之事。譬如神圣其职业，是亦不可为倡乎？何为旅进旅退食人食而不忠人事也。譬如戒绝恶嗜好，是亦不可为倡乎？何为迁延岁月，知其不可而不肯不为也。譬如购买国货，是亦不可为倡乎？何为观望不前，知其不可不为而终不为也。苟缕述之，匹夫之可以自效于国家者何可胜举。所患吾人虚伪之习已成，于此等之事，非诿之他人，即诿之他日。所谓有志之士，只知愤世嫉俗，而不知己身现在或将来，即在此可愤可嫉之中。其无志者，更有习非成是，视为固然恬不为怪之慨。皆曰：我非可以为倡之人也。吾以为君等虚伪耳，懒惰耳。如其不然，无论吾为何如之个人，此时此刻，已有无数可以为倡之事，安有不可为倡之人哉。

吾意今日欲救国家，惟有力行二字。力行者，切实而勇猛之实行是也。苟能切实而勇猛以实行矣，无须可说也，无须争辩也。何故无须口说？吾人责任之所在，以及道德上应为之事，普通之人，多少皆有所知，故无待口说，以诏谕之，所患彼知而不行耳。夫以口说为必要者，不过欲使人知其责任及应为之事耳。彼既知之矣，则口说为不必要。彼虽知而不行，则虽口说亦何益乎？且责人严而自待宽，口尧舜而身盗跖者众矣。吾等只知以唇舌劝人，在吾以为未始非尽责任之一道，他人则以为道听途说，欺世盗名而已。故吾方与之语，彼已猜疑我已鄙厌我，而尚望言语之有效乎？吾等试思但凭唇舌以劝人，其可谓为收效者有几事，而尚以为口说为不可少，岂非妄乎？布尔真孤曰：模范比教育其入人心尤深且速。苟行为可以为人模范，何患他人之不从我，何取于高谈原理以自矜潚哲哉。

何故无须争辩？天下之理本无一定，仁者见仁，智者见智。成功之道，亦非一途，人性不同，亦各有异。夫异曲而同工，则虽异何害。异途而同归，则强同何益。或曰：吾之理较真。然其守较不真之理，而能力行者，岂必遂为不可容之异类耶。或曰：吾之途较直。然其行较不直之途，而能不懈者，岂必遂为不能达同一目的之人耶。夫吾信吾之理较真，他人未必不信彼之理较真也。且姑舍此不论，即令吾所信为较真之理者，果为较真矣。譬如行路，吾所行果为较直之途矣，如此而能劝谕他人，使其择吾同一之途，信吾同一之理，此岂非大善事。然如他人不受吾劝谕者，亦何妨各择其途各信其理，何必不辞费时耗力，以争此不必争之理乎？更进而言之，凡理论之异同，盖自有历史以来二三千年之所不能介决，今于此二三千年不能介决之事，乃欲立谈之间介决之，岂非妄乎。必欲俟其介决以后，然后与天下之人共同实行，岂非俟黄河之清，而不顾非人寿所能待乎？由此观之，说者每谓吾国人不知争理论，只知争意气，意气固不宜争，即理论亦大不必争矣。

假使有一人，执一完全谬误之偏见，此亦宜不加争辩而使之力行乎？曰，然。彼见解既完全谬误，则非立谈顷刻之争辩所能挽救矫正之，此岂非彰然易知之事。以吾之意，苟彼有切实爱国之心，又有稳健不器之能力，彼即有谬误之偏见，但使之力行耳。力行而有弊害，则指示之。力行而有蔽障，则儆觉之。彼将自觉其谬误，舍其见解而从我。如必以为彼所见既谬误，即当不使之力行，彼自不觉其谬误之所在，安肯轻于从我。向如彼无切实爱国之心，又无稳健不嚣之能力，则当设法养成此等之心及能力。若徒与之为理论上之争辩，岂非药不对症，徒劳无功之道乎？

由是观之，可知今日言救国，断宜以力行为惟一方法，以各行其良心之所信，为救国之道。故我有所信，举世无表同意者，则我独立行之可也。有一人表同意者，与比一人合力行之可也。有三五人表同意者，与此三五人合力行之可也。乃至全体表同意者，全体合力行之可也。今人必待全体或大多数人与我表同意，然后论及力行。夫一人之意见，欲求为全体或大多数人所承认，谈何容易。此所以虽嚣嚣刮耳，终无益于国家之危亡乎。

又可知今日言救国，当各就其地位与能力，以尽其可尽之义务。譬如学生也，则就学生之地位与能力以救国。青年也，则就青年之地位与能力以救国。岂有人居于不能救国之地位，与丝毫无救国之能力者乎？天下兴亡，匹夫有责。细按此语，实有至理。盖以治天下之本，在改良风俗，不在改良政治。而改良风俗者，匹夫之力较政府之力为大。政府之法令，尚有上下蒙蔽之患，而个人以其实力改良风俗，则做得一步，即有一步之效。故虽谓天下兴亡，匹夫之责较政府为大，亦无不可。今人厚于责人而薄于责己，轻视现在而妄冀未来，非曰政府不良，吾辈不能为力，则曰使我执政则有救国之道矣。夫政府不良，吾辈果遂不能为力乎？彼不能为力者，非浮嚣激烈竞为出位之谋，则颓唐偷惰，各忘分内之事。不然，我即不能治天下，何奈治吾家吾乡。吾家吾乡治，风声所被，将天下之治利赖之。何至政府不良，即无能为力，亦何至必待执政然后有救国之道乎？

吾国人相遇而言救国，则彼此鄙夷，彼此猜疑。夫岂国之不宜救？其鄙夷者则曰：彼言救国者，多五分钟热心之结果，虽方其热心正盛之时轰轰烈烈，不可一世，不几日而平静矣，不几日而淡忘矣，如此以言救国，不过儿戏行为，岂足受敬视耶。其猜疑者则曰：彼言救国者，多其肺肠，别有怀抱，或欲集款以自肥，或欲开会以自炫，迨后则彼常得爱国之名，而他人则牺牲财产幸福乃至生命，以供其挥霍，如此以言救国，不过市侩动作，岂足受信赖耶。夫一国之人，至于言救国，而彼此鄙夷彼此猜疑。虽彼言救国者，固有应得之咎，然此岂佳景。长此以往，国人不将缄口不复言救国乎。救济此弊之法，当自今始，各就其能力所及而实行救国。苟在任何方面略有实效，他人渐对于我而生敬视之心，如此，彼了然知我非所谓五分钟热心，亦非以牺牲他人，以自肥自炫，彼自不鄙夷而猜疑我，社会中知尚有真正爱国之人，知匹夫尚有真正救国之道。彼本有志者，愈有以励其志而壮其胆。彼尚无志者，亦使之生愧怍奋激之心。夫国之当救，此略受教育者所能言，不待加以任何之解说者也。惟无真正爱国之人，无真正救国之事，以受社会之瞻仰，故虽加以任何之解说，亦不足感动社会。然则今日舍力行，舍各就其能力所及而实行救国，何以救济此弊哉。

吾人若养成厚于责人而薄于责己之习惯，将无往而不厚于责人薄于责己。若养成轻视现在而妄冀未来之习惯，将无往而不轻视现在而妄冀未来。故虽为督军而不能尽职，则曰中央之过也。否则曰：使我为国务总理，必不至于是。虽为国务总理而不能尽职，则曰，国会之过也。否则曰：使我为一至高无上之执政者，必不至于是。就心理学言之，习惯之能力至大。彼自呱呱堕地以来，无力行之习惯者，欲求其为一国务总理或至高无上之执政者，即能立变其不力行之习惯，而成为一坚苦卓绝之力行者，此岂有望之事乎？

将欲在较高地位而力行者，必自在较低地位力行始。此不独力行之习惯得藉以养成，且以在较低地位力行之结果，对于外界之牵制干涉，均知所以适应之人，无论在何地位未有完全不受外界牵制干涉者也。虽极之至于专制国之皇帝，果容其发号施令惟意所欲乎？故理想的至高无上的执政者，可谓为实际上不能有之一物。苟吾人不知所以适应外界牵制干涉之道，虽至于为专制国之皇帝，犹不能力行。然则岂非永不能力行乎？故吾人当知外界之牵制干涉，为不可免之事。在较低地位，此等牵制干涉或比较稍多。然吾人能适应此稍多之牵制干涉，则将来较少之牵制干涉自然不患不能适应之。苟今日不求适应此稍多之牵制干涉，则他日较少之牵制干涉，是否即能适应，尚甚不可必也。

就上文观之，可知不力行，则能力不能切实而增长。不力行，不能有明确之责任心。不力行，不能有容异己者之量。不力行，不能感化他人而联络同志。能力不切实不增长，无明确之责任心，无容异己者之量，不能感化他人而联络同志，此岂非我国有志之士之大患，所以不能为国家社会效丝毫之力之原因乎？欲救此弊，舍力行何以哉。

毋谓个人之能力微地位低，虽力行于国家亦无所益。今日之患在各个人不尽其个人所能尽之能力，而作其应作之事务。且个人苟有志尽其能力，其影响所及，当千百人受其感化。如基督以一平民，感化天下，至今其势力不衰。如闻伯夷之风者，顽夫廉，懦夫有立志。闻柳下惠之风者，鄙夫宽，薄夫敦，闻其风者犹收效如是之巨，则基督之以一人感化天下，固事理之当然，亦岂基督徒而已。后之有志者，将欲为基督之事业，收基督同一之效果，夫孰得而限量之。且即令不能如基督，求如基督二分之一，四分之一，八分之一。乃至百分之一，千分之一之效果，此岂得有何等理由以为不可能耶。彼徒自嗟其个人之能力微地位低者，适见其无志而已。

吾国人之缺乏力行心极矣，每谈一事，非为无责任之空论，则期望他人期望他日，从未有即刻发言即刻实行者。国家之疲弊，至今为极，而一班士大夫之不切实不勇猛尚犹如此，此岂非国家之患乎？有志之士，倘愿信力行之可以救国者乎？作者不敏，亦愿执鞭从其后矣。

原载《青年进步》第 17 册，1918 年 11 月

教师的地位

古人说，"师严然后道尊。"说："民生于三：父生，师教，君食。"说，"事师服勤至死，心丧三年。"君父师的三纲学说，倒是三代时很流行的。现在君纲已根本推倒。汉后夫为妻纲的学说，亦抨击无余。父为子纲的一说，且渐渐摇动。只有忝列于天地君亲的末位，家尸户祝的"师"的地位，究竟是怎么样？许多人以为关系小，而不屑置论。其实关系何曾小呢？一般为师的，不自知他的位置，时时觉得他是比学生高一等的人。一般为学生的，亦不知教师的位置，时时觉得他是比教师低一等的人。这种高于"人"，低于"人"的观念，便是一种官僚同奴仆的精神，便是平民主义的大仇敌。教师不自觉的说话像训谕一般。学生不自觉的，写信像禀牍一样。彼此诱惑，忘其所以。

常人说，师以传道成我的品格学问，所以不能不尊。现在无论凡为师的，未必能都达到这目的，即令能达到这目的，也是他对人类应有的一种责任。譬如，官吏应该维持秩序，没有因为他维持秩序送他"民之父母"的匾额的道理。即如华盛顿是美国开国的元勋，究竟虽受美国人的尊崇，没有被美国人承认做父母祖先的话。威尔逊虽名震全球，美国人亦只称他总统，没有人称他大总统，更没人称他极峰、元首。喜欢无道理的恭维人，喜欢无道理的受人恭维，这毕竟是二千年专制的遗毒，不是平民主义底下应该有的。自命为先觉的学界中人，却自己犯这毛病吗？有人说，把尊师的道理废了，学校秩序不易维持。这譬如君主时代说，废君主，秩序不易维持一样。究竟现在怎么样了？维持秩序，不一定要高一等的人，有时低一等的人亦办得到，譬如门房仆役管理门禁一样。所以民主国的官吏，虽然是公仆，却一样能执行职务。因为执行职务是职权的关系，不是阶级的关系。我想，做教师的人，应该把真品行真学问教学生敬、爱、信、化，秩序不待维持而维持了。靠权力已次一等了，靠势力更不足道。我以上所说的，是自觉为真理上的讨论。

我常说"师严然后道尊"，这话亦本有理，然而那种尊法，譬如束之高阁，有何用处？反不如师和而道行也。再我以为称"师"，称"先生"，他这等名词，渐成为尊崇的抽象意义，仿佛至少同骨肉的父兄一般，亦是很不妥的称呼。所以我于写信时，每每力劝同学不要向我作这称呼，既为野性使然，亦觉得如此可以免自己无形养个高于"人"的谬误观念。自然，我所盼望同学对于我的这种办法，不能盼望同学对于别的教职员都是如此。因为教职员中，未见能人人都深悉这道理，所以事实上有些不能不勉强仍照尊师的道理做的地方。但是我盼望同学：（一）切不要把尊师的道理待我。（二）虽然要用尊师的道理待别人，要知这是不得已的办法，不要太自卑了，养个低于"人"的观念。（三）守秩序，守规则是应当的，不是由尊师而发生的。（四）自己做教职员的时候，切不要勉强人尊师，以养成高于"人"的观念。

1919 年 8 月 24 日

驳不孝有三无后为大

无论如何，孟子说，"不孝有三无后为大"，这八个字，总一定是错了。不但是错，而且是荒谬。无后何以是不孝呢？无后何以是大不孝呢？孟子说这八个字，是什么意思？

照我想要把无后说是不孝，总不出两个意义：一是无后便祖宗没有香烟血食了；一是若不把无后看作一件大坏事，人类会灭种。

甚么教叫祖宗的香烟血食？是说已经死了的祖宗的阴灵来享受子孙的供菜供品吗？是说没有子孙上供，那祖宗的阴灵便会打空肚子闹饥荒吗？好一个原人的思想！若孟子那时他知识不能知道这些都是迷信，那吗，今天自命为孔孟之徒的，亦应该进化些。

怎样便人类会灭种？哈哈！这真是大笑话了！欧美各国，没有像孟子这聪明的人说这聪明的话，没有看见灭种。天地间除了人类的一切生物，没有谁替他发明这希罕的道理，亦没有看见灭种。中国的人，在孟子以前，没有谁知道这八个字，亦没有看见灭种。只出了一个孟子，于是乎，我们这神明之胄，顿时高贵了。若不把不孝有三无后为大的金科玉律规订出来，便会灭种了。哈哈！好一个不伦不类的大笑话！

你知道人类做甚么要有后吗？或者有几个书呆子，是因为怕不孝的罪名原故。便捉住这几个书呆子拷问拷问罢！倘若赦免你这不孝的罪名，你便不接老婆吗？不生儿子吗？你敢答应我这几句话，便算孟子这八个字，有一个钱的价值。一些理学夫子捏着鼻子哄眼睛，他倒担心得远，怕人类灭种，怕不是圣贤提倡人类生儿子，禁止人类不生儿子便人类会灭种。痴东西！天下再没有比你们还理学的了。你们只养得三个儿子，还要生六个儿子。你怕那没听过圣人之道的，他偏要发狠的不生儿子吗？

倘若这八个字仅仅是一场笑话，倒亦罢了；再看看我们的社会，这八个字做了些甚么好事情？

有了这八个字，于是男子才长得像个人，便要接老婆；女子才长得像个人，便要生儿子。于是接老婆生儿子，成了男子欠的一屁股债。倘若不接老婆，那些无聊的混世虫，他便要充作债主，吵上门来了。倘若接了老婆不生儿子，那些等祖宗做的父母，亦便要摆出他债主的派头，吵起来了。

所以少年人结婚，头一件事便是生儿子，而且一定是要生儿子，生女儿都不能算数。为甚么呢？因为女儿迟早是别人的，是一个赔钱货，他不能承继祖宗的香火。所以女儿是可以丢弃的，可以淹死的。多生女儿，不生男儿，那便是不贤慧的死证。

可怜我们的女同胞，你几时欠了这万恶社会的冤孽帐？不管你愿不愿，你应该生儿子。不管你能不能，你应该生儿子。这社会还改良了些，从前有个七出之条，你要不生儿子，便要教你滚蛋。现在我们堂堂的大国民文明了，不过讨个把小老婆而已。

女子过了四十岁，还不生儿子，男子便一定可以讨小老婆。这是比天还大的道理，许多老太婆都信得过他。所以这时那女子只有自己知趣些：自己没出息，怎么教丈夫犯这杀千刀的不孝之罪？

开通的人，你倒会笑那些女子到观音堂求送子去。你那知道这是他们无可奈何的呼吁！他们若没有儿子，人人都可以指摘他，笑骂他，一切他所有的东西都可以夺掉他。女子就不是一个人，不生儿子的女子，更发是枉吃了一生粮食的畜生。

理学先生：你的母亲，你的姊妹，你的妻子，你的女儿，都受了这痛苦的呢！这都是孟老夫子造的好孽。你们怕听见避妊同限制生产的两个名词么？我可以说假如这两个法子可以教人类灭种，亦比孟子那八个字好一万倍。灭种是生物学上可以有的事。因为要不灭种，却教做我们母亲的，做我们姊妹的，做我们妻子女儿的，受这种畜生的待遇，这却不是人性所许的事。

其实我故意恼你呢！人类若不是遇了甚么奇灾大祸，从那里肯灭种？他要生儿子，同狗子猫子要生狗哇猫哇一样。自然的大力在他后面，不由他不生呢！

避妊同限制生产两件事，都不过社会恶劣的组织所生的反响罢了。若他们不是怕穷，不是怕儿女牵累，他们喜欢生儿女，至少亦同我们的理学家一样。你怕他不生儿子么？

你若不信我的话，姑且把私产制度打破他，把儿童公育的制度实现出来：你看少年的女子们进医院分娩的，管多得很呢。那时候你便把孟子拉起来，教他改句口说，不孝有三，有后为大。那些甜蜜蜜的少年夫妻，连那些年纪轻轻的，假马亦学道学夫子说话的人，必然没有一个人理他。那时马渐莎氏的一派学者，才着慌世界上人满之患呢。你还怕灭种。咳！昏话！

这篇文太开顽笑了。然而这等荒谬绝伦的天经地义，亦只好这样打发他。

原载《端风》年刊第 2 期“家庭问题号”，1919 年 12 月

共同生活的社会服务 [①]

我们几个完全彼此相互了解的朋友，现在正进行用自己及社会各方面合理的互助的力量，创办一个独立自给的共同生活，为我们同将来继续由彼此了解而加入的朋友为一切社会事业的根基。我们同时做两件事：

一、于城市中组织一部分财产公有的新生活；

二、创办运售各种新书报以及西书、国货的商店。

我们为甚么要做这两件事呢？笼统的说起来，我们恳切的

盼望：（一）有一个独立的事业；（二）有一个生产的事业；（三）有一个合理些的生活；（四）有一个实验各尽所能、各取所需的生活的机会；（五）有一个推行工学互助主义的好根基；（六）有一个为社会兴办各项有益事业的大本营。

说简括些，便是一个帮助自己而且帮助社会的法子。我们不仅仅帮助自己，所以我们处处应该记得正义、纯洁、互助同牺牲的道理，那便自己不至渐成为自私而好利的人；我们亦不仅仅帮助社会，所以我们仍时时注意自己生活乃至求学的问题；既不肯只从消费方面服伺社会，亦不肯把自己学业完全抛荒了专门向社会尽力。

再换个法子说，我们一切帮助社会的法子，无非是帮助自己，因

---

① 本文即利群书社的成立宣言。

为我们知道要社会越进化，便自己越有幸福。然而我们一切帮助自己的法子，无非为帮助社会；因为我们知道要自己能力越大，便为社会越能负多些的任务。我们很信除了为社会无法子为自己；除了为自己亦无力量为社会。

现在将我们的计划，写在下方：

（一）共同生活，最初由同人中六人组织：膳宿的费用，由公有的财产供给。

（二）营业的收入为公有的财产；同人中个人的他项收入，得由其个人自由的意志，酌量以全部或一部为公有的财产，但完全不归为公有的财产亦可。

（三）公有的财产除共同生活及业务的开销外，都作推广事业或存储以备推广事业之用。

（四）共同生活中的一切杂务，由同人分任之。

（五）同人除于一定时间服务于营业外，每人应有日课。

（六）营业的项目，暂定为：一、经营肆间不易购买的新书与杂志；二、代订不易购买的各项书报；三、兼售西书；四、兼售国货。

（七）同人每日每人对于营业服务四小时或三小时；但能为共同生活加增他项公有财产者，可酌免服务。

（八）有价值的书报，无论销行与否，总须办到，以供给社会多数人乃至少数人的需要。

（九）同人服务的时候，最应注意手续清楚；对于业务上表册簿记，信件来往，及一切事务，夜间由同人共同料理；每月底向各总发行所清帐汇款，决不愆期。

（十）无论是否买书的人，可以在营业处所观览，算兼办了图书馆一样。

（十一）同人作课服务，都须勤勉精密，同时不得忘诚实互助之旨。

（十二）关于改进现有事业及推广事业，同人应常有聚议。

（十三）加入新分子时，由同人提出，用不记名投票法，得全体之大多数同意，然后欢迎之。

（十四）推广事业之计划，有下述五方面：

甲、加增共同生活及服务的人数；

乙、共同生活中音乐、体育及其他方面之设备的进步，且进营乡村的新生活；

丙、关于同人衣、食、住及求学费用的完全供给，乃至完全供给同人家庭中儿童教育、老年休养的费用；

丁、进办他项生产事业，如印刷、售物、森林、畜牧之类；

戊、进办他项有益社会事业，如兴学办报之类。

就以上所说的话，可以知道我们的痴望很大，这现在所做不过是第一步罢了。又可以知道我们所说公有的财产，虽然亦用以供给我们的费用，然而这财产究竟不是我们任何个人的，亦不完全是我们全体的，多少有些归为社会公有的意思；因为他除了供给我们正当生活的费用以外，其余都完全应向社会有益的方面使用。

所以我们的新生活，不是只顾小己幸福的；我们的营业，更不是只顾牟利的。我们乃是就今天自己力量所及，确立一个有幸福的生活，而且亦结成一个有能力的团体，永远向社会开发；如此的前进前进，一直到我们的理想，靠我们的奋斗实现出来。

我们为什么要共同的生活呢？因为我们原来久已是志同道合的朋友，在品行上、学问上实行互助的功夫的地方很多；所以我们很相信若能住在一块，彼此切磋观摩，精神上既感愉快，学行两方亦必然更有大大的进步。至于生活的压迫，亦比各人单独的生活减轻些。

我们为什么要有公有的财产？我们很觉得私心是一切罪恶的根源。我们要使生活有兴趣，应该渐使我们接近自由工作的世界，我们不是为金钱而工作。我们的工作，乃是求我们能生活，并不是求我们有余剩的私产。自然我们在这种家庭社会之下，要使一切都归公有，是不可能的事；即如我们自己每个人都有新旧两重生活，要使我们所有的一切都归公有，亦有时办不到；然而财产公有是铲除私心的良法，我们应该在可能的一部分实行起来。所以个人的收入，可任他意志的自由以全部或一部归为公有的财产，然而完全不归为公有的财产亦无不可，这些事不必问甚么理由，随各人志愿办理，至于营业的赢余，那便完全用不着讲什么分配了。若我们是向上的人，有剩余的金钱，亦无非用在社会事业上，我们为什么要分配了各人去用，不让他合在一处，让大些的款子，得以做大些的事呢？我们亦深信若一方因共同生活减轻了生活的压迫，一方把私有同金钱的分配制度打破，我们将永远互相了解，而且比今天更了解些。因为，说句卑陋然而真实的话，朋友的不了解，每每是金钱离间了他。社会的事业要最能彼此了解的一些人才能做下去，所以我们盼望永远避免金钱的离间，做一个最能服伺社会的团体。我们为甚么要营业？我们觉得像我们今天这微弱的力量，与其做分利的事业去服伺社会，不如做生产的事业去服伺社会；这两方面的事业，同一是对于社会有益，亦同一是我们今天社会所需要。我们想营卖书报国货，一反平常市侩惟利是图的习惯，多从文化方面着想，我们靠营业的赢余，可以维持个独立的生活，而且有做其他生产乃至分利的社会事业更大的能力；同时社会仍得着对于进化需要的书报及其他商品，我们所以选这做我们下手的地方。我们的新生活怎样处置妇女？这对我们，现在无法解决。然而我们盼望第一步的营业胜利，第二步便当将同人有妻室的酌量搬到此处，租个大屋，住居一处，这同住是极平常的事，然而便可以做女子互相交

105

际、互相教益、以至共同工作的预备。我们急于要求女子常识的完备，工作的勤敏，至少能够维持他独立的生活。亦盼望他们智识感情的进步，有一天要感觉得共同生活、财产公有的必要，像我们今天一样。但在他们自己感觉以前，我们不愿勉强他们过怎样的生活，因为我们没有权柄勉强他们。然而假令有不向上无觉悟的可能性的女子呢，我们不盼望有一个人是这样；果然这样，那亦许要置之度外，不怎样处置他。

我们对于这正进行的事业，很有无穷的希望，很愿意谨慎而且勇猛的做工夫。但是这事业是少成例的，我们对于生产的营业，这又是破题儿第一次，我们自然要用自己的力量奋斗，而且用自己的力量使他成功，但是我们的力量果然足够吗？现在的计划果然是走的成功之路，不是失败之路吗？这其中盼望有心君子辅助我们，指导我们的地方还多呢。

原载《时事新报》副刊《学灯》，1920 年 1 月 22 日

怎样创造少年中国？

　　若中国还有存在的价值，我想怎样创造少年中国，总应该是有志的人值得讨论的问题。自然这个问题是太大太宽泛，一则非浅薄如我的所能解决，再则谈起来非三言两语可以包括干净；但我究不能不做这一篇文，是甚么原故呢？我的意思：第一，想唤起同志的少年，对于这问题的注意；第二，想引起比我这更正确更有效力的研究；第三，我盼望从这里发现创造少年中国合当的途径，我们找着我们的路走，庶几可以不为外界潮流所眩惑所纷扰，这样便可以于短些的时间，用简捷有效些的力量，早些求少年中国的实现。

　　我们要郑重声明的，若创造少年中国是一件急切需要的事，那便凡为中国人的，人人应恳切的觉得他肩背上有这一个负担。我们少年中国学会诚然是以创造少年中国为宗旨而结合的组织，然而这不过是把我们普遍应有的任务，加一番认识；我想亦不至有人承认创造少年中国是少年中国学会单独负担的任务。其实我还可以进一步说，亦许我们少年中国学会是没有负担这任务决心的，亦许我们是没有负担这任务实力的；然只须这任务是应当负担，比我们有决心有实力的人，越是要大些的努力，来负担这任务。所以我这篇文，或者我做这篇文的意思，终不能不祷祝他能惹起一般同志的注意，越是学会以外的同志，越盼望多惹起些注意。假如有不赞成我们学会的人，越盼望多惹起些注意。因为创造少年中国，原是大家的事。

至于学会以内的同志，我自然盼望大家更要多分些精神，讨论我们事业的根本问题。我的意见固然未必值得几多讨论，但是我提出这个问题，或总可以值得大家的审虑。我想我们学会的宗旨，固然规定的是"本科学的精神，为社会的活动，以创造少年中国"；但是这些话还是太宽泛了。我们今天在这样一个创造事业面前，占怎样的一个地位？我们要怎样预备？从那里着手？这处处是我们的问题。即令我这不是完全正确的话，亦应该惹起大家讨论这问题的注意。

　　我每做一篇文，常痴想这一篇文在社会上要生一个甚么样的影响；然而亦许是我的口才短了，亦许是我的意见寻常了，亦许是我人微而言轻了，虽亦抱一腔热血，下全副力量，说几句我能够说的话，然而那个结果，正如石落大海，几乎亦不配特别看出一点波浪。我因而预想这一篇文的结果，大概亦只是这样罢了。但是假令我真不配说这些话，盼望配说这些话的人，亦来开几句口。假令我们的读者，看人家文字，从不肯切己的审虑，便令审虑了亦从不肯便下力反躬实践；那吗，我不能不望他这一次换一种态度，读这一篇文。我不是要拿他糟蹋我们《少年中国》月刊的篇幅，更不是拿他来糟蹋我们读者的光阴。我是盼望总能至少有些地方引起大家审虑，引起大家力行。中国不是没有改造的希望，但是要用聪明些的法子，坚决些的力量，去改造了。不然，亦许会来不及改造，或者改造要用大几倍的力量，多几倍的困苦。我真有无量的热心，请可爱的《少年中国》月刊读者，无论会员非会员，为中国乃至为自身，在这个时机中，多注意这个问题。

　　我这一篇文，分为下列诸方面的讨论：（一）为甚么要创造少年中国；（二）创造少年中国的分工与互助；（三）创造少年中国与群众生活的修养；（四）创造少年中国与学术的研究；（五）创造少年中国与个人生活问题。以下便逐一讨论了。

（一）为甚么要创造少年中国？

亦许有些人是无政府主义者，他心目中久已没有甚么国界，所以亦没有甚么中国；所以他对于创造少年中国很冷淡，以为无关重要。其实呢，只要明白世界大势的人，今天或者亦不至仍拘守着狭隘的国家主义，说甚么爱国是人类最终的义务；岂独无政府主义者是如此想。然而我以为创造少年中国，究竟是真有志的少年人人有的任务。是何故呢？

中国诚然永远不应发甚么做世界主人翁的痴想，亦不应想做无论那别一国或别一民族的主人翁，然而用这同样的理由，我们亦不很可以知道，中国是一样不应做那一国或那一民族的奴隶吗？我们不应该让中国亡国，亦犹如我们不应该让中国人受资本家的掠夺一样。何况今天的事，亡国与受资本家掠夺，是一件平行的现象。我们讲人道，是企求人类平等的幸福。所以我们不愿人家受掠夺，亦不愿自己受掠夺。若我们一天天走受掠夺的路，却谈甚么无政府主义，这只是割肉饲虎的左道，从井救人的诬说。

我不必表明我不是国家主义者，而且我亦深恨一般国家主义者以防御为侵略的代名词，使世界人种发生许多嫌怨争哄。我又不致如一般主张报仇雪耻的热心人，想追溯几百年的往事，发生一个"愿比死者而洒之"的嗔心。但是我的意思，确见没有让中国亡国的道理。就人类权利说，无论那一国那一民族没理由做我们的主人翁，做我们的掠夺者；我们诚然不应该奉行自己国内那些政治家的建功立业的野心计划，但我们亦不应容许别国那些政治家把我们做他成就功业的牺牲品。所以我们要求人类与我们平等，亦要求我们与人类平等。

就人类义务说，今天全世界正开始了他的大改造事业，进步些的各民族，都在这旗帜的下面做功；我们亦不应该不努力担任我们应担任的一部分。所以无论奴隶或其相等阶级，不但是我们不甘忍受的，亦是不应忍受的，而且亦是不容忍受的。因为我们要站在人类水平线上，同时与各民族的觉悟者携手，努力前进。这不但是一个不应受剥夺的权利，亦是一个不容逃避的义务。

或者有些从热心而走到厌世途径上的人，他亦会承认中国人是劣种，是要受淘汰的，是不应不受淘汰的；所以他说世界的前途，或者诚然是庄严灿烂，但是这里面没有中国人的一分，因为有许多证据，中国人是太庸懦昏愚了的，中国人只配做奴隶，只配受人家的蹂躏鱼肉。这样的话，实在不是没有几多理由，而且亦有几多机会逼得我亦作这样想；但是这里有两个应注意的地方：一，试问欧西文明国民，是如何的优种呢？二，试问中国国民性，是不是绝对不能改造？所谓欧西文明国民，我虽接触得不多，然而以目所见，耳所闻，书籍所记载，看起来，下层阶级，一样同中国人是卑污猥琐；即谈到缙绅先生，眼光短浅，操守寻常的，亦不能说是一个很少的数目；然而他们先觉的人，把改造之责自任，努力奋斗，亦便一天天有些成功。看这样便知道，我们用不着妄自菲薄，我们一样可以担负我们分内的任务。至于国民性的改造，这是现在各国先觉努力的对象。Le Bon（莱邦）说，"德意志的国民性，不过是半世纪人为的创造。"固然德意志的国民性，不是我们想达到的创造目的，不过总可以证明人力在国民性上的功效。只怕我们不努力呢！天下事岂有不可为之理？

我国自命为先觉的人，诚然有几多次改造国民性的企谋，但是都失败了。或者有人要以这为中国事不可为的铁证。但是人都是一样的，中国人不至于独是劣种；而且就中国历史说起来，黎民于变，化行俗美，亦显然见中国国民性是有改造可能性的。我们企谋的失败，不应该归咎国民性的不可救药；宁要归咎于我们品性上的弱点，方法上的错误。我们应该研究这弱点与错误在甚么地方，用甚么法子补正，这便是这篇文讨论的范围。我想这真是我们当面的一个问题，这问题得了正当解决以后，改造的企谋便不会失败了。

假如我前面说的话确乎不错，那便见得创造少年中国是应当的，是不得不然的，亦见得是可能的。然则真有志的青年，可以看清了，拿稳了，向这一条路上勇猛前进了。

甚么是少年中国，我想这里恐怕不能大家是一样的意见。有的人说，我们要教我们这老大的中国返老还童；所以创造少年中国是Rejuvenation（返老还童）的作用。有人说我们要教我们这时代落伍者的中国适应于方来的少年世界，所以创造少年中国，是Adaptation（适应）的作用。然而这两种意见，是可以并行的。我们可以说创造少年中国，原同时包含这两种作用。因为非返老还童，无以适应于少年世界；亦非适应少年世界，不能返老还童。因为少年世界，便是充满了活力的世界，是人人机会平等，本能的发展具足而圆满的世界；中国只有能适应于这个世界，才真算是返老还童。所以我们的目的，应该是以适应于少年世界为目标，求少年中国的实现。换一句话说，便是以求中国的返老还童为手段，而达到创造适应于少年世界的少年中国的目的。

（二）创造少年中国的分工与互助

一个真心要创造少年中国的人，他自然要觉得有联合同志的必要；因为实际上的创造事业，不是一个人从一方面做得成功的，亦不是几个人从几方面做得成功的。若不是各方面同时并举，不但不能成就全部创造的事业，便那一方面或几方面亦决达不到理想的目的。

我们打开眼睛一望，便知道中国要做的事，实在太多了。现在一般热心的人，他看了一件要做的事，便去做一件；这件事没有完成，又看见别一件要做的事，便又去做别一件；所以弄到疲精竭力，仍然眼巴巴望着许多要做的事，实在再无力量做了；亦眼巴巴望着手里已经揽着的事，实在再无力量比现在做好些了。每每甲便竭全力做了许多事，然而没有一点功效；又劳乙用同样的力再做；又劳丙用同样的力再做；这样的人，我们自然只好佩服，但是不能不可惜他于社会毫无效益，否则亦是只发生了不应那样小的一点效益。何以只能发生这一点效益呢？一个人的力量是有限的，把各种纷歧的事业分开了，便力量越小了。这是我们应引为鉴戒的事。

　　但亦不容易便说是这一个人的错，每每这一个人若不做某事，那件事便没有人做了；所以有许多人虽然明知他所做的事业太纷歧了，然而想丢亦不忍丢。但是我们细想，这是甚么原故发生这样现象呢？第一，是我们没有同力合作的修养，所以不惯与人家在一件事上携手进行。我们常太信靠了自己，太不信靠了人家；我们总盼望人人都要与我一样，有一点不如我，甚至不过仅仅是与我不一样，我便不满意了，便不信靠他了。这样，所以我们总觉得每事都得自己去做。固然照眼前的事看起来，不可信靠的人，亦实在太多了，难怪他要这样想；不过便有可以信靠的人，他亦仍然会像这样待他，使人家不能不生些反感，乃至不肯帮助他，这可要怪他自己呢。第二，是我们平日没有协力分功的预备，所以纵然在求学时代，亦曾有些知己知彼的朋友，然而一到做起事业来了，非感觉得朋友不能为我之助；便感觉得所有的朋友都只出于一途，在这一方面嫌人多了，在别一方面却又没有人去做应做的事。人类的心，每易倾向于党同伐异。主义不同的人，固然好彼此攻讦，便是所学学科不同，亦每每没有同学一种学科的亲密。由此，所以我们的朋友，每是出于一途。及有一种事业到手里来的时候，才知道一个事业不能不靠多方面的力量，然而别方面的朋友以前多半是疏远冷淡的，而且以后亦还会是疏远冷淡的，自然他们彼此是不能热诚的互助了。即就同学一种学科的朋友而说，亦还有些品性才能上的弱点，平日没有切磋琢磨的机会，到了共事的时候，因而这弱点越发暴露，不但无助于一个事业，甚至于还有害于他。这时我们固然亲切觉得能共事的人太少了，其实还怪我们平时完全没有一种协力分功的预备。我们平时既没有预备一般将来披肝沥胆以共图天下事的朋友，事到头来，胡乱的拉拢来一般乌合之众，又怎怪他不合手呢？

我们固然不能禁止朋友间有主义的不同，有意见的不同；但是如上面说的，无论我们主义是怎样的不同，创造少年中国，或者总是我们共同的目的。我实在厌闻现在一般所谓新旧之事，我想所谓新的，必不是仅仅穿洋装，读外国文，做几篇解放改造顺应潮流的杂志文，便够了。所谓旧的，亦必不是仅仅哼古文，穿方马褂，吃鸦片烟，做几篇寿序、墓志铭，肉麻的诗文小说便够了。依我的意见，大概新旧之争，总是问我们要怎样做人。果然如此，我以为没有甚么争的。不愿做二十世纪的人，你便做十七八世纪的人我看，做十一二世纪，五六世纪，乃至世纪以前的人我看。不愿做十七八世纪乃至由此以前的各世纪的人，你便做二十世纪的人我看。我从一方面很信唯物史观的意见，他说道德是随经济演化而演化的（我对唯物史观的具体意见，当另为文说他）。所以我信在二十世纪想做十七八世纪或由此以前各世纪的人，是做不到的。Karl Kautsky（考茨基）说："过时的道德标准，还保持他势力的时候，经济的发达进步了，亦需要新的道德标准了。在这时间，靠旧社会状况生存的，便会死守旧道德。但只守得一个名，实际上他仍逃不脱新社会状况的势力。这样，所以发生了道德学说与实际生活不符的现象了。"说死守旧道德的，只守得一个名，这诚然是太挖苦了的话。然而这是事实，不可以口舌争的。我们骂一句孔子便要惹出一些自命为孔子之徒的出来卫道，然这些孔子之徒，无论他不能自安于"饭蔬食饮水曲肱而枕之"的淡泊，不肯做到"好学不厌教人不倦"的勤劬，不配能有"闻义不能徙知过不能改"的忧惧；而且他们的行为，正合孟子所说"非之无举也，刺之无刺也，同乎流俗，合乎汙世，居之似忠信，行之似廉洁，众皆悦之，自以为是"；他们的谈吐，正合孟子所说"古之人，古之人，行何为是踽踽凉凉，生斯世也，为斯世也，善斯可矣"；这算是孔子之徒吗？这仅仅是乡愿，仅仅是孔子所说的"德之贼"。这所说孔子之徒，不是一个名罢了吗？我亦不定说孔子之徒一定只能如此；我的意思，要证明这总不是有志青年所愿做的孔子之徒。果然我们仍然愿做孔子之徒，我们总要发点真心，向真正切实的路上走。依我的相信，只要发真心向真正切实的路上走，譬如说忠君，说行王道及这一类的道德，自然有许多说不通，自然还是一天天要倾向到二十世纪的道德路上来的。这不过是我一个人的意见。自然眼前与孔子之徒一样价值的新文化运动者，乃至革命家，乃至无政府主义家，亦一样是不足道，一样该不是有志青年所愿做的。我亦想便令人类真要返古，亦是要那些肯信新学说的人发点真心，向真正切实的路上走，才会觉得。总而言之，我的意见，不怕人有新旧意见的歧异，只怕一般人坐着没事干，胡乱的喧吵。我想无论是新派旧派的人，只要他肯发真心，向真正切实的路上走，自然可以知道新道德与旧道德真正的好处同坏处，自然可以盼望他们趋向于一致。其实更进一步说，我们此时所谓旧派，原没有人还死主张甚么"行夏之时，乘殷之辂，服周之冕"，亦没有人主张"父命子死，子不得不死"的一些蛮道理；此时所谓新派，一样原没有人主张甚么"公妻""均产"，亦没有人主张即刻实现世界的"各尽所能，各取所需"。所以眼面前的路，譬如重教育，尚切实，贵友爱，大半是一样的。既是一样的，至少且可同心戮力，将这一段路走过去。我们固然预想着把这一段路过了，我们的路便分开了；然果分开与否，现在还不得而知，却先彼此立于对立地位，在可以互相帮助的时间，不肯帮助，倒反互相妨害起来。这是如何可惜的事呢？

至于论到创造少年中国，亦许在手段上发生不同的意见。有些人或者主张切实从根本做起，所以注意教育活动，实业活动；有些人或者主张要应急一点，要从大一点地方着手，所以注意救国活动、国际活动；有些人或者主张更要猛烈急进一点，所以注意革命运动。然而这些不同的意见，并不定是互相违反，不能并行。我想只要平情达理的人，他或者不信政治活动或流血是必要的手段；然果遇着显见政治活动或流血，为简捷有力的改造手段的时候，甚至于显见其为改造的独一无二不可逃避的手段的时候，亦没有不赞成取用政治活动或流血的手段的道理。反过来说，如眼前虚张声势，毫无实际的爱国活动，或以往乌合盲动，侥幸成功的革命活动，不但是主张从根本做起的人不赞成，便是性急些的有志者，亦不高兴那种办法。其实我想，在最近期间努力于自身的改造，教育的改造，以这求平民真正的觉悟，雄厚的实力，以为各方面取用各种手段的预备，这或者是人人同意的努力方针。所以我信意见的纷歧，都是表面的事。我们实在并不是真有甚么不可调和的殊异。然则我们不知道协同的努力，岂非愚笨？

总之主义的不同，意见的不同，不能见协力互助的不应该。而且大家既在最近期间应该做一样的事，更应该大家把力量合起来，以求大些速些的功效。至于所习学科的不同，所操职业的不同，更不可逞我们不聪明的感情，不向协力互助的方面走。

说到这里，我不能不敬篛我们少年中国学会会员，乃至会外知与不知的同志，我们真觉得要救国么？真觉得要创造少年中国么？若真这样觉得，我不但要请大家想想，不知道联合同志，或者便联合了同志，不知道协力互助，是不能成一点事业；而且还要想想像我们今天这样的学识才能，不但不能为社会做许多事，又能为社会担任任何一部分特别事业么？我诚然不知道别个，便就我自己说，我知道得最亲切的朋友说，大概我们以往的学识才能，都嫌太肤浅了，太浮泛了。这亦难怪我们，我们既没有先觉指导，又为境地所限，得不了几多好朋友，读不了几多好书籍。而且就将来职业说，社会上既重看万能的人，而且我们得不了一点的正当帮助，我们亦不敢不向宽泛处走。结果自然不能不发生肤浅浮泛的弊病了。我实在有大胆子敢断言，中国除了很少少数的人以外，其余大抵与我们一样。其实我还要说未必人人都能与我们一样呢。我在学校未卒业的时候，亦还在不能不求宽泛知识的情形中，竭力求缩小我预备的范围。我固然不知我卒了业，这萍梗的生涯，飘到那里去；然而我只预备我入教育界或杂志界，我自命为从这两方面预备，有好几年。请问现在一般有志的人，你们曾有这一回事么？然而结果可笑极了，等到卒了业，居然便有机会入教育界，而且有机会得一个全权办理的职务；我想了无数法子，用了无限量力，然而计穷力竭，仍然大致不过与没有我一样。回头想想，怪我不应该预备吗？只好说怪我自欺了几年罢了。我们说预备入教育界，以为我们这预备的范围是明确的了，其实这还是一个太宽泛了的话。我们入教育界，可以说是预备做教员，或预备做职员；可以说是教这一门或那一门的功课；可以说是办这一桩或那一桩的职务；又可以说是在大学，或在中学，或在小学，或在别的学校。教育是一个抽象的总名词，我们人一定要放在一个具体的特别的事务上去。这却是我在就职业以前，未曾梦见的事。所以一到了职业界，我简直茫然无所措其手足，实在只当一点没有预备。其实亦本没有一点预备，便说对于教育通论的观念，亦很肤浅，没有甚么切实系统的见解。咳！我固然是这样了。请问会内外的同志，各人自信，是怎样呢？我们闲居无事，说不要钱的话，便是甚么政府庸懦无能，甚么管理教员昏愚溺职；其实自己姑且把那不可一世的无根的自信心，暂且压抑下去，再看看自己真正可靠的本事在那里，社会上恳切需要的人是那一种，你能为社会做那一件事。我想若我们邀幸肯不自欺，必然亦该恳切觉得一种特殊方向的预备要紧。换句话说，必然亦应觉得赶快自己预备为社会担任一部分特殊事业，便从这一点预备充分些的能力要紧。

我们若不是分工的为社会做事，那便社会的事，将总只有一般肤浅浮泛的知识才能的人做。我们既不满足这般人所做的事，我们便不应该不求些专门的——专门中的专门的——知识才能，为社会担任一部分专门的分工的职务。

一个人越是感觉得要分工，他越会感觉得要联合。其实天下要做的事很多，我们一个人的力量很小，生命亦很短，天下事决不是一个人做得完的，这原是很粗浅的一个道理。却是一般人太自信了，他便觉得只好他一个人做。若他再明明白白的反省一次，我们越是要使自己可信，越是所学的专门，越是自己可做的事范围要缩小，再即如这缩小到无已复加的范围内的事业，仍然不能不靠朋友的协同努力；范围以外的事业，更不能不待我以外的同志分途担任的。做这样，这能不觉得联合同志，协力互助的必要吗？

分工了，而不互助，仍然是没有益处。因为天下事不仅仅是一方面做得好的。然而分工与互助，若非先多少受一种合理的计划的支配，仍然要糟蹋许多的精神力量，分工与互助，不能各尽其妙。因之，终不免人自为战的弊病，分工的进行，不能十分安心，互助的组织，亦不能十分圆满。所以要说创造少年中国，不可不注意合理的，有计划的分工与互助。

然而要盼望大家受这一种计划的支配，这不是甚么可以把法制规约强迫的事；因为人的意志，都有他的自由，没有人应该强迫那别一个。但是大家要受这一种计划的支配，又是一件很重要的事，那便怎么办呢？我的意思，先要同受一种计划的支配的人，有彻底的了解。因而大家以他的志愿，同时分途，在这计划底下做工。换句话说，亦可以说是先就已经彻底了解的人，以公共意思建立这种分工互助的计划，因而大家一同在他底下做工。

我请问我们少年中国学会会员，我们的学会，是一个已经彼此彻底了解的团体？已经有了一种合理的分工与互助的计划吗？我们若盼望真个我们的学会，能担承创造少年中国的任务，最近期间，我们不应该讨论这样一个计划的设立吗？实在少年中国学会原来所以成立，未必不有些由于分工与互助的觉悟；然而像今天这个样子，我想这总还不够我们的理想得很。我还望我们的同志，人人重新的考虑一番，到底要不要创造少年中国？到底要不要组织少年中国学会？到底我们应不应该分工？应不应该互助？到底应不应该商量设立一个合理的分工与互助的计划？

　　我盼望我们同会的同志自觉的起来，做这个创造事业。最初而最重要的一步。亦盼望不同会的同志，自觉的起来，亦帮助我们做这一步。但是假令有人以为我们是不可信，不可靠，因而不愿帮助我们呢；我想这亦不是甚么要紧。我们时时要自己勉励，自己警惕，总莫走到不可信不可靠的地步。但假令人家一定不能信靠我们，我想他们亦尽可结他们的团体，做他们的事。只要确见事是应当如此做的，纵不屑于与我们一同做，亦没有理由便说是不该做。越是不了解我们，越是要信靠自己，越是要找了解的人，结可信靠的团体。其实我，或者还有好多同志，所以结合于少年中国学会旗帜的下面的，都是看得这样的结合，可以信靠以创造少年中国。倘若真是不可信靠，没有希望，岂但不愿别的同志加入，便我们亦无维持发展他的必要，我们还会宁让他瓦解烟消呢。

　　我们为创造少年中国，故必须组织少年中国学会，或其他类似的团体；但无论是少年中国学会，或别的团体，我们总望他能在一个合理的计划之下，分功而互助，以完成创造少年中国的事业。可爱的同志啊！这是我们应该大大注意的事，你们亦都觉得么？

（三）创造少年中国与群众生活的修养

我们谈分工与互助，要一种分工与互助的修养；上一节就可信靠的朋友说，我们不该因主义不同，意见不同，所习学科不同，所执职业不同，妄生许多分别，互相疏远冷淡。这种地方，固然用得着我们捐除成见与朋友合衷共济；但是假如这些朋友是理想的如此可靠呢，我们或者亦许愿这样做。但天下那有如许理想可靠的朋友呢？

朋友所以不能到理想可靠的田地，那原因很多。譬如在求学时品格才能没有充分的修养，又无毫不客气互相切磋琢磨的朋友，或有朋友因自己刚愎或浮躁，不能领受忠告的益处；此等弱点，一到了职业界，有了地位、名誉、金钱的关系，遂使朋友爱莫能助，只好让他成一个不可靠的人了。因此我们要从根本上解决这个难题，那便在求学时应该剖腹心的与同志相要约，常常反省，常常接受忠告，常常给朋友以忠告，常常在发现了自己过失的时候，拚生死来改悔他。这样，便过无不知，知无不改了。然而亦还要在就职业时，减少那些地位、名誉、金钱的离间，这样才永远是知己知彼，生死患难的朋友。我真盼望世上所自命彼此知己的少年朋友，大家都注些意：少年人无利害相牵连的关系，说甚么知己，那里靠得住？只要利害一到头上来了，便彼此生出界限，亦便生出嫌怨来了。固然世态炎凉，贫贱结交，每每是靠不住；其实我自问在做事的时候，因为凭良心不能不舍弃我的朋友的地方亦很多，这里若说有世态炎凉的关系，我想我与我的朋友都不肯这样疑惑。所以我的意思，还请现在无利害关系的朋友彼此想想，将来的友谊，怎样能在创造少年中国的事业中，彼此得个背靠背的帮助？

然而便令朋友不能到那样理想的可靠，我们不能不善处他，至少亦不能不暂时善处他。所以说不能不善处他的，因我们做事，常待各方面的帮助；便令这事业中间，亦常不能不得几个并非十分可靠的朋友一同的做，或者甚至于在有些情况中，不由我们不与那非十分可靠的朋友一同的做。我们固然盼望理想的我们自己的事做，然而这种事一刻不能得着，而且便得着了，亦不能与此外的社会绝缘，仍然有许多地方，要靠那些非十分可靠的朋友帮助，所以不能不善处他。至于说不能不暂时善处他，读者或者要怪我不免有些政客利用的习气。诚然我不应说假话，我实在觉得有些朋友，应该这样待他。自然这实在是有些不诚意的利用，然而我亦反复想了的，终以为不能不取用这种手段。天下事除非是可以不做则已，若定要做，而我们又决无这些十分可靠的朋友做，那便怎么样呢？依我的意思，我便不能不选在此时可靠的朋友，或在此方面可靠的朋友，一同的做。这种朋友，我实在没预想着是可以永远相处的，亦未尝不盼望可以永远相处；然若他的品性才能，既不能进步到十分可靠的地步，所以到了别天别的事情上面，他便不可靠了。这应该为朋友糟蹋事业呢？还是应该为事业舍弃朋友呢？还有一般朋友，我并很少能信靠他，然而我不能不与他分些时间周旋，实在自己问心，这譬如是欺骗他，但我有甚么方法呢？我既不能不与他处在一个社会里面，无论我做事有时少不了他们的一点助力；便不盼望他们帮助，亦要他们不妨碍我做事才好。自然我虽不望与他们有时协同的做甚么事，我只有这样待遇他们。便说我是利用朋友，有甚么法子呢？但是与政客的利用，我想究竟是大不相同。

政客的利用，我很不赞成；因为他是欺骗人家，谋自己的利益。所以一旦被人家知道了，便会成为深仇大恨。我的意思，我们要为天下做事，仇恨是不可有的。所以这样酿成仇恨的利用手段，是要避免他的。然则我怎样利用朋友呢？我于要利用朋友的时候，总立定志向，要使与我一同做事的朋友，多少得些好处；假如不然，亦决定不致使他们得些坏处；再不然，亦决定不致使他们比我们得坏处更大。我常想我或者不免有些地方对于一同做事的人，用些不肖之心相猜度。其实我亦很信天下肯牺牲、愿向上的人，未必只有我；而且我亦未必便真能赶得上我朋友的肯牺牲、愿向上。但是我常想得人人的志愿不同，境遇不同；我虽能用概括的话在平时与朋友互勖的去走牺牲与向上的路，然到共同做起一件具体的事实来的时候，若非朋友自觉的肯牺牲愿向上，我总不敢苦劝朋友，更不敢强迫朋友。其实我信这亦是当然的道理。向上与牺牲，这自然是两个好听的名辞；然而好容易做到？即就我自己说，我有许多时间，受各种环境牵制，终不能到理想的向上与牺牲的境地。即令没甚环境牵制，还很有许多时间，因心性上的弱点，不能顺理祛欲，因而无以自拔于罪恶。固然有些时候，反复思维，幸而不胜良心之谪罚，不能不改过迁善，然良心胜不过私欲的，亦岂不随处发现？在这种地方，不知我的，他自然会说我原不是肯牺牲、愿向上的人，即我自己在环境改善了一步，或觉悟的程度更深切了一步的时候，回头想想，亦何曾不自信以前原不是肯牺牲、愿向上的人？然而真能平情审度，便知道这都只怪自己不能善处环境，不能勇敢的与私欲奋斗。这都怪自己的不幸，不然便怪自己不聪明或无力量。我因此常想我们的朋友，今天一定不是这么样子吗？既然是这样子，那便他们表面上做出些不牺牲不向上的事来，不能断定他必然是不肯牺牲不愿向上的人。果然他有不能牺牲或向上的原因，我们不能为他改善环境，或用各种方法促进自觉，便不应专门苦劝、强迫人家牺牲与向上，使他不敢与我相处。我因此所以拚命的自己向牺牲向上的路上走，终于不敢一定把这期望朋友。所以我与朋友一同做事，我总求减少朋友方面的劳苦与损失，甚或自处于劳苦、损失，而处朋友于安逸、幸福的当中；即令不然，我亦总令自己处于比朋友更有大些劳苦、损失的地方。这种办法，似乎效果还很不错。我不定是卖弄我这政客手段。我亦很盼望与些彻底了解的朋友，剖心沥胆的共事。这种朋友，这样的共事，我亦曾亲身体验过。不过无论以前或者以后，总不能不与比较不十分了解的朋友共事，那便不能不这样子。我以为必不得已而利用他人，亦没不可以的。但是我们利用他人，是要为社会的公益事情，而且还要兼把他人的福利顾着；我们决不可利用他人来满足自己的私欲。这样便令我的手段被人家识破了，他亦只有可怜我的愚衷，甚至于要感激我的苦心。

　　我说了这一段不纯正的话，不知道读者是怎样想。其实我是故意不避"利用"的两个字眼。说好一点，便是"古之君子，其责己也重以周，其责人也宽以薄"的老道理。这个道理，本是经了几千年，然而就群众生活的修养说，这实在还不失为有价值的教训。现在有许多人自己还做不到一步，却严刻的责备人家没有做到一百步；这样，所以彼此没有一点原谅，亦便不能有一点容忍，始而以冷嘲热笑为劝善规过，终而一天天不了解，一天天疏远了。我从前常想着中国社会情形，每每同一团体，总不能容着两个有力的分子，以为这是忌妒的劣性根使然。现在想起来，忌妒的劣性根，自然有些在这中间恶作剧；然而便令没有这恶性根，只那不留余地的朋友责善，亦一样可以伤害朋情。现在的社会，既是这样，人人逃不脱环境的牵掣；即令我们费了九牛二虎之力，幸而逃脱了几分之几的这等牵掣，这可以说是十分侥倖；我们自然盼望人家亦都至少像我，然而这只好由他的自觉，使他走我走的一条路，不能由我硬派他走那一条路。而且果然我必要与他一同做事，他便不走我走的一条路，我亦不好便伤了他的感情，妨害我们协力的合作。何况做好人亦未必一定要走我这一条路？亦未必定要走与我一样的路，到一样的远，才可以说是配得上与我一同做事呢？

　　由上面所说，便可知道要与人同事，而能得他的助力，我们定要多原谅人，少责备人。我们既要多原谅人，少责备人，便知道一切的事，不可不多靠自己。怎样靠自己呢？我想这不是几句话说得完的。不过我要请有志青年注意，我们学校所受道德的训练，自己所作修养的功夫，不能说没有一点价值；但是向来所说的道德与修养，最缺乏两个要素：一便是活动的修养，一便是合群的修养，合而言之，便是所说群众生活的修养了。活动的修养，是就做事的材干说；我们的读书人向来把曼靡的文辞，玄虚的幻想哄住了，总把做事的材干，以为是不足学习的事。谁知一到事上手来，便慌乱不知如何措手足了？合群的修养，是就与群众一同做事的材干说，自然这与所说活动的修养，是群众生活的修养的两方面。我们的读书人，多少都有些书痴气，总不感觉合群的必要。这一则因为他原从不想做甚么社会事业，所以他无需乎群众；再则因为他看不来这些群众种种和色色的怪相，所以他不屑与他们相周旋。若使天下事本可不做，本可不需与群众一同的做，那原没有话说。然而又没有这道理。孔子说，"吾岂匏瓜也哉，焉能系而不食？"又说，"鸟兽不可与同群，吾非斯人之徒与而谁与？"我要问你们这些书呆子，你们若真是孔子之徒么？怎忘记了孔子是"栖栖一代中"的人，谁是像你们这样做书蠹生活的呢？

在这排山倒海似的德莫克拉西的潮流中，我不信我们可爱的青年，还有那非为君相无以利济天下的痴心思。孔子虽被人称为素王，但他决不配真算君相。他虽做了三个月的司寇，随后席不暇暖的奔走列国，芒芒然如丧家之犬。然而他的影响，在中国是如何的大？此外中西一切不朽的事业，固然亦有些是君相所做的，然而究不如学者、平民、妇女、窦人等所做的多。即远如江慎修，近如张季直，个人一二十年的努力，亦复功绩炳然。若欧美各国议院政治，社会运动的效果，有目的更共见了。我们既看见这些事实的证据，应该可以信平民的能力，应该可以信由社会活动中改造社会的可能。而且我们只须稍仔细想想，亦不难知道想在政治界占一个势力，很不容易，而且常须要用许多不正当的手段，凭借些不正当的势力。果然靠这种手段，这种势力，便得达到想达到的目的，然而每每因以前既靠了不正当的势力，现在反为不正当的势力所劫制；岂但到了那步田地，不能利济天下，反而只有同流合污的，与一般张牙舞爪的打成一伙儿。现在国内一般不堪的，然而负重望的政党党魁，我想他们未必便真是坏人；至其是因利用恶势力，反为恶势力所劫制，我敢说这至少是实在的情况。

现在的南方政府、北方政府、甚么党、甚么系、督军、议员、政客，都只是二五等于一十，我们这几年该已经看得够了；中国的事，只有靠我们，只有靠我们从社会活动方面努力，我想这或是可以不待多说的事。所以我们对于群众生活的修养，不可不十分注意。这亦可以不待多说了。

我去年当学潮初起的时候，看见许多学生界不能满意的事，令我处处想起平时没有一种群众生活的修养的坏处。其实这种坏处，不但学生界有他，几于我们的国民人人都有他。所以人家笑我们是一盘散沙十几年了，我们到头仍是一盘散沙，没有一个群众事业，曾经维持得长久。这样，谈甚么救国呢？当时我就感触所及，便将群众生活的修养，应该注意的事，列成一表，现在匆匆已经一年了。这一年中学生界的事，越闹越糟，别方面亦似乎没有人几多注意研究群众生活的修养；现在我们谈创造少年中国了，我想这个表，或者还可以备同志参考呢。现在抄在下面：

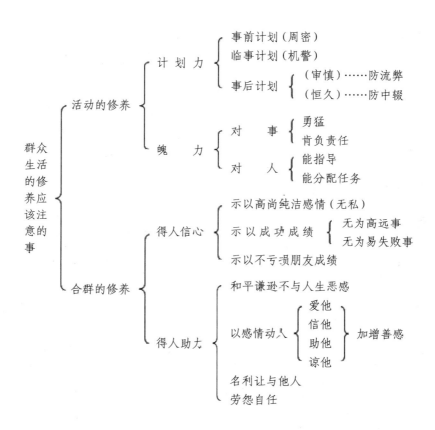

　　若要详细解说这表，亦许便会可以成功一大本书。我亦明知一气说了这多，早令读者厌倦了，斫以我亦不愿过于详说。但我想既是群众生活的修养为我们青年所最缺乏，而且亦为所最需要的，我不能不盼望或者这个表有值得读者一看的价值，而且盼望读者肯详细的就这表加以考虑，加以反省，而且我究竟不能不另外加几句话。

　　甚么叫计划力？换句话说，便是会想法子。我们为甚么要注意计划力？因为我们要事业成功，不愿意他失败。我们做一件事，总是要他成功，不愿意他失败，这是一定的道理。或者有些太热心的少年，几乎有些欢迎失败的意味，这姑且留得以后评论。不过以我猜想，大概就普通一般少年说，总是不肯欢迎失败的。那吗，怎样能不失败？怎样能成功？一定是大家愿意研究的问题了。就我表上说起来，我可以说，一个人要随时都会想最好的法子，无论事前、临事、事后，总不可有一点疏懈，这样便很容易成功，不容易失败。普通做事的人，事前多半没有一种计划，有计划亦不是很精密，便粗率孟浪的干起来了，所以容易失败。如事前有一种计划了，又不肯临事处处讲求变应的方法；无论你事前计划怎样精密，总不能与事实处处相应，这亦是失败的原因。或者临事亦仍然能够机警了，事后便懈怠起来，只当是这件事已经成功，固然这件事在一部分是已成功了，然而若非我们用始终不懈的精神，处处防微杜渐的做下去，到头仍或不免失败。总而言之，我们要想不失败，最要便是无论这事临时或前后，总要常想最精密的法子。我们所想着以为精密的法子，每每并不能到理想的精密田地，所以我们不可过于信赖一时的计划，忘记随时体验，随时改进。因此，第一我们不可有苟且的心理，不耐烦太精密的计划；第二我们不可有执拗的心理，不愿意于原来的计划有些修改增益。这样，或者不容易再有失败。

有人说，计划太精密了，实行便会不能勇敢；这样的一句话，从一方面说，自然亦不是没有道理。但是不要把我的意思领会错了。我说计划要精密，亦不是说一定成功，一定不失败。我们向未做过的事，说他一定成功，怕无论怎样精密的计划，亦不敢这样担保，既然如此，我们不仅要计划他怎样成功，亦还要计划他失败了成甚么局面。那便是说，失败的时候，所受的损失，是不是仍然有他的价值？再不然，是不是我所预备忍受？人的大患，在预先不计划这些事情，一相情愿的以为必然成功；及至失败了，便沮丧怀疑起来了；不然，便只好说些自欺的慰藉话，以减少这出于意外的痛苦。这是如何的不自然呢？我的意思，便失败的局面，亦须预先想到。这样，我既胸中了然于得失之数，照我想应该只有越勇猛做事的道理，岂有反不勇敢的事。总而言之，我们做事的勇敢，有时仅出于血气的感情，有时则出于智理的裁决。智理的裁决，总要附加些血气的感情，才见得清楚，行得勇猛。若没有智理的裁决，仅仅靠盲目的感情做事，每每力量会用得歧路上去；这便算能勇敢实行了，岂是我们所盼望的吗？

有人说，我不会计划，便怎样呢？诚然，我看见了有许多少年，他没有计划的能力。这便是平素不注意这方面修养的原故。平素应该怎样修养呢？譬如学走，只有去走，学跑，只有去跑一样，学计划事务亦是要平素肯计划事务。平素有甚么事务要计划呢？对于自己的功课，常常要计划些最聪明学习的法子；对于家庭学校的事务，有些地方，要不怕参预，而且参预的事，亦是要悉心悉力的为他计划。这样计划了，再随时看他发生的结果，随时批评他，修正他。自然起初总不免有完全计划错误了的，这譬如小儿学步，总不免跌交一样；然而跌一交便长一智，在无关紧要的事中失败了，我便越发可以在大事业中成功了。现在少年谁这样想呢？平时醉生梦死，一切关系自己的事，只知道听人家安排；等到有一点公共的事来了，便令他攘臂而起，亦只以为这是他出风头的机会，不然亦觉得这已经是做到他本分以外去的大功德了。所以他肯实心实力的做事，便已不多；更没人肯耐烦当自己的事去筹划。这样，所以他永远没有学习计划事务的时候，永远不能到会计划的田地呢。

再我们还要看，我们要能做事，亦不仅仅是会想法子便够了。周密、机警、审慎、恒久，都是普通所认承的德目。从活动的修养方面看，或者还会深切些感觉得他的需要。我们不是具备这种德目，不能有我们理想的计划力，而且不能执行我们自己的计划。

什么叫魄力？换句话说，便是能做事。我们见清了不做，不肯勇猛的负责任的自己做，不能指导人家、分配任务与人家，使他与我一同做，那自然简直是无意义，不待多加说明。或者有些人说，我这指导、分配两个字，用得不妥。因为这是一个领袖的口气，不是德谟克拉西的社会所能容受的。但是我的意思，却以为说这句话的人、或者是只看了一面。世界不但应为德莫克拉西的，而且应为安那其的，这些话我实在深信。不过至少在最近的将来，我们在群众里做事，不应该有一种领袖的精神，我却有些信不过。我以为领袖的精神（Spirit of Leader）与领袖的态度（Air of Leader）是截然两物。领袖的精神，是不可不有的。领袖的态度，是决不可有的。我说领袖的精神，便是指能指导，能分配任务。但是最要注意能字。假令我指导人家，人家不受我指导；我分配任务与人家，人家不受我的分配；这便不是能，这便证明他不是有领袖的精神了。怎样必定使人家能受我指导，受我的分配呢？第一，要把领袖的态度，灭除得干干净净；第二，要自己勇猛肯负责任；第三，要有那表所列合群的修养所有的条件。我们要把领袖的态度灭除得干干净净，却又要把领袖的精神，保持得完完全全，许多人一定要想着这是不可能的事。其实不知这真才是我们要修养到的地步。我们为什么要有领袖的精神呢？群众的心理，是粗率浮躁的，这是凡研究社会心理学的人，都不得不承认的事实。即就少数人的团体说，只要是三五人以上的团体，那团体的分子，都会要比平时粗率浮躁些。所以我们不能不冷静的去指导他。而且这三五人便假令不至粗率浮躁，亦每每不能人人有很精密的计划力，这样便那计划力较精密的人，还不能不负这指导的责任。然而还有一件要注意的事，群众固然就客观说，很是需要指导，然而就主观说，却又很不高兴受人家指导。所以领袖的态度，甚至于企求一个领袖的名义，那诚然是不能容受的。然则我们应该怎样办呢？依我想来，我们总应该避去表面显明的指导，专意从里面人家不觉得的地方用功夫。这正是老子"为无，为事无事"，"功成事遂，百姓皆谓我自然"的意思。（这是我解释老子无为意义，与高一涵先生直认为无所为的意见不同，可惜此处不能详说。）怎样能指导，却教人家不觉得呢？我们果然得了人家的信心爱心，只要我们不摆出领袖面孔来，并用不着什么诡计，人家自然乐于受我的指导。但是我们亦还有几件要注意的事：一不可自信太专，二不可求效太急。我们既与人家共事，无论我的意思不完全都正确，人家意思不完全都不正确。即令是这样，我的意思果然不能得人家信从，有些时候，还只有牺牲自己意见的。这样的牺牲，自然不是说没有制限。重大的根本的主张，没有一并牺牲了去取悦群众的道理。但是无关重要的地方，果然有必须牺牲的，我们却一定不可"小不忍"以"乱大谋"。况且我们既然不是圣人，我们的意见不应有不待任何人纠正补救的地方，这尤其见有容纳人家意见的必要。至于求效太急，亦是太热心的人所容易犯的毛病。我不是说急于求效是不应该。但是因求效太急，而致于偾事，这便太不划算了。我们因求效太急很容易期望同事的人太多，责备同事的人太严。总而言之，只看见人家有一点不如自己，便易生出忿怒嫌恶的心。这样，同事的人便不能不感得他的难与相处，不能乐于受他的指导了。其实我们若能细心体验社会上实在的情形，我们大可以放胆的向前面做。虽然，或者不能像我们理想那快的时间，能有像我们理想那大的成效，但是只要我们的努力能够继续不断，我们终要完全实现我们的理想。我有甚么理由这样相信呢？第一，我深信一般的人，虽然感情与意志是彼此程度不同，但是都有差不多一样的向上心。所以我们只要保持，且激发一般人的向上心，纵然他一时意志不坚决、感情不浓厚，不肯与我走一样的路，他只要没有环境的牵掣，迟早总要跟着我来。至于有些因见解不同，而不肯走一样路的，只须大家总肯研究，总肯实验，再总肯服从良心，改过迁善尽不必定要太快了的求大家各事都要一致，他自然要有一天会成为一致的。因此，我信只要是向上心还能保持，还受激发的人，我们尽可以宽以时日，从各方面提撕他，惊醒他，却同时耐耐烦烦的等待他自然可信靠他会觉悟，会站起来，会跑到我前面去。假如不然，我骂他，我讥笑他，越闹他亦越觉得不肯与我一同的做事。不然，亦会越觉得不愿与我一同的做事了。第二，我还确见一般人不肯受人指导的，每每因于文字的争执，或者便是一个好胜的心理。既是这样，我们尽可拼命的在文字方面牺牲意见，却一方在实际上一样可以得完全的胜利。这似乎是很狡猾的手段。然而我究竟望读者仔细想一下，我们求事业成功，不可用这样的手段。而现在一般肯做事的少年，恰得其反。人家争执文字，他亦争执文字；人家好胜，他亦好胜；这怎怪他越闹越达不了理想呢？

我这里又谈了一大篇驳杂不纯的霸道话，或者读的人由这里可以看见我的为人，有许多的朋友，亦许因此才知道我是大阴谋家。然而我这所说的，只怕中间还有许多并未能十分实践，若读者都肯照我这所说的实践去，我还馨香祷祝之不暇，管你骂我是阴谋家或什么呢？但是亦还有几层要补叙的，一则从上文看起来，是与政党领袖大不同的。在这里面，既永远盼望不到领袖的名义，亦永远不可摆出领袖的态度。而且一切行事，只可以用去图大家的幸福，断不可用以图谋个人的幸福；再不然，图别人的幸福，至少总比图自己的幸福更要紧。不然，人家必不肯受我的利用。所以这样说来，所谓领袖精神，所谓利用手段，不能照我们普通的解说。质而言之，便是与群众相处最良的最应该具备的品格同能力罢了。再则我们要为一个事情成功而不失败，固然自己要有领袖精神，亦不能不一样盼望朋友有领袖精神。我们很容易知道无论任何事件，没有一个人能做得好的。这样，所以我们不能不望有有能力的朋友，亦不能不望朋友都能有能力。我常想一个希奇的比喻，譬如我们是太阳，我们要有朋友做我们的恒星，每个恒星，要有朋友做他们的卫星。但我们要竭力使每个卫星变成恒星，以至于变成太阳。那便是说，教他亦渐渐有许多朋友围绕他，渐渐更有许多朋友围绕他那些朋友。这样，便结成了一个大团体，譬如这些星，结成了一个大宇宙一样。我们要竭力求自己做一个太阳，但不可以自己做了一个太阳便罢了，还要帮助朋友每人都做一个太阳。还要帮助所有的人，每人都做一个太阳。许多人见不及此，他自己成了一个太阳了，便顾盼自雄，把一切的事都集中于他自己身上。这样，便发生两个弊病：一个是他的事太多了，便容易务广而荒；一个是平素事权既太集中了，假令他死了，或有别的障碍，便会一切都乱起来。或者永远失败了。所以我们固然要自己做领袖，亦要人人做领袖。百足之虫，死而不僵。朝鲜亦未必没有人，只一个安重根杀了便完了事了。我们今天说创造少年中国，便令我们很有自信自任做领袖的人，然而若亦只一两个人，假令因这个原因或别个原因，他亦有不能自由行动于社会上的时候，我们是如何危险呢？所以从这方面说，我们虽没理由怕人家有如此领袖的精神，但如只一二人有这样领袖的精神，就社会说，倒是很危险的事呢？

我写信黄仲苏，讨论我们的会务，我说现在最应注意的，是要打破人的中心，建设主义的中心。建设主义的中心的意思，便是表示我的盼望看见创造少年中国分功与互助的完全计划。我以为这是我们学会眼前最重大的事情。打破人的中心的意思，便是表示我的不愿看见学会的事权集中于一两个人的现象。我信这亦是我们学会要防的流弊。然而现在想起来，我说打破人的中心六个字，究竟只表现了一方面的意思。就实际上说，我并不是不盼望我们的同志，要自命为学会的中心；但是我不盼望一两个人像这样，盼望每个人是这样。我们的学会，必然是要每人自命为学会的中心，才会有充满的活力，才会有雄厚的实力。推之至于社会，至于国家，至于全人类，亦是一样。我们不要想着教人人做学会乃至社会、国家、人类的中心，那是不能有的事。我们自己总要站起来做一个中心，而且同时亦总容纳辅助别人，亦使他成一个中心；但决不可只期望责备人家去做中心，却把自己本分忘掉了。总而言之，多一个自任中心的人物，便团体内多一部发动机，多一个活力的泉源。多一个中心人物，总比少一个中心人物好，所以我们尽可以不必观望人家，自己起来至少亦比不起来好。同时亦要记得，少一个中心人物，总比多一个中心人物坏，所以我们若自己把事权太揽多了，妨碍人家的发展，或养成人家的惰性或倚赖性，总不是应该。

　　这样，所以我的安拉其见解，与这领袖精神的见解，得了一个调和。而且我亦深信，要说打破中心，除非人人自为中心，或多数人自为中心。现在一般太热心的青年，未免把德莫克拉西看得太单纯了，真想世界可以永远不要中心。这样干去，无论你口里说得怎样天花乱坠，实际上只要人类还想生存，中心总是打不破的。因为当真像这样的打破了中心，社会便会呈停顿纷乱的状况，不要两天便会大家感觉得不安。那时强而狡的，他自然会出来做中心人物；愚而弱的，自然亦会五体投地的匍匐他的面前。我国革命以后，军阀这样猖獗，亦有时鼎鼎有名的政治家，都甘心把北洋系做政治的中心，便是一个死证据。所以我说要打破中心，非人人自为中心不可；亦以这一样原因，我信要求无治，非人人自治，或每个团体自治不可。我们学会的同志呵！你当真是有要创造少年中国的自觉，而加入的么？你还不立刻起来自任为学会的事业做一个中心吗？我们凡在群众事业中做事的有志少年呵！你们亦盼望这事业的功效大而久？你亦不觉得应该立刻起来，为你们的事业做一个中心吗？

　　有些肯出风头的少年，他倒未必真有做一个中心或领袖的决心；然而那一副主人翁的面孔，却是摆得十足。甚至于有些人遇事自己不肯动手，却对于同事的人，颐指气使的，如待遇属员的一样。这样的少年，在学潮中亦不少遇见。我要说句刻薄话，这只当是永远没有做官僚的能力，却偏要尝试些官僚的意味。这样的人，只是官僚的缩型，当然干不了什么事。再还有些少年，或者不至于此，然而他在群众事业中间，气性大了，度量小了，每每讥笑这个，斥责那个，总以为无可共事的人，而不自咎他的不善与人共事。这类少年，虽然不好说他太狠了的坏话；然而我不能不盼望他们反省，我们是同人（fellow-men）做事，不是同奴隶做事。这些人你可以不满意，然而你只好激励他，督责他，启迪他，不容摆出那些少爷公子的气性，越败坏了大家的事。总而言之，我们真要创造少年中国，总不可靠多了人家，亦不可责望多了人家。烦重须负责任的事，总还得自己做，而且要常找最好的法子，用最大的力，善处这合群的生活。

关于合群的修养，我很注意得人信心，因为只有得了人家信心，才可以减少因不了解而生出来的阻力，而且使人家乐于相助。得人信心之法，我的意思很注意表示一种态度，使人人共见，以唤起他的信心。这样一种公开的人格，在谈旧道德的，每要笑为务外、好名、挂招牌做君子；但我很信做好人要是有用，所以我简直看得挂招牌做君子，为我们应取的修养方法。不过这招牌要与卖的货色一致，才可以"以广招徕"；不然，岂但不能得人信心，反会失人信心，那便不是我们盼望达到的境地了。

现在的一般人，把政客欺骗够了，所以他很怕人亏损他以自己渔利；我们要得人的信心，最要避他这样的怀疑。所以我说一方要使朋友完全相信我是无私的人，一方亦要使他完全相信我永不致亏损朋友。这一则需要真正的品格，一则需要显明的成绩。徒然想把招牌挂起来，招牌亦挂不起来的呢。

再则我很注意使人相信我是常常成功的人，所以我以为我们不可做高远的事，或者易于失败的事。但这须加个解释。我并不是说做高远的事，或做事失败了，总是不应该。凡是重大根本的改造事业，都是高远的，不免失败的；但是高远的目的，我可以分为一段一段的路程，这是自然合理的办法。我们固然要认清我们最终的目的，然而我们不可只望见目的；因目的是太远了，许久的时候还达不到，既许久的达不到，我及群众中的稍怯儒的，便会疑惑这是终达不到的了。所以我们要认清一段一段的路程，而且有时简直可以称他是一段一段的小目的。这样，自然在大目的没有达到以前，我们不觉得他是自始至终的失败，我们还会觉得已经他是有了很多的成功了。至于失败的事，我们总要极力避免。自然我们所谓失败，常是指着两方面的事说：一方是正如上文，虽路程进步了，却未达到最终的大目的，这我已说明了是成功不是失败。一方是就方法错误，至结果与预期相反而说，这不能说不是失败；但是正如所谓跌一交则长一智。失败了一次，如详细研究此中原因，便知道某一种方法错误了。普通人说失败之中有成功。又说失败是成功的一步路，这都是说越是发现了谬误方法，便越近于能发现正确方法的地位，所以便越近于成功了。但我们终没理由欢迎失败。因为我们无论如何意志强固的人，失败一次，总要沮丧一次。所以只说自信心，做事的兴趣，已经可见失败的为害了。至于就群众心理说，他的疑或信，本都只根据于很浅的理由：盼望他们还知道什么失败的价值是很不容易的，所以方法的错误而致于失败的事，都是要极力避免的。是不是可以避免的呢？我想如前说计划力的完成，而且有一种修养能严密的履行那计划几于不致失败了。即令有失败的事总在小处、隐微处，人家没看出来的时候，自己便要考察出来改了他。总之，我们不可不用很严整、戒惧的态度待失败，总不可不尽力避免失败，因为他是损失群众对我的信心，加增群众对我的疑虑，而且同时一样于自信及兴趣亦受很大的挫损。许多少年，惮于精密的计划，或者太信自己的意志了，便假托说，不怕失败。其实人的意志，无论如何强弱，经一番成功，总得一番激励；经一番失败，总得一番沮丧。意志强固的人，在失败之后，至多亦只能如收拾残军，以图卷土重来之计的一样。这样的军队，试问拿他与那得胜了以后，犒赏三军，再引他前进的，是那样的有力？所以人在失败的时候，本不必懊恼太甚；但未失败的时候，总要极力避免失败。固然跌一交便长一智；亦那里来的人，一天跌几交，以求知识的长进呢？

关于得人助力之法，我想自然是与群众同力合作的人，应该研究的事。我对于这样的研究，所得的结果，很注意感情的作用，与衰己益人的方法。我说要和平、谦逊，以不与人生恶感；又要以感情动人，以与人加增善感。我为什么这样注意感情呢？我的意思，及我实验的结果，很信感情的动人，比理性的力量还大得多。因为理性的为物，原是人人具有的，然而人都很粗率浮浅的相信他，而且还有时不能奉行他。因此你与他谈理性，他或者以为原已晓得，不待你多谈；或苦于无法胜过私欲，你说亦是没有用处。这种时候，我们切不要伤他的感情；因为伤了他的感情，他或者以为你是不愿与他为伍了，或者又以为他是不配与你为伍了。所以和平、谦逊，是很要紧的修养。和平他便不会想得我不愿与他为伍；谦逊他便不会想得他不配与我为伍。再有加增善感的一方面力量：爱他，他便会自爱，亦会变为可爱；信他，他便会自信，亦会变为可信；助他，他便不容自安于不可助了；谅他，他便不肯自陷于不可谅了。这样，他一方不至于妄自菲薄；一方亦不肯妄自菲薄，一方他便感于我的情意，亦不容妄自菲薄。美啊！爱力可以创造世界！我们亦要用爱力，创造自己永远颠扑不破的团体。

世人喜欢讥笑人，斥责人，虽父母对于子女，亦不免这个弊病。少年人因为受多了这样的待遇，每每因而不自信不自爱了。其实我们便就客观的考察，一般少年人，除了沾染太多恶习的以外，究竟不可信不可爱的地方何在？是由于什么原因而来？这些少年，亦有时有些向上的觉悟，为什么不能维持而发展？我想许多人都要说，他便有不可信不可爱的地方，亦是出于不自觉的受社会的引诱，或无能力抵抗的受社会的压迫，所以有觉悟而不能维持发展的，有些亦是受了那世人喜讥笑的弊病；换句话说，他便是不能得人相谅相助的原故。我们既知一般少年是在这样境况之中，而且又知道他的周围，处处是被不相信、不相爱、不相助、不相谅的空气所包扎；我们不可不用很大很纯挚的爱心，与他打破重围；谅他、助他，使他越到可谅可助的地位；信他、爱他，使他越有可信可爱的品格。爱的神啊！伟大的神力啊！他可以使一般少年，都到我们的田地；而且使我们或为永劫不能解散的团体。你要人家死力助你，你先要死力助人家。有志的青年啊！快起来借爱神的帮助，为创造少年中国结死党。不然，能做甚么事呢？

而且同是一样觉悟的人，在种种方面亦常有意见不能一致的地方；普通的人在此处，每每彼此低谁，否亦把一切停顿下来，专于去求意见的一致。不知在这不能一致的意见以外尽有许多可以协力做事的地方；这里亦是与其靠理性的求帮助，不如靠感情的召帮助。我们要使无论怎样与我意见不同的人，一样愿帮助我，一样不容他自己不帮助我，这是有理由的盼望吗？靠爱神的助力，这是十分有把握的盼望。

至于我说名利归之他人，劳怨自负；这仍是我所说"减少朋友方面的劳苦与损失，甚或自处于劳苦与损失，而处朋友于安逸幸福当中"的意思。亦便是我所说不亏损朋友的意思。自然朋友与我一样有决心，牺牲名利，自任劳怨，那功效更大了。不过正如前文所说，我不能苦劝、强迫朋友这样，所以亦不好只是这样期望。有些少年，期望人家太多了，所以总是不足于人家。其实我们要这样想，假令创造少年中国是应当的，是必要的，即令没有一个人帮助，我一个人还得这样做；现在既有人与我一同做了，做得一点，总分了我担负的一点，我们总应该欢喜，总应该感慰。至于一个人的觉悟程度，亦不纯是意志的关系，我们假令比人家多觉悟一点，回想起来，亦应该觉得是侥幸；那便我们不可太因人家的不觉悟，愤嫉得过度，或责备得过度了。而且假定同事的人，是永不能打破名利关的，或非一刻打得破名利关的，我们自然总是将他望向上的路上引；却在目前的做事不可不尽管让他在名利关里面努力。我们若真懂得人生是甚么，应该知道名利原不过是笑话而已。谁用得着，便让与谁。只要能激励他肯下力同我做事，我何必管他此时打不打得破名利关头呢？

劳怨自任这句话，是听厌了的老生常谈，就上文亦便知道他的重要。但我看现在肯做事的人，太不注意这了。我们做事的人，固然亦有些人恭维他任劳任怨；然而每每名不符实。只看无论甚么事情，出风头的有人，闷地在里面做事的人便没有了；做浮浅事的有人，闷地在根本上做事的人便没有了；做粗枝大叶的事的有人，闷地做拾遗补阙功夫的人便没有了。所以凡事总只能大概有个头绪，不能讲计划精密，不能讲根本巩固，不能讲内部充实，真要创造少年中国。我盼望一般有志的少年，还须发个决心。只要是应该做的事，越小、越隐微、越无味、越烦重难做，总而言之，越是别人不做的，越是要我去做。这才真是任劳任怨。若是专找出风头的事，牺牲一点精力，来博取任劳任怨的美名，我可以说比一点不牺牲的还好；不过靠这样去创造少年中国，那便是所持者狭，所望者奢了。

以上所说的，不尽是我自己所能实践，不过亦有几方面是实验屡效的灵方。我的意思，要创造少年中国的人，既不能不注意从社会活动上去改造国家，便不能不注意群众生活的修养。我们的修养，若能以群众事业为目的，一切陈腐的德目，都会显出他的真价值。我很不信一般人所假拟的道德本原；然而我终信有些道德是一条经验了有利益的途径，所以我并不敢菲弃一切道德。读者细阅前文，不亦要这样想么？

而且进一步说，群众心理，亦是不可不研究的。世界既一天天向德莫克拉西的路上走，你可以说这是好或是坏，你不能教他改变他的轨道。所以现在要求适应，不可不讲求善于运用群众的方法。我假想或者这创造的途径中，会免不了一番奋斗的大破坏；果然有这样事，群众心理的变态，要怎样应付他，更不可不预先讲求了。学会的同志啊！会外同志的青年啊！我们要彻底了解我们的任务，是在群众事业上面，所以我们要大大预备。过去的学潮，我敢说便是没有人有能力善于运用，所以糟到这步田地。亦许过三五年，又有变形的这类机会发生，我们还不努力预备去攫取这机会么？

这篇文已经做得我不愿意的这样长了，而且冗杂不修饰的地方亦很多，我真不知道这些意思有没有可供研究的地方。但是我究竟盼望读者总能忍耐的、细心的看下去。信不过的，驳倒我。信得过的，大家做出来看。下面还有两个问题：一是创造少年中国与学术的研究，一是创造少年中国与个人生活问题。我的意思，都以为是创造少年中国很重大的问题，盼望我随后写的，大家还能给些时间同精神看下去呢。

（四）创造少年中国与学术的研究

人人都知道要真想创造少年中国，不可不致力于研究学术，为将来活动的预备。而且这几年，知识阶级程度的进步，青年求知欲望的长进，使讲学的风，渐成为一般的好尚，出国以求高深些造就的，亦复踵趾相接；不能不说这是少年中国最有希望的一个好现象。

但是我盼望所有自命研究学术的人，特别盼望我们学会同志，自命以研究学术创造少年中国的人，真挚的坦白的下一番反省功夫，你果然以甚么动机去研究学术？照这样研究上去，你当真能在少年中国的创造方面，担任甚么事？

　　姑且让我尽量的说刻薄话：我敢断言，在这些自命为研究学术的青年当中，至少有些人是仅仅想借以博地位、赚金钱，求一个富贵之道。好一点的，亦有些是想借以出风头、闹名声，除了这没有甚么高的动机。这样的人，看着某某研究学术，做了大学校长了，某某研究学术，做了大学教授了；论俸金每月有几百元，不让一个官场的美缺，论名望为海内一般人士所瞻仰，亦可以与做官一样，炫耀一般亲戚朋友。于是被这些不正当心理所趋使，亦不禁想做大学校长了，想做大学教授了，想做大学者、大著作家了。这样的人，他亦许骂人考文官、谋差缺；然而忘了自己不过是一样为富贵利达，寻这一块敲门砖。自然讲学是好的，若讲学不过为求私利，这亦犹如从前那十年窗下的酸秀才，借着代圣贤立言的鬼话，盼望偶然中一个状元、榜眼，衣锦还乡的一样心理，讲甚么创造少年中国？有些大学、专门卒了业，或者且有机会谋一个职业，却偏肯读书，偏肯出国的，这自然是或者有心人；然便这中间亦不见没有借此"求吾大欲"的人。至那些大学、专门卒业，无事可做的，或者在大学、专门未曾卒业，或者国内无力求学的，借着勤工俭学的美名，想下几年苦功，博一块金招牌，以自欺欺人的，我可以说这更在所多有。总而言之，我不说讲学乃至出国求学，不是急于要鼓吹促进的事；但讲学与出国求学，所以有价值，是为他于创造少年中国有些补助。若徒然以这为进身之阶，我真不愿他们借这创造少年中国的好名义，做遮饰他们鬼脸的盾牌。

　　还有一般人，人格见识，不至于如前说的卑下；但是亦配不上说甚么研究学术以创造少年中国。这般人便是并不由于对社会的责任心，而选择他的学业的，他们不过受了一般名人暗示的吸引，社会无意的诱惑，不由自主的卷入时势潮流。所以他们讲学出国，你说是为富贵利达，他们自信确然不是。然而他们究竟有甚么讲学出国的必要？为甚么定要讲这种学？出那一国？他自己一点亦说不出。亦有些人，看见杜威这样受人欢迎，便要研究实验主义的哲学了。看见罗素这样受人尊敬，便要研究政治理想的学理了。还有些人听说日本用费廉，不管自己要学甚么，便向日本跑；听说德国学校好，不管德国有甚么学科，便往德国去。这种情形，几于是社会上普泛遇见的，况这样无目的无计划的求学，原不过仅系受虚荣心或盲目的向上心所支配，盼望他能于创造少年中国有些益处，亦是笑话痴想。

我虽是学哲学、伦理学的人，但是我很不放心，现在一般自命学哲学、文学的。许多年轻些的朋友，都要说他愿意学哲学、文学。我把小人之心，揣度这些人，我敢说他们中间，有很多人还不知道哲学、文学是甚么，不过看见人家说得热闹，便盲从附和起来。再则他们中间还有一般心理，以为他们自己天性不宜于甚么科学。他们看见了理化数学便头痛；然而他们不认承这是他们应该痛改的偷惰习气，却反顺遂他，去找一个他自以为可以躲懒偷巧的学科。在这些人中，他们还是一样以浮辞为文学，以玄想为哲学。只要是这样想，他们这所谓文学、哲学，并一笑的价值且无有，谈甚么创造少年中国？

亦有一般人似乎比以上所说的又进步些，他们不定由于盲从附和，或躲懒偷巧，选择他们研究的学科。他们诚然对于一种学术感觉得较深切的嗜好，而且他们预备了很长时间的研究。所以他们很安心于学问。大学本科若不够用，预备求之于大学研究科，国内大学若不够用，预备求之于外国大学。这样的人中，亦不定没有几个人完全系受真挚的求知心所鞭策，没有博取学位的虚荣心。然而他们仍然有一个很大的短处，便是他们不知道学术研究，与少年中国的创造，有甚么关系？究竟是个无目的的求学。无目的的求学，每每不能对于学术有很真的兴味，很大的造就，更不能为社会供给最急的需要。像我们今天中国需要人才的急迫，像我们今天想为中国供给需要的真切，怎容得我们以这不经济的求学方法，虚耗我们的时光同造就？

在这一次学潮以后，许多参与学潮的热诚青年，都有些感觉得求学的重要。但是我盼望我们这样由动的修养而驱于静的修养的，要知道这不是仅由于我们动久了，生了一种困乏的心，因而愿得一个休息的机会；我们所以恳切要求静的修养的，应该是由于我们实在对于以前无实力的活动，有些不满意，所以要靠读书养些实力。今天我们决然少做些事多读些书。断乎不是说事不该做，正以事应做，所以要预备大些做事的能力。断乎不是由于我们没有从前勇气了，所以要把许多事搁起来；正以我们有从前两倍三倍的勇气，因盼望能做从前两三倍功效的事，所以不肯耗力于没有功效的运动。总而言之，我亦与一般倦飞知还的学潮中活动巨子一样想，很觉得更有希望的人，今天断然应该舍弃那些浮浅的活动，去用力读书。但我决不能信我们所以这样做，是我们的休息，我宁信这是我们的大预备功夫。果然如此，我要问现在自命反归于学术研究的人，你的读书，果然配得上说是大预备的功夫吗？你的用力，是为社会预备甚么？

若是我们为预备做事而去求学，那便要问这所求的学，于做事有甚么关系。决不能像现在一般时髦青年，一听见人家说要注重学术研究了，便去上一个学，出一趟洋，有理无理的学点哲学，学点社会学，学点经济学，乃至学点农业、工业、军事、商业，便以为尽了自己本分。我实在看见如此类的人，他们的主张，以为只要求的是一门学问，只要学问求得好，将来总要有些裨益于国家社会。然而不知道这句话似是而非。学问固然同一可以造就人才，人才固然同一可以裨益国家社会，然而国家社会的需要，有缓有急，有必要有不必要。处于今天我们这样的中国，我们譬如是要披发缨冠以救倒悬；安步固然亦是走路，然而我们救死不暇的人，能这样的濡缓么？何况在求学方面，究竟不比走路。道路是具体的，不走不到，是人人所共知。学问却是抽象的，不学亦有时或者以为已经得着。世间许多浅学而自矜的，可为此说例证。学问若是以足够供给社会需要为目标，还可以他能否供给社会需要，测量学问的程度。若求学而没有这样的目标，学问的好坏，没有甚么正当的测量。于是便容易专持以与别人相比。因为是这样，又因为中国求学的人数目太少、程度太浅，所以稍有一点学问的人，纵然他的学问还远不够应社会需要，便骄盈得没有地方安放了。这样下去，盼望学术的研究，于少年中国的创造有些裨益，岂不是痴想？而且天下亦只有目标越认得清楚的，志向越专一，进行越勇猛。我们求学的人，因为没有目标，因为没有社会的需要，鼓励他的热诚，所以志向容易改变，进行容易懈弛。我说这两句话，请我们在研究学术中的青年，试一反省。是不是有这样的毛病？这样的毛病，是不是由于求学不以供给社会需要为目标使然？所以我的意见，求学而不顾社会的需要，若非求学不成，便是成而无益于社会。否则亦是只在不急要不必要的方面，供给了社会，而社会上急要必要的需要，仍然得不着相当的供给。这岂可以笼统的说甚么好学问，总有裨益于国家社会，来掩饰自己无目的而玩物丧志的弊病？

我是一个好动的青年，居然在我学生生活完毕以后，亦得了许多动的机会。但我费尽了平生之力，结果仍然只收了我不愿意的那样小的功效。我固然怪经费支绌，怪人才缺乏，怪环境恶劣，亦不能不偶尔想起自己学问能力的太不够。这里，我最得了少年中国学会诸友的益，因为若不是看见这一般朋友的好学如渴，或者不能教自己良心越发觉得惭愧，因以发生求学的决心。就我的经验，或者就别的真挚朋友的经验，每一次参加一种事业，便会感觉得事情做不好之苦。这个时候，固然有许多地方要怪人家不是，然而只要平心反省，自己见识魄力的欠缺亦是无可掩讳的事。在人家方面的，有许多地方不是我所能为力；在自己方面的，我们若肯注意群众生活的修养，学术的研究，未始不可以补救。依我的觉悟，我很信学问便是告诉我们最正确最有效力的做事方法。譬如学教育学，便是要知道古今中外经过许多试验许多研究的最良教育方法。学人生哲学，便是要知道人生的真意义，道德的真意义，以确立道德的新根基，可以为现在所谓新旧之争，求一个根本解决。我便因这决定我研究的方针。我敢问现在一般自命为学术界中人的，亦信学问有我所说的价值么？你所以选甚么学科去研究的，亦信于供给社会的需要，有甚么关系么？

若大家肯坦白些的说话，亦许有好多人要承认他的学问能力，委实不够为社会做事；他委实要求学，然而他却找不着他合当的求学目标。这样，我便敢对他说，我们真要想靠研究学术去创造少年中国，那便先要找着一个合当的求学目标。怎样可以找着一个合当的求学目标呢？我想这要注意下列的四件事：

第一，要先懂得社会与个体的真关系。这样才知道我们为甚么要以社会的福利，去选择我们所求的学问。这样才觉得我们学问成就的程度，是对于社会负直接的责任。现在一般青年，对于社会的自觉，本来程度很浅，偶然受了无源头的向上心所趋使，虽然亦愿意以社会的福利，去选择所求的学问；然而观念先不明了，责任心又不浓厚，这样不但向上心不能盼望他真诚而恒久，抑且下面所说的话，亦没有用处。

第二，要知道社会需要甚么及他需要的程度怎么样。我们若是盼望我们所研究的学术，能服侍社会，自然我们不可不从社会所需要的地方下手，而且不可不从社会所最急切需要的地方下手；这样，所以我们先不可不仅得社会的实际状况。甚么是他所需要？甚么是他所最急切需要？

第三，要知道甚么学术可以为社会供给甚么需要，到甚么样的程度。我们知道了社会所需要的，及他需要的程度，然若我们不能知道各学科的内容的效用，胡乱扯一种学科去研究，必然不能在社会上生甚么满意的实效。现在一般青年，在他还未懂得一种学科是甚么的时候，便选了一种学科，生生的咬定，说是他终身的任务。正是犯这个毛病。

第四，要知道自身的心性、能力、地位、机会，最合宜为社会供给那一种的需要。一个社会是极复杂的组织，他所需要的，决然不是在一方面。然而我们个人的能力，为社会所能服役的，自然是很有限制。我们断不能看见凡事好的都去做，凡社会所需要的都去尽力设法供给。我们要看我们心性所倾向，能力所合宜，乃至所处的地位，所有的机会，应该研究甚么学科，自己成就最大，社会得益最多。这样，我们才不耗损了自己的成就，才不减少了社会上应得的效率。

我们能注意上述四件事，才能够选择出合当的学科去研究。我们这样的研究，才能够使社会得着他最大的益处。换句话说，在我们这样危急腐败的中国中，谈甚么创造少年中国，今天是千钧系于一发，稍纵即逝的时机了。我们应该选最近的路，用最有效的方法，教我们所用的力，一点点都得着他相当的功效。所以我们不仅仅要做事，还要求学，以便做事可以得最有效的方法。又不仅仅要求学，还要用很聪明的法子，去选择于自己、于社会最有益的学术，为我们研究的对象。总而言之，真要为社会做事，真要靠研究学术去创造少年中国，决然不是空空洞洞的说甚么求学，甚么研究学问，便可以够事的。因为少年中国决不至如此的易于被创造。

假令如上所说，我们找着了研究学术合当的目标，在研究的途径中，亦有几件事不得不注意：

第一，须记着研究学术是一种责任，不可陷于玩物丧志，无济实用之弊。我们真是要研究学术以创造少年中国，时时应该反躬自省，这所研究的学术，于创造少年中国有甚么用处。是有用的，虽困难一点，必须做去；是无用的，虽有味一点，必不可做。至少我们少年中国学会同志，或者会外表同情于我们的少年，应该记得我们今天的研究学术，是对于我们所仰望的未来的少年中国负责任。我们不仅仅如一般青年学生，只知以求学满足他的求知欲为目的。这样，所以我们在满足求知欲以上，还有更高的责任。

第二，须记着专精的学问是社会所最需要的，不可陷于粗浅浮薄，无济实用之弊。我们总要记得中国所最缺乏的，是专精的人才。我们最有希望可以自己造成的，亦是专精的人才。我们要真想为少年中国做事，真想在二十世纪站脚，不可不懂得分工的道理。事非分工便做不成。人不分工，我亦永无力量做一切的事。少年血气正盛，责任心亦每过于热烈，看见应做的事，便发生舍我其谁的心。于是今天想做哲学家，明天想做文学家。这便力量分而不专，精神纷而不凝，到头不能成就甚么。要真想研究学术以创造少年中国，断不可以如此。

总之，我们真要研究学术，不可不急于发现我们研究的中心。我们要研究的结果，圆满而切合实用；我们的力量，只可用于特别的一方面，而且只可用于这一方面特别的一点。譬如说研究道德的起原，这便是伦理学中间的一个特别问题；然而这一个问题，须从人类道德意识进化的历史上研究，须从经济进化与道德进化的关系上研究，须从生物进化与道德进化的关系上研究，须从心理发达与道德进化的关系上研究。那便是说，要研究道德的起原不可以不研究伦理史、经济史、生物学、心理学。我们研究的对象，虽只是特别一方面的特别一点，然而用力的地方并不简单。这样的一件事，亦并不能说是容易。试想我们只选这样的一个狭范围的特别对象，还是这样烦重艰难；现在一般谈学问的，还要把范围扩大，把各种学科都搅得自己身上，岂非夸父追日？盼望有甚么成效？

我们凡研究一种学科，固然要涉及其他有关系的各种学科；然而研究各种学科，究竟是与他人的研究方法不同。因为我们究竟是以一种学科为中心去研究他。譬如上说研究道德的起原，不可不研究伦理史、经济史，然而这与普通所谓历史学者、伦理学者、经济学者的研究方法，迥然各异。我们所以研究伦理史、经济史的，不是要明白一切伦理思想的进化退化，只是要从这一切具体事实的经过，看出道德起原的痕迹。此外研究经济史、生物学、心理学亦是这样。因此，我们虽然要研究各种学科，但是我们不能盼望这样的学科的研究，可以使我们成为某种学科的专门学者。我们只能说在一种学科中，取得我们所需要的研究材料而已。因为若是我真要盼望做那一种学科的专门学者，我们为那一种学科的研究，又须旁涉于别的学科。这样，便会务广而荒，无所成就。

归总一句话，中国总不是一个人可以救的，学问总不是一个人求得完的；我们便在研究学问上面，已发现分工与互助的必要。别方面无人家相助，我们固然总得自己从专精方面求学，以求多少为社会总得些实效。但是我们同时亦不可不求有一个研究学问的分工与互助的团体。倘若少年中国学会，配得上做这样的团体么？

我自问以前的几年，不至于是十分的不勤学，亦不至于十分的不向上；然而现在反省起来，谈到研究学术方面，简直只好愧汗。我自问以前亦看了几本书，但都是没有系统的学习。纵然有些零碎的杂知识，只好以供谈笑、炫愚蒙，若说拿来为做事的帮助，为解决社会问题的帮助，便只是笑话了。其实这样的毛病，在我们没有学术上指导人的国家中，有志肯读书的少年，各人摸各人的黑路，徒然炫于博览群籍的虚荣，以投合自己浮浅无恒的弱点，想亦不仅止我为然。我便敢问我们少年中国学会的会员，你们切实的一反省，果然不至犯这等的毛病么？若不免这等的毛病，果然有把握可望求得甚么学问？果然有把握可望求得的学问，能够创造少年中国么？

　　我们选择去做的事，不应该仅问这事是应做不应做，还应该问我的能力，能做不能做。因此我对于读书的态度，有些改变。从前是惟恐好书读不尽，所以凡有好书总得一睹为快。现在则惟恐读书不切实，所以一本书没有读完，不敢扯动别本书。一种学科没有研究到多少自信，不敢扯动别种学科。我很信越是要读的书多，越是要细细的读。子路固然是人告之以有过则喜的人，亦只是子路有闻，未之能行，惟恐有闻。我想惟其好闻善言的人，越是不轻易放松一句善言。然则我们真是好读书，好求学，不亦要莫轻易放松一本书、一种学问，才好么？

　　在这种杂志狂的所谓新文化潮流中，确实有些人，因要出风头而做文，因要做文而读书。这种不肖的行径，亦无待我们指斥。不过在这一般人所痛恶为作文而读书的呼声中，我想为中国学术的前途，不可不申明一句话。便是为作文而读书果然是不妥，为读书而作文，却是一个极应该的事。这怎么讲呢？一则我们普遍的毛病，只知摄取知识，不能消化知识以为己有；一则我们便能消化知识以为己有，然而因为平日没有用言语、文字发表出来，观念每不清楚明确。这样，所以我们应于求学的时间，常常将心得参综叙述出来，使书本上的学问，成为我的学问。如此的说了一遍，观念不清楚不明确的地方，自然显露出来，而且将来读书的时候，如遇着与这所说有关系的，亦自然注意力格外浓厚。我是一个最好做文的人，在我做文的经验中，确实多少得了上说的些益处。这次我为丛书致同会诸君的信，亦本于这个意见，盼望我们大家为读书而著书。我想若能这样，学业既可有成，而且一定比为赚金钱、闹名声，引些不相干的外国学说，说些不彻底的应时主张的那些书，于社会上要多生一点有价值的影响。

　　最后，我应该揭破现在我国知识界的一种黑幕。便是虚伪矜诬，不顾实际，才读了两三本书，便摆出一副学者面孔出来。这不仅仅是个人私德上极不应该的事，而且是我国文化前途的大障碍。生在现在中国学术荒废的时代，有几个人读了一两本欧美书报，无意的口头上引用了几句，亦便足令这些少见多怪的国民，诧为博学多闻。再加以读书的人，自己还存一个不良的心，自己对于其书仅仅翻过两页，甚至于不过听见人家说过，然而便强不知以为知以炫耀旁人起来了。做起文来，写上许多注一、注二字样，引些某人某书，仿佛胸罗万有的样子，其实不过辗转传抄。甚至于文中写了许多英文、德文，自己的英文、德文，初还没有摸得门径。咳！这样学术界的诈术，我实觉得羞于说他，然而犯这毛病的人，可以说不在少数。

　　我不疑惑我们少年中国学会的同志，有这样不向上的行径。但是在这样虚伪的风气流行的时候，我们心性上是不是有些无形的受他的恶影响，自己还不得不加倍的反省。而且一般年轻些的兄弟们，他们的心地清白些，见解幼稚些，一方容易受那些有意的欺骗，一方亦容易看我们过于我们所配受，给我们许多不虞之誉。即如我在北京的时候，居然有人问我学心理学读西书的门径。我自问于心理学亦只读了一两本书，我把甚么告诉他呢？这样的事，不止一端。我与杨效春君往返辩论儿童公育问题以后，亦有些人乃至杨效春君疑惑我真配得上做一个学者。其实我无论所说那一种学科，至多不过只读五六本书，而且到现在，才觉悟得应该向有系统的研究方面走，以前读的书，亦有许多不得用的地方。如此配称一个学者，岂不把中国学术界羞死了么？少年中国学会的同志，许多人都比我学问高，但我想我们都只这大一点年纪，只读了这几年书，看见求学的门径，只这少的时候，而这些时候中，还有甚么学潮运动、工读运动、通信事业、国际事业，处处分了我们求学的心力时光，便说现在够得上做一个学者，我敢说亦是太早了。我们同志中，固然没有一个人自信是一个学者，不过我们既是一个学会，多少有些人又要错认我们配得上做学者，加以学术界虚伪风气的流行，我还得儆戒我们学会同志，不要迟早亦板起学者面孔来才好呢。

（五）创造少年中国与个人生活问题

个人生活问题几个字，有许多绝口不谈阿堵物的高洁之士，最不愿意齿及。然而我亦将冷眼静观了好几位朋友，于今好几年了。在从前做学生时代，有些人羞于说这些话，有些人不屑于说这些话，他们的意思，大概都是以为生活问题是卑鄙的一件事，是有品格的人所不应计及的事。其实人既生于衣、食、住问题之中，而生物学的法则，一切生物又有求生的本性，那便即令人为他个人自己，筹划他不妨碍别人的生活，亦是无上应该的事。何况假令一个人想要为社会做事，若他自己的生活问题还不能得个合当的解决，他并站脚不住，一切所说做事都只是句空话。所以个人生活问题合当的解决，实在是社会上重要的事。

少年太气盛了，亦太自信了。有许多人，有意无意中都存了这样一个意见：他们以为只要学成了，便自然有饭吃、有事做。倘若定不能有饭吃、有事做，他自信宁可饿死，不愿丧志屈节，图自己餔餟。这样的一个志气自然是很好。但是可惜我看了许多朋友，无论起初他是如何的刚强自负，到了一离学校，为自己或父母妻子的生活，甚至于为自己或父母妻子的体面，嘴便软了，志气便灰颓了。从前谈无政府主义，现在急不暇择的，做安福系官僚的掾属去了；从前谈政治生活，现在降心相从的，做不心愿而且亦不称职的教育者去了。我不敢说他为救死而屈节，是一件甚么大罪，因为没有人敢勉强别人真个饿死。但是他果然信无政府主义是好，或者果然言政治生活是好，为甚么从前便怎样嘴硬，宁可饿死、不顾生计；今天又丢了他良心的主张，奴颜婢膝的，作这个沿门托钵的生活呢？

我愿现在有饭吃的前辈先生，大家发现良心，亦自己想想图谋一个正当生活是怎样困难，不要还摆出那一副不事家人生产的高士面孔，专门说些不落边际的清高话，越使后来的兄弟们迷信个人生活是无讨论价值的问题。我不是说一个人的眼光，便只应当注意到他自己的衣、食、住，我所说的衣、食、住，更不是指着那些骄奢淫佚不正当的享受。我的意思，我们总要求在今天的社会中，有一个正当的生活技能，我们总不至站脚不住，为生活的必要，被逼得去做我们所不愿做的事情。其实我敢说一句一笔抹杀的话，便是眼前有饭吃的前辈先生，多少都为那一碗饭，做了些他所不愿做的事情。固然有些地方，是为事业的前途，社会的幸福，受些委屈；然而若真肯坦白的自问，又何曾丝毫没有自己乃至父母妻子生活的恐慌隐在后面，帮助他去忍受这种委屈。果然事实是这样子，怎地还不教未来的青年，多注意些他个人生活问题呢？

　　我曾看见几个高等师范学生，做预科生一二年级生的时候，他惟恐接近了办理中学的人，有些近于纳交夤缘的意思。然而到了第三年级，态度陡然变了。那个时候，不但于他相识办理中学的人要常常接近；便不相识的，亦要辗转介绍得来。我因此便想得我们青年，既不能不求生活，又非到图穷而匕首见的时候，偏误于无理由的习俗，而以谈到求生活为耻，这实在是一个很有害于他自己，亦有害于社会的一种风习。怎样说有害于他自己呢？因为他既不谈生活，便不肯向生活方面预备，不肯向社会所需要的方面预备。这样，所以他虽然在学校里有几年的学习，然终不能得一个充分的生活能力，因此或者得不着他所希望的生活。怎样说有害于社会呢？社会原不是不需要人，为他做各方面的事，然而因为这些人不肯注意生活，便不能有切实的生活能力。不能有切实的生活能力，便不能怎样有力的服伺社会。现在我国社会中许多人没有事做，许多事没有人做，便是吃的这个亏。

求生活是当然的，而且是必要的。这样，我们应该注意求生活的技能，是无疑的事。眼前无论智愚贤不肖，人人既不免求生活，而且许多人求不着完全正当的生活；这样，我们若彀有力量求一种正当生活，不但不是羞辱，而且是很大的荣耀。就理想说，好社会便指着人人得着了他的正当生活而言。所谓正当生活，便是说人有合当的事做，事亦有合当的人做。譬如眼前的中国，因为人做不到这样，所以处处感受痛苦不满意的情形。为社会计，我们要求学问与职业的一贯，要求一国的教育，至少有一部分的力量，是为一国养成充分有力的职业家亦要使一国人得着他的最小限度的生活；不至因生活的落伍者太多，致酿生社会各种的扰乱。但是我们姑且不谈教育问题，我们仅就我们自身说话，那便我们应该有能力怎样做一个充分有力的职业家，同时亦得着我们最小限度的生活，自然是极应注意的事。

假令有人不承认学问必须有关于生活（Living），甚至不承认学问必须有关于人生（Life），然而无论如何，有关于人生乃至有关于生活的学问，必为许多人所应当研究的，且为社会上所急切待人研究的，且为一般必须求一个生活的少年，所不可不研究的，这总是无可疑惑的事。既然如此，那便我要请问读者，是不是必须求一个生活呢？是不是应当研究实际有关生活的学问呢？今天所研究的学问，是不是足够解决我们的生活问题呢？就我的一般考察，很觉得好多少年所求的学问，每每不切于职业上的应用。而骄亢疏懒的习惯，更为职业界所厌见。这些地方，都要怪在学生时代不注意生活必须的学问、品性、才能，以致酿这样的恶果。其实说学生是预备时代，关于他自身最切近的生活必要的技能与修养，自然亦是应当预备的一件要事。这样的预备，有几分完成了，他自己才能成一个经济上自给的人。而且对于社会亦成就为一个胜利的职业家。

我说这些平淡无奇的话，亦许读者要厌恶他说是听厌了的老生常谈。但便这样的老生常谈，已经是一般浅见的高士，所应注意。其实职业界的危险，还不止上说的那个样子。上所说的，有怎样生活能力，才可以配得上就那一种职业，这固然是不错；但是一定要说有怎样生活能力，必然可以就得了那一种职业，这还是丝毫没有把握的事。第一，谋事的与雇佣的中间，没有正式有信用的职业介绍机关，所以谋事的成就，全然凭面子机会，远未上甚么职业神圣的正当轨道。第二，无理由或不正当的恶风习，在职业界的各方面，是这样弥漫普遍；一个人要想在职业界保持他纯洁的品格，每每便因这见忌于他的同侪，以致受各样的侮辱倾轧，而不能安于其位。职业界既然有这两种现象，真自爱的青年，更不可不十二分的慎重，以讲求在不丧失品格范围中间，怎样可以求着他相当的生活。青年啊！我望你不要还恃那虚骄之气，说甚么宁可饿死的话。我敢承认我是怕饿的人，现在还极力求个粗粝自甘之道；至少有几个不怕饿的少年，已经为一个饭碗，跪在魔鬼面前去了。当自己没有与生活问题直接接触的时候，谁个少年，知道他要变到这样无耻不成形的地位？谁个不是如凤凰翔于千仞之上，似乎永远不食人间烟火的？然而一到了与生活问题接触，饥饿的感觉才萌芽了，便立脚不住，觍颜的匍匐下来。所以我敢奉劝读我这篇文的少年，你不要说那些空洞浮泛的豪语与我听罢！你们每个人都看见了好多亲戚朋友，为一个饭碗丧志屈节了，你只自信有甚么把握，将来不至像他们一样？

在政界的人，必然要阿附着无廉耻的政客，无忌惮的武人；在学界的人，必然要敷衍着无心肠的长官，无思想的前辈；在商界的人，必然要顺遂着无意义的流俗，不道德的习惯；其余别的事情，大抵都是这个样子。这些情形，是不是人人所看见的呢？我们既不能不求一碗饭吃，而吃饭的职业界，又是这样子的黑暗，我们还不戒慎恐惧，去求一个最聪明的法子，对付这个问题？还敢大意的以为他无注意的必要么？

我以为真要创造少年中国的少年，第一必须求能站脚于现在的职业界。然而又决不仅求能站脚于现在的职业界，必须有能力改善现在的职业界，而必不可把品性为现在的职业界所改。这样的样，职业界的陋习，然后乃能蠲除；国民的能力，因没有互相欺诈、互相妨损的事，其效率才能越发增长。我们自己的品性与事业如此的同时同程度的发展，我们的心灵才能永远感受愉快，少年中国的创造，亦才有切实的成功希望。

就以上所说，我以为真正有志的人，不可不注意下说的几件事：

一、生活的技能，不可不尽量求他有最高的造诣：我这所说生活的技能，是指着关系于生活的知识、修养、能力三方面说。知识、能力，须注意圆满切实，修养须注意勤俭、和平、缜密。我们固然不免要觉得职业界是黑暗，是没有一点相当的把握；但是亦有一桩比较可以乐观的事，便是无论在怎样纷杂混乱的社会中，有充分知识、能力、修养的，究竟还是比较要受职业界的欢迎。因为就常理说，人非迷惑狂，正当的事，究竟盼望有正当能力的人去做。所以便在今天的社会，究竟几乎没有看见有充分正当能力的人没有饭吃的。若是有这样的事，必然是他所谓的能力，原不配称做能力，如那些潦倒的冬烘居士；再不然，便是他即令有几分或者甚至于有充分的能力，然而被他那不良的品性带累了，至不受一般人的欢迎，如那些轻狂的青年学生。除了这两桩以外，便令他有怎样的能力，得不着怎样的职业，亦断没有得不着职业的事。

二、减小个人欲望，且须减小个人必要的生活程度：我们既知道至少现在的中国不能因有怎样的能力，便盼望有怎样的职业，所以我们能力不能不力求其大，然而生活程度，仍然不能不力求其小。这样，才不致在得不着较大的生活时，为勉强求较大的生活丧失他的品格。普通人所以不能不求较大的生活的，一因欲望太大，一因生活的必要程度太大。欲望太大，便一切衣、食、住的享受，责望太奢，自己没有一个限度，因此人家便易于用较好的生活，引诱我失掉我的操守。生活的必要程度太大，便为维持眼前的生活常态，已不能不待多量的金钱；因此人家更易于用较好的生活，逼迫我失掉我的操守。古人说，安贫乐道，我常想只有安贫的人，才能做乐道的人。不愿安贫，必不能乐道。不容自己安贫，更无从乐道。在现在国民经济濒于破产的时期，而奢侈浮夸的风气，又复盛行；我们怎样能使自己甘愿安贫，亦复可以安贫，这是于我们品性的维持，大有关系的事。

有幸福些的生活，是人类所应要求的正当权利。我亦深信我们的生活，乃以图谋自己的幸福为一切合理行为的真正起点。这样，所以我们亦决无自戕以奉天下之理。但是所谓有幸福的生活，并不仅指衣、食、住的享受；比衣、食、住的享受更重要的，便是心灵的愉快。而所谓心灵的愉快，又决不仅指生活的进步，比生活的进步更重要的，便是欲望的减小，生活的知足。天下只有知足的人最愉快。因为有不足，便有求；有求便有所不得；有所不得便苦了。生活无论如何的进步，若是欲望与生活必要程度，随他一同长进了，便总只有感觉痛苦。天下熙来攘往的人，都自命是求幸福的，结果人人都是痛苦。这种现象，我们不可不注意。我的意思，是主张欲望是要尽力的缩小，生活必要的程度，亦是要尽力的缩小。这固易于令人觉得是有些自戕以奉天下的意思，或者有些达观的同志，他要以为不合人情，不愿意这样做。但是我的意思，却因看得个人生活问题是这样的严重，在恶势力社会中，求一个正当的生活，是这样的困难，所以我想我们不能不预备很愉快的胸襟，去忍受最小限度的生活。这样才能臻于进可以战，退可以守的境地。我亦信只有拼着忍受最小限度的生活的人，得着较好的生活，才有一个享受。我们不仅要生活，我们还要愉快。我们不仅要有幸福的生活，还要有能力去享受这样一个幸福。不然，运命好时，贪得的心，既蒙蔽了自己，因而不感愉快，反感痛苦。运命坏时，为生活所逼迫所驱使，违反他自己的良心，无条件的降服于恶势力之下。这不但是社会的不幸，为个人亦是一种痛心的事情。

在新文化运动中，所产生的优秀少年，以我所见的，很觉得有一个应矫正的习尚。便是在这些少年中，虽然有些极刻苦极俭朴的，究竟很有些假卫生或美观的名色，自奉太过当的。卫生或美观自然应该讲求；但这亦应该有个最小的限度，决不可做戒了变形的奢侈。何况这些少年，果然有点对社会的同情心，眼见许多同胞，在水深火热之中，饥无以为食，寒无以为衣；亦眼见许多很有望的朋友，求学没有费用，作事没有资本，却全不想尽力资助，只注意自己写字台的精致，会客厅的雅致，处处摆出一个名士样子，以眩耀侪辈。这论行为已是可鄙，而且习于这样养尊处优、闹架子、讲体面，将来处处易于为宵小劫制。他到头成就一个甚么人，还是一个大问题呢。

三、非生活能够自给，不可结婚；结婚的妻子生活费用，应帮他求个自给的方法：我们既知道生活是这样困难，生活的必要限度应该尽力缩小；自然可以知道，家庭之累，是要极力避免的。在生活不能自给的时候，不可结婚，这理由许多人都知道。然而一则我们社会里做父母的，有所谓了向平之愿，常好早早的办儿女婚嫁的事。一则性欲的冲动，亦每令一般浅见些的少年，甘心入家庭所设早婚的陷阱。我曾亲眼看见几个少年，因为这样，仍然太早了结婚，因之令他的学业品性，都受了不良的影响。我可以说如我们今日以生活能力为结婚的标准，而不以性欲发达为结婚的标准，实在是违反自然的事。但是这是现在的经济制度，要彻底改正的原因；在经济制度未能改正的时候，我们为自己站脚的稳固，不容以这为早婚的理由。

已结婚的女子，应该帮他求生活的自给，这是为男女两方的幸福，一样应该的事。因为就男子说，若女子的生活不能自给，他便要用一个人的力量，解决两三个人的生活问题。这样便每易陷于穷窘。就女子方面说，因为生活无法自给，所以实际上的人权人格，总不能与男子平等。而且如遇不幸的事，生活便会濒于危险。由这说来，无论如何，我们要为自己的妻子谋生活自给之道，那是无疑的。我们虽口口声声说甚么为社会牺牲，然而生活的累若是太重，需求于社会的若是太多，便有许多地方不能真个牺牲！因为有些应当牺牲而不能牺牲的地方，朋友或者因而疑惑到他原是不肯牺牲的人，这亦是彼此同力合作的障碍。

我与朋友共事，只敢自己尽力牺牲，不敢些微责备朋友牺牲，最知我的朋友，虽然怪我太过于看重自己，看轻人家，然而亦多原谅我的苦衷，不十分责备我。我为甚么不敢责备朋友牺牲呢？固然各人服伺社会的决心程度，有深有浅，各人的意志力，有强有弱，朋友非是极端谅解，难以说甚么责难的话。而且在现在的经济制度下，妻子乃至父母，乃至兄弟族人，都要靠一个人支持，既然是各私其家庭，家庭的真情形，亦每为朋友所不愿问，或不敢问。这样，所以隔阂越多，真正联合的障碍越多。然而，天下事既不是一个人的力量做得成的，我们若不能打破这个隔阂，这个障碍，怎样能够做得成甚么事？要打破这个隔阂，这个阻碍，便要减轻生活之累，使自己除最小限度的生活以外，不致受生活牵制去做良心不愿的事。

四、在学力未能充实以前，不可因浅见或忿心，太容易了的说甚么脱离家庭：在眼前的中国，家庭是恶习惯的渊薮，旧思想的结晶，纯洁的少年，不能相处而安，本是无足怪异的事。又加以国民经济状况，几有日暮途穷的光景，亦有许多少年，迫于不得已为自救计，只有从家庭以外求一个自给之道。这所以工读主义一倡，少年脱离家庭的，几于踵趾相接。这不能不说是一个当然的事。但是我们若参酌社会实况看来，可以知道，这其中有些理论不合，事实上亦复不可行的地方。就理论说，生物的法律，幼种非能到生活力完成的时候，当然是受他父母的庇护。人在不能生活自给的时代，自然亦是这样。果然生活不能自给，横竖总是要靠人家庇护，不靠父母，仍然是要靠社会有心人。然而有甚么把握可以相信谁个是真正的社会有心人？可以相信这样的人，一定比父母更值得依靠呢？

工读运动，本是很有价值的事。但是我可以说，现在侈谈工读的人，大概有三种。最下的，只知参加流行的活动，以自己出风头。这样的人，只知抄袭几句不切事实的章程，求愚弄一般浅见的少年，让他陷入阱坑。中等的不审自己力量，不顾社会情形，偶然眩于工读的美名，便提倡起来。结果工读的事业失败，许多少年因此更加增了些痛苦，但他究竟不知是他冒昧提倡的罪。最上的实在能够为社会福利，真心的在工读主义下提掖一般少年；但是自己力量究微弱了，社会情形又复杂得出于意料以外，因而到了工读运动失败了的时候，虽亦竭力求万一的挽救，然究不能减少几多这样不幸少年的痛苦。前几天北京工读互助团的孟雄君发表了一篇文，中间有几句最沉痛的话说："我在这里，忠告我们青年们，自己慎重点！社会的黑暗，比家庭更黑暗呢。不要听文化运动功臣们的门面话。自己没有本领，只管蓄本领去，不要上当呢。"我们血气方刚的少年听着，这是身受其害的人所说的。我们要知道工读虽是好事，究竟在生活能力不充实的人，不是容易做到的事，不要轻易的盲从妄动呢。

我们要想不倚赖家庭，靠自己工作以求学、谋生，自然是好。不过要工作可供求学谋生，必须生活能力充实。不然，谋生且说不上，求学更无论了。退一步便令他还求得些学，亦因生活的连累，减损了许多造就。在我们社会正需要远大些人才时，却这样的糟蹋，这是社会的不经济。

而且我对于眼前不满意家庭的人，亦愿意下一个针砭。我的意思，眼前的家庭，固然不能说是满意，但父兄究竟是人，未必便全然没有人性。父兄究竟是有血统关系的人，未必便全然不顾人情。在一方面，他固然有些死守着谬误的风习道德，为我们进行之累；然而他亦只是社会传统惯习的锢禁者，一切事不出于他自己的意识。所以在别方面，他亦并不致多甚么成心，更不能说是有甚么恶意。但是一般少年耳食了些自由解放的名词，只知看社会黑暗的一部分，全不看他光明的一部分。又只知责备人家，全不知责备自己，于是家庭还没有过分的压抑，自己已经有了过分的怨望。这样的人，简直是假借反抗恶家庭的名，向父母闹少爷公子的阔派。我常说谈无政府主义的少年，十个有九个不切实，谈新思潮的少年，十个有七八个不切实。因为这样的人，每每只知骂政府，骂资本家，骂旧学家，骂父兄。今天说人家怎样压制他，明天说人家怎样拘束他，全然不反躬自省，问问自己算甚么人。我自命是信得过新文化的人，但是我真不愿看这样不堪的新文化运动。彼此谬习互相鼓荡，牺牲了许多有希望的少年。我亦极力主张少年在必要时须能反抗家庭，但是要用和婉的态度，真挚的情感，坚决的意志，使家庭不忍亦不能不让步。决不是徒然逞血气以故意随处惹起反感。因为这种无意义不合理的态度在人群中寸步难行，即令视父兄如路人，亦不应用这种态度待他。偏偏有些少年，自命为主张平等，主张博爱，却这样待他父兄。还要骂家庭黑暗，父兄顽谬。究竟一旦脱离了家庭，经几次生活恐慌，仍然不能不摇尾乞怜于野心的政客、资本家之下，以苟延残喘。咳！我真不忍看见这般的人。

　　总而言之，少年要真想做一个人，真想做一点人的事业，总不可不把他个人的生活问题，求个圆满的解决。所以学力的预备要极其充分，在预备未能充分以前，不可不忍小忿，用良法，以委曲求全于这种家庭社会之中。又生活的限度，要极其小，自身以外的人，都要尽力求他有个自给的生活。所以结婚与妻子生活问题，都不可不注意。不然，将因生活逼迫，屈服于恶势力之下，为人道的魔鬼加增生力军，这将是人类的大害。

我少年中国学会的会员，乃至会外同志的朋友，大家都请把上面的话想想。我们越是想担负更多的分量，便越不可不求脚步的站稳，我们越是想对于创造少年中国的担负加增，亦越不可不求对于自身生活的系累减少。这样那便以上所说的，对于我们是格外有关系。

我除上所说的以外，关于个人生活问题，亦还有一点特别意见。那便是说，依我的经验，一则天下的事，没有不待钱做得成的。二则真为天下做事，在做事中间，总只有自己牺牲，断不能望从做事里赚得多钱。三则旧有的事业，范围太大的事业，因为他受各方面的牵制是不能盼望办得理想的好的。就这三个观察的结果，我因断定要做事到理想的好，只有靠我们用自力创办的新而小的事业。但是我们拿甚么钱去创办自己的事业呢？我因进而断定我们应该把谋生活赚钱与做事分成两橛。做一种的事谋生活赚钱，而就这所赚的钱，去创办自己的事。这样，我们便有理想的事业做，而且有钱去做我们理想的事。

普通的人，都想就自己谋生活的职业，做到理想的好。然而几于每个人失败，每个人失望。我亦是这样的一个过来人。在我失望之余，我狠研究了一番。咳！这原是一条死路，怎地许多聪明人都勘不出来呢？我们为谋生活而就职业，本来我们便只是一个雇佣，一个工具。雇我的人，他岂容易让我反宾为主，来改易他的事业？而且我们若做过事的，试想我们联合三五同志，做起一点小事，都有许多败点，不容易到理想的田地。现在我们因自己的生活，投身于已经成立的事业、已经结合的团体中，这事业是怎样成立的团体是怎样结合的都不计及，却盼望他比自由意志结合的团体更能做事，这岂非极笨的妄想？

生活是不能不谋的，旧职业界虽断然不能做甚么理想的事业，然而是不能不进去的。那便我们应该知道，我们所以入那种职业界，是为谋生活赚钱，不是为做甚么理想事业。那便我们应该提醒我们自己，在职业界有某种程度的不得意，是不须过于烦恼的。在我们谋生活的职业以外，要自己设法做一种理想的事业，是一刻不可忘记的。这样，我们不致因职业上的不满意，太容易惹起良心的不安；亦不致因职业上不能做事，便废然以为天下真无事可做了。

把谋生活赚钱与做事分成两橛，这是一个未之前闻的奇论，但读者若肯细心想想，或者要信其中很有理由。而且我觉得这样的发现，于我们规定行为的标准，很有益处。我以前在职业中求做理想的事业，因各方面的牵制总不能成功，令我心中起很大的烦闷。后来决定把眼前不能做理想事业的职业丢了，想缓以时日，另寻较好的职业；然而就各界各等的职业家看，令我觉得究竟与我以前就业的生活，只是一样。这样下去，若不说欺心话，要想得个理想的职业便只有饿死。我因细想，果然除了饿死，社会事便无可做吗？这以后我才得了上说的那个见地。自然人家要想这个见地，或者是我文过的自欺方法。不过我细细想过，亦不仅从自身着想，还就社会想过，觉得这简直是一个真理。所以我的意思，以后的生活，便要以这为标准。一方求个谋生活赚钱的职业，这种职业以不亏损社会、亏损良心为主。负责宜轻，作工时间宜少，薪金款额少固无妨，多多益善。一方自己组织一个团体，一种事业。这种团体与事业，便用作理想事业的一个切实根据。在职业方面保存的精力，便投在这里面。在职业方面赚取的金钱，便用在这里面。这样比现在热心的职业家，用力或者少些，收效还要大些。我们若真是为社会以做事，便不可不计较这事在社会上所收的实效。不可死板板的只知尽忠于雇主。但是我这亦不是说在职业上便不必讲尽职，我们为维持我们的生活、社会的现状，不可不有与他人相等或更大的忠诚心。但是我们一定要知道职业界的改造是有限的，盼望从职业上求社会彻底的改造，是几于不可能的，而且亦是太多了障碍的。我们无宁从职业上维持自己的生活，或者更赚些做事业的钱，而另自创办事业，为简捷有大些的效益。

这所说的，我自己亦想得未免有些驳杂得可笑。但是若这真是简捷有效益些的做事方法，这还值得有志创造少年中国的朋友大大的考虑一番。或者有人要借我这个理由，自己去用太不神圣的态度，就太不神圣的职业。但是我以前所说，原只为真正有志的人，备一个参考。我们决不是要做一个拜金主义者，亦决不是预备做一个不尽心的职业家。若拜金主义或别样不肖的少年，他看见了我两三句话，正合他的心思，拿去做个护符，那只是他们文过饰非的习惯，我不能负责任。

这以外还有一个问题，便是我们的同志，在个人生活问题方面，应该怎样联合而互助？如上所说，个人的生活问题，既是有关于创造少年中国这样的重大，假令我们的同志，多少能为少年中国做一点事，那便他将来怎样不致为生活问题所压迫，以丧失他的志气与能力，这不仅是他一个人的事，实在是我们大家为创造少年中国应该共同注意的事。所以我们在个人生活问题方面，必须联合而互助。互助的方法，依我所拟进行的计划，便是朋友间等一个共产或集产的团体。这样依经济组合的原理，自然生活费比独立的生活减少。而有这样的团体，那便减小生活限度，图谋妻子生活自给，都可以合力去做他，比独立的生活亦易于见效。此外还应该尽力于介绍职业，这种介绍的事，最要是真实不诬，使求人与求事的，有个惬意的选择。我想这亦是我们谈创造少年中国的同志，大家要注意的事。

我盼望无论学会内外的同志，今天谈创造少年中国的，将来都有个合当的顺遂的生活，都能够真做一个创造少年中国有力的工匠；怎样能到这一步田地呢？这是我们每个人自己的重大问题，这亦是我们团体中全体的重大问题。

结论

我把这篇文做得这么的长，我一头写，已经一头的懊悔。因为那是显明的事：看太长文字的，一定不能有集中的注意力。我诚不知道我所说的是不是完全没有价值，不过我想这都是我反复考虑的一点心得，而且都是关系于我们切身的问题。我究竟痴想，总配得上读者一反省。

不管你说政治活动亦好，社会活动亦好，怎样能有一个分工与互助的合理计划，怎样能有一个圆满富于活力的群众生活，怎样能有一个圆满而切合实用的学术研究，又怎样能有一个不妨碍创造少年中国工作，或者且有补益的解决个人生活方法，这总是人人的基本问题。不注意这些问题的结果，必致成为无实力无实学，甚至于成为丧志失节的人。团体亦必致成为呆死颓唐的团体。这样谈甚么创造少年中国？

我宁愿每个少年中国学会的同志，都莫信自己是已经完成了的人，我敢信每个人都还要努力的向完成路上走。我亦宁愿这些同志，都莫信自己的团体是已经圆满了的团体，我敢信我们的团体还要努力向圆满路上走。无论是偏见与否，我有些信少年中国学会是比较纯洁、比较有希望的团体。但是我想少年中国学会的会员，若非时时深刻的反省，见善必从，有过必改，以渐求达到我们理想的纯洁，理想的强健，理想的圆满境地，那不但是少年中国学会的不长进，亦是少年中国学会对于少年中国所负的大罪过。

最后奉劝我敬爱的读者，你若有耐心读了这样一大篇，我盼望你总要得些切己的益处。你总不要说这些话对于你那一位朋友有益，若这些话可以于人有益，盼望你细细想一遍，你真不需要这些话么？就我的意思，敢说少年所犯的毛病，大概不很相远。我敢信读我这文的人，多少便要犯我这所说的毛病。我请你不必文饰，不必虚骄，为人类为我们的祖宗同子孙，坦白的承认改悔你的罪过。不要只看朋友，多看看自己。朋友能不能改过迁善，还是无把握，我自身的改过迁善，不很容易做，亦很应该做么？

　　莫只顾看我的话，批评我正确不正确，我盼望看这文的人，把我的一些意思，自己还放在心头想想。若只是甲的耳朵，听受从乙口里所说的话，究竟总觉得这只是一句话，至多说这是一个教训。只有从心气和平天真发露时，自己想得，自己觉得的，才真能于心性的改造有些切实的益处。因此我盼望看这文的人，能因这文引起他自己的审虑，比盼望他听受我的话更狠。

　　向上的朋友啊！人不是要给人家教训，是要能给人家品行。更不是仅要给人家品行，是要一样的使自己有品行。我们配得上说是有品行的人么？我们说了亦听了这多的话，不自己觉得有些惭愧么？不改造自己盼望改造甚么国家？少年中国的前途果然是有希望，我信这个好预兆，必然在有志创造少年中国的青年——你和我——身上显出来。为盼望看见少年中国的实现，我真拭目以待从我们身上显出来这样的一个预兆呢。

　　原载《少年中国》第 2 卷第 1 期、第 3 期，1920 年 7 月、9 月

学术与救国

我在这二个多星期，许久不能为《中国青年》作文，实在抱歉得很。

我有许多要说的话，因为不能写字，只能想不能说；可是又因为越想越觉得要说，所以今天托朋友代我写下这一篇来了。

我病中接着南京朋友效春的信，他有一段话说：

"《中国青年》颇得一般青年信仰，我亦希望他能更多引人注意。惟望不要把学术看得太轻了，我们要希望大家多多注意国事，但不希望青年反对学术也。你有些话，不免故意过甚其辞，怕反对人失信用。"

我接到他的信，觉得他或者有些误会罢。我怎敢反对学术！我处处想从学术中求得社会破坏、建设中所应遵循的途径，但我处处觉得材料不够用，知识太短浅了。我很恨从前糊里糊涂读了几本不相干的书，完全未曾注意社会科学；我现在正想多用力研究社会科学哩！

一般人知道制造机器，驾驭汽车是不能不学的；若是没有学这些事的人，偏要谈这些事，一定要被"行家"笑坏。但是很奇怪，一般人对于怎样使社会进步，却以为不须学习，便都能说些不错的话。所以一个大学者不敢讨论一个木匠、石匠的专门小问题，但是十二三岁的小孩子摇起笔来，便都可以谈些治国平天下的大道理。无论是一个天文家，或者数学家，当他对公众演说的时候，除了说他本行的事情以外，都要自命为能谈一点社会问题。所以大家都以为社会科学是可以不必学的，也因此大家终究不知道怎样使社会进步。

有些人说，中国是一定不会亡国的，有些人说中国非亡国不可；其实两方面都是说梦话。以为一国古老广大便可以不亡么？巴比仑、叙利亚的古老，印度的广大，却一个个都亡了。以为内乱外患便一定亡国么？苏俄的内乱，土耳其的外患，却都不能禁阻他们兴盛起来。一个国家要拨乱反正，转弱为强，必定有他应遵循的途径。我们要在社会学者的理论中，古今中外历史的教训中，去找出这种途径，我们便能有把握地可以救中国。怎样能反对学术呢？

昨天又接着保定一位朋友中秀的信说：

有些人说，但但研究社会科学有什么用呢？不过只是做到破坏的工夫罢了，怎么能够建设呢？还是多多注意自然科学，以为将来的建设预备罢！无论怎样，自然科学是不能丢开不管的。像这样的论调，是最能迷惑人心的。有许多正在观望中的青年，都要受到他的暗示了！望你在《中国青年》上多多发表关于此类的文字，因为沉睡在科学救国的迷雾里的青年，实在不少呵！"

我对于他这所说的自然科学，以为若是指的供给常识，造成丰富的人生兴味的中小学自然科学，我们并不必反对。但是像今天中小学没有仪器标本，仅仅教授学生一些简单枯燥的原理原则，使学生觉得比学古文还没有趣味，以为这种自然科学有什么用处，那便是笑话了。但这与社会的破坏建设没有大关系。

若所说自然科学是指的工业、农业等技术知识呢，则我以为学这种技术的当然总比那些学灵学和学白话诗的人要好些，我们也并不十分反对。不过我们觉得要救中国，社会科学比这些技术科学重要得多。

我在成都听见一个人很发感慨地说："合成都各专门学校学生的学识，造不起一里铁路，中国怎样会强呢？"哈哈，笑话！他以为合成都学生的学识造得起几里铁路，中国便强了吗？中国再没有人，合全国东西洋留学生修几十几百里的铁路，总也没有不能的罢。但是政府只知打仗，只知抢钱，只知逢迎外国人，全不肯用这些人做这些事。在这种政府之下，再有几百几千个专门技术人材，也仍然找不着正经事做，也仍然做不出正经事来。他们怎能讲甚么科学救国呢？

譬如学习制造飞机的，中国也有谭根、厉汝燕、周厚坤等，但是中国何处有飞机厂可以请他们制造。他们若不是留在外国工厂，帮外国人制飞机，至多回国来只能做个驾驶飞机的人，或者甚至于只能在商务印书馆里做些小小的工艺品。由此可见中国政治若是长此混乱，养些技术人材，终归无用。

现在全国工业、农业的毕业生也不知有多少了，但是国内秩序混乱，百业不兴。这些专门学生仍只有去做官，去当土豪，去在个设备不完全的学校里抢一个饭碗，结果把所学的一起忘掉，仍然同别的人一样，变成一个光棍的流氓！我敢断言，第一是要社会有个改革，政治要比今天能上轨道，不然，多一个技术家，便是多一个流氓！全国专门大学一年要毕业几千个学生，我为中国寒心呵！还讲甚么科学救国么？

要破坏，需要社会科学；要建设，仍需要社会科学。假定社会是一个工厂，社会科学是工厂管理法；有能管理社会的人，一切的人有一种技术，便得一种技术的用，没有管理工厂的人只有机械，只有像机械样的工人、技术家，工厂永远做不出成绩来。

有的人要说，纵然有了管理工厂的人，仍然要技术家，这是不错的。但是中国也有不少的技术家呵！倘若中国的技术家不够用，尽可以请外国的技术家为我们服役。只要主权在我们，请外国的技术家，犹如外国人招华工一样。即如现在德国的穷窘，设如我们问他们要技术家，真怕取之不尽，用之不竭。美国、日本从前都向别国雇请技术家，所以有今天。由此可知中国是政治上轨道要紧，技术家的够用不够用，还不成一个重要问题。

中国政治上了轨道，能够有足够的本国技术家，自然是再好没有了的。我们并不反对人学技术科学，但是我们以为单靠技术科学来救国，只是不知事情的昏话。越是学技术科学的人，越是要希望有能研究社会科学，以使中国进步的人，好使他们可以用技术为中国切实的做事。技术科学是在时局转移以后才有用，他自身不能转移时局。若时局不转移，中国的事业，一天天陷落到外国人手里，纵然有几千几百技术家，岂但不能救国，而且只能拿他的技术，帮外国人做事，结果技术家只有成为洋奴罢了。所以，我们觉得要救中国，社会科学比技术科学重要得多。

原载《中国青年》第 7 期，1923 年 12 月 1 日

再论学术与救国

　　学术是一向被中国人胡里胡涂地尊崇的东西。一般愚弄读书人的帝王，纵然在他"马上取天下"的时候，亦会溺儒冠、辱儒生；一旦得了天下，为着粉饰太平与消弭隐患起见，都不惜分点余沥，用各种名位爵禄，把那些所谓"学者"羁縻起来。一般白面书生，亦乐得与帝王勾结，以眩惑农、工、商贾，于是亦帮着宣传"宰相须用读书人"一类的鬼话。因此，学术遂永远与治国平天下，有了一种莫明其妙的关系。

　　我自问不敢鄙薄任何学术。无论科学亦好，文学亦好，玄学亦好，我每看见那些学者们连串的举出一些西洋的人名，以及他们能在各种书中举出各种的材料，不问他究竟学问深浅，我总永远的只有甘拜下风。我以为我们总应当服善，总应当服一切比我们有才能知识的人。我看见无论甚么唱京戏的，打大鼓的，变魔术的，我对他们都有相当的敬意，亦因为我没有甚么比得上他。

　　但是我有一种偏见——或者是偏见罢！我想：倘若我害眼病的时候，我应当求唱京戏的为我疗治呢？还是请打大鼓的、变魔术的为我疗治呢？还是请科学家（自然不包括医学家），或文学家，或玄学家为我疗治呢？我的偏见，以为他们都不配为我疗治眼病。我不是敢于鄙薄他们；但是我的偏见，对于疗治眼病这层，他们一定是不配，一定是不配。你们以为我的话太不妥当了么？

由于同样的偏见，我想：现在中国的病象太复杂危险了，我应当希望一般人唱京戏来救国呢？还是希望他们打大鼓、变魔术来救国呢？还是希望他们研究科学（自然不包括社会科学）或研究文学，或研究玄学来救国呢？我的偏见，以为这些事都不配救国。我亦何曾敢于鄙薄这些事；但是我的偏见，对于救国一层，这些事一定是不配，一定是不配。你们以为我的话太不妥当了么？

我说要救国须研究救国的学术——社会科学，真有不少的朋友，以为是偏见呢！他们定要说任何学术都可以救国；倘若我反对了这句话，他们便要判我一个"鄙薄学术"的罪名。我真太冤枉了啊！

我要正式申明的，我并不反对任何人，用任何目的，去研究任何学术乃至任何东西。世界上必须有种种色色的人，乃能成一个世界；这种事谁能够反对呢？我的意思，不过我们今天第一件事，希望真有些人能救国；因此希望真有些人能研究救国的学术。我第一是要指明，别的学术与救国没有甚么直接的关系。靠别的学术救国，是靠不住的。第二是要指明，要救国仍非研究救国的学术不可，从前那种凭直觉盲动，是太热心而没有结果的事。

不过我这种话，无意的究竟侵犯了学术与治国平天下的神秘关系，究竟有一点排斥科学、文学、玄学于救国范围以外的嫌疑，于是终成了"过激"的论调了。

然而我错了么？

亦许因为我不会说话的原故罢！许多朋友说，我要叫人家丢了他所学的一切，都来研究社会科学。其实我那里有这样的大胆呢？

我的意思，只是像下面说的几段话：

一、我以为要投身作救国运动的，应当对于救国的学术下一番切实的研究功夫。我们决不只是发传单、打逆电、开会、游行；闹了一阵，究竟闹不出甚么结果，便可以心满意足的，我们必须要研究。然而我们在研究之外，在合当的时候，用发传单、打通电、开会、游行乃至于其他活动，以求达到一种目的，自然亦是应当的事情，这正如学理化的人，必须进实验室，是一样的事。

二、我以为我们定要打破任何学术都可以救国的谬想。我们要研究救国的问题，不可信靠我们自己数理、文学的知识，亦不可信靠那些大数理家、大文学家的议论。我们最好是自己能多少研究些救国的学术，而且从有这种研究的人那里，去得着相当的指导。

我以前只顾说救国，不曾说到吃饭的问题，我实在荒谬了一点。我们自然承认吃饭亦是一件重要的事，不能反对人家用任何技能去吃饭。因此，一般人学科学、文学、玄学来吃饭，谁应该反对呢？我们只愿请大家注意的，人怕不只是要为吃饭罢！你学科学、文学、玄学，你便可以吃饱了饭；然而你的亲友邻舍还是这样贫困窘迫，你以为这中间没有甚么问题么？再进一层，人怕不只是学了科学、文学、玄学，便可以有饭吃罢！倘若科学、文学、玄学便可以给饭人家吃，又那里有新派、旧派、东洋派、西洋派、南高派、北大派，这些抢饭碗的好听名词呢？

我以为要使一切人的吃饭问题都得着解决，要使我们自己的吃饭问题，得着永久安定的解决，我们非加入救国运动不可，所以亦非研究救国的学术不可。我们决不反对人家用任何学术去吃饭；我们所希望的，只是在吃饭的余闲，大家注意一点救国的学术。我们不要以为吃饭的学术便是救国的学术，不要欺骗青年，以为吃饭的学术，比救国的学术更重要。

有的人说，我们研究学术，便是为的学术本身的价值，原不问他是否有用处，所以原不问他可以救国与否。这种研究学术的态度，我并不敢反对。人应当有顺着他自己的意志，以寻求享乐的权利。而且中国若能出几个牛登、爱恩斯坦，便令亡了国，灭了种，亦仍可以留存着他们万古馨香的姓名。有时人家提及他们是中国人，我们亦还要分一点荣誉。不过我的偏见，以为这种荣誉，不享受亦罢了！我天天最感觉的，是这种贫困窘迫的惨状；我总要想有一般人把这些事挽救过来。我只希望一般青年，多花些精神，研究挽救这些事间的学术，这似乎比那种个人的享乐，与虚空的荣誉更重要一点罢！

有的人说，便令研究救国的学术——社会科学，我们岂能完全离开别的学问？我们不懂生物学，便不懂人性；不懂人性，可以研究社会科学么？研究任何一种科学，离不了别的科学，这是不错的。但是凡研究一种科学的，都有他研究的出发点。研究社会科学的，由他的出发点去研究生物学，便与本身是研究生物学的人，所持的研究态度不同。实在说，研究社会科学的，若他不要自己改变目的，成为生物学家，他只是要利用生物学研究结果所得比较满意的假设，以应用到他的社会科学研究上面。他固然可以因他的高兴，多作一番搜集标本或显微镜的研究，然而他若不能亲身去作那种研究，他只是利用别个曾作那种研究的人，发表心得的书籍，你不能说，他像这样便不配作社会科学的研究。倘若是这样，外国生物学家发表心得的书籍，亦多了；中国有研究生物学的人与否，我们自己曾经像生物学家那样态度去研究生物学与否，究竟与我们研究社会科学的前途，有甚么关系呢？

一切学术，都可以七湾八转的使他与救国发生关系，这是我承认的。但是没有救国的学术，而只有别的东西，终究永远不能收救国的成效。倘若我们为研究救国的切实方略，一切学术都可以供给我们一些基本的资料；但是这不是说，我们应去研究一切学术，这是说，我们应研究而接受他们所供给的那些资料，以供我们为社会科学的研究。倘若只有人供给这些资料，而没有研究接受他们，应用他们以解决社会问题的人，我看这与救国，终究是风马牛不相及呢！

所以便令我们认承一切学术,都可以供给救国方略的资料;然而说一切学术都可以救国,然而说,中国人研究一切学术,是一样的急切而重要,终究是靠不住的话。

　　然而一般青年竟被这些靠不住的话欺骗了。他们说,学校的功课都是一样要紧的。他们的死用心,不但为混分数,而且亦为的那些功课可以救国的原故。

原载《中国青年》第 17 期,1924 年 2 月 9 日

中国革命的基本势力

　　人人知道中国必须要革命，然而对于中国的革命应当靠甚么作基本势力，不一定有一致的见解。在自命为稳健的人，他们以为中国的革命要多依赖士、农、工、商等职业阶级。在比较急进的人，又或者以为革命的势力，应当建筑在兵匪游民身上。这两个意见，恰恰是绝对的相反，然而亦都有他一方面的理由。所以这值得我们讨论。

　　主张鼓吹各种职业阶级去进行革命的，其用意自然可以钦佩。中国最近的祸乱，只是一般无职业的人。军阀、官僚、议员、政客与军队、土匪等的纷扰，遂使社会上各种职业都受了他们的波累。现在若能唤起一切有职业的人觉悟而联合起来，以抗拒他们；有职业人的实力，必足以致他们的死命。

　　怎样抗拒他们呢？第一步是不合作，第二步是使他们屈服而居于我们监督统驭之下。

　　这种理论是很简单而易于明了的。倘若靠这种理论而唤得起各种职业界，我相信他们所预期的革命，必然可以圆满实现。

　　然而我应当说，这种理论是很有价值的么？我不相信我应当说这样的话。我以为这只是我们可以有的一种幻想罢了。在中国这种经济状况之下，想各种职业界联合起来，以不合作为革命的手段，在事实上是不可能的事。

　　我何以说不可能呢？第一，人类本来是有些苟且偷安的；有职业的人虽然亦感受时局纷扰的不利，然而他们还可以苟安旦夕，所以对于革命的事业，不容易唤起他们的热心。第二，中国的许多事业，还是在小生产的规模下面，一般有职业的人，既没有群众的集合，亦没有操纵社会的力量。这样，使他们不容易自己相信他们的势力，可以与军阀政客等相抗拒。第三，各种职业界的利害，并不一致。有些人的营业，完全沾外国经济侵略的余润。有些人的生活，完全托军阀非法行为的祖庇。我们大略看来，自然觉得百业都受了连年祸乱的影响；然而其实对于这些祸乱因以为利的人，亦复很多。劝这些混水摸鱼的人们，与人家协同的进行革命，这真无异于梦呓。

换过来说，利用兵匪游民来革命，自然是很不稳健的。然而却比起上述办法，是事实上可以办到的事。兵匪游民是没有甚么安定生活值得留恋的，所以他们比较富于革命性。他们固然是乌合之众，然而他们还是容易有群众的集合的，他们的力量亦可以摇撼社会。

然而利用兵匪游民来革命，确实不是最妥当的事情。兵匪游民是太流动而不可靠的。他虽是一种大力量，然而他只能做破坏的事情。他可以帮助革命军破坏现存的统治势力，亦可以帮助反动的党派，破坏革命军。古人说，"兵，犹火也，不戢将自焚也。"在我们要"烈山泽而焚之"的时候，这样的火，是我们需要的。然而这究竟是可怕的东西。中华民国十三年的历史，正中了不戢自焚的弊病。

有的人说，职业阶级的革命，虽然是不能求急近功效的，然而稳健没有流毒。有的人说，兵匪游民的革命，虽然是富于危险性质的，然而因为是惟一有效的方法，我们不能因噎废食而不采用他。对于这两说，我一样的反对。若说稳健呢，再没有稳健过于孔孟三代之治的了。一般儒者，亦每谓他虽无急近功效，而稳健没有流毒，然而两千多年孔孟的学说，究竟为我们做了甚么事情呢？每每有绝对做不出功效的事情，偏要假借稳健的名字，以自欺而欺人。今天我们所谓鼓吹职业阶级革命，怕不是同这一样的事么？至于承认了兵匪游民的危险，而愿意冒险的去尝试一番，这种勇敢的精神，自然是可以佩服的。然而我们若除了兵匪游民，并没有甚么革命的势力，想靠个人的才智一方能役使这些兵匪游民，一方又能防遏各种流弊，这必是过于盲信自己的能力。结果，必然仍要堕于不戢自焚之境。

然则我们要求中国的革命能够切实进行，而又前途没有我们可以预料的危险，我们革命的基本势力，应当是甚么呢？据我看来，我们确实须依赖职业阶级。然而不是说，我们要依赖普通所谓各方面的职业界，我们所应当依赖的，必须是真正的生产者——农人，工人。

为甚么智识阶级不能依赖呢？智识阶级中间，虽然有些人的想象力比较发达，所以同情心比较旺盛；然而他们的欲望是大的，虚荣心亦比较利害。因此，他们虽然有时候特别肯为国家与国民的利益努力，然而他们是很容易被诱惑，很容易被收买的。他们自己没有经济上的地位；虽然他们在恶劣的政治经济中间，亦要受许多窘迫，然而他们并不一定与统治阶级的利害相冲突。他们有时受了军阀或外国势力所豢养，亦会变成他们忠顺的奴隶。

为甚么商人阶级不可依赖呢？商人阶级是惟利是视的。就现在中国商业的实况说，商人的利益已经与外国势力发生了密切的关系。每一个比较开通的地方，都是充斥了各种洋货。即照料收买，转运各种农业品的，亦无非是外国商业家的代理人。他们在这种外力压迫之下，并不感觉苦痛。一切加于他们的租税捐款，他们都可以转嫁于生产或消费的人。他们靠着做外国人的中介，可以分取少许的余利。所以他们并不一定感觉时局的不满意，他们不感觉革命的需要。

为甚么俸给阶级不可依靠呢？俸给阶级在比薪金折扣拖欠的时局中间，固然是不满足的，然而他们没有革命的力量。他们今天的地位，已经是费力钻营，才能够得到手的。旁边环伺的人，谋乘隙夺其位置的还多得很。他们有甚么办法呢？他们便不满意于这种残羹冷饭，然而他们若不安分，将并此残羹冷饭而不可得。所以这样的生活，使他们不敢有任何异志。靠他们革命，是不会有希望的事。

为甚么绅士阶级不可依靠呢？绅士是有权力以武断乡曲的。然而他的权力，完全靠他能与军阀官僚相勾结。军阀官僚是乐得让绅士与他们分庭抗礼的。他靠这羁縻了所谓民众的首领。而绅士们亦乐得借这与他相接近，一方挟民众以见重于官厅，而亦即卖民众以取悦于官厅；一方亦便挟官厅以见重于民众，而亦即助官厅以肆毒于民众。这样的人，永远只能做军阀官僚的鹰犬爪牙，他们本不曾能代表民众，而且他们的利害亦并不与民众一致。想靠他们为民众努力，以反抗军阀官僚，这又无异于缘木求鱼的痴想了。

真正与一切统治阶级利害完全相反的，只有农人与工人。所以说到革命，亦只有他们还可以有希望。农人、工人所身受的毒害，例如赔款的横索，外债的滥借，国帑的浪费中饱，无一不使租税捐款一天天加增起来。而一切租税捐款的加增，最后仍使生产者感受其痛苦，至于使劳动的结果，与消费的需要不能相应，于是农人与工人的生活日益堕落于苦境。自然中产阶级亦是同样感受痛苦的，然而中产阶级还可以有机会与统治阶级相勾结，使悲惨的运命多卸到农人、工人的肩上。只有农人、工人，最穷而无告。他们的生活，永远是濒于破产危殆之境，他们没有与统治阶级的利益妥协调和的余地。

至于外国生产品的输入，使我们的农人、工人失了他们向来的生活；外国势力与军阀的狼狈为奸，使中国陷于内乱绵延，产业凋弊之境，一般有工作的人亦惴惴然不能自保其地位，这都是每个农人、工人所常感觉的切身痛苦。他们与国家的强弱，政治的隆污，不像别人的没有甚么显明直接的关系。他们虽然在今天比较是不问国事的人，然而他们实在是比任何人都有更应过问国事的资格。

176

农人、工人的不问国事，却实在是引导农人、工人去进行革命事业的大障碍。然而这并不是因为农人、工人必然与政治绝缘；他们所以发生绝缘的现象的，是因为一般所谓政治，不曾注意农人、工人切身利害的原故。我们今天所鼓吹的政治知识，都是国际的，或全国的大问题，有时还偏于抽象的理论去了。这自然对于农人、工人没有兴趣。我们要引农人、工人注意政治，须从一县、一乡、一区、一厂的公共事务说起。我们要请他们大家讨论这些事务的利弊，并告诉他们在事实上与理论上曾经有甚么更进步的办法。革命以后的政府，最要是能为农人、工人谋利益；不然，便与今天军阀官僚的政府没有两样了。既然革命的政府应当为农人、工人谋利益，我们自应特别提醒农人、工人注意他们自身的利益，使他们为自身的利益帮助革命，而且亦夹持革命政府，使他能实践这种任务。这样的事，农人、工人没有甚么不能够做的。

　　在这种经济状况之下，想农人、工人有个真实而恒久的团结，亦不是容易的。但若在为他们自身利益而奋斗的时候，无论甚么经济退化的地方，农人、工人都可以有团结。即如中国的农民聚众抗税的事，亦不是不常有的。自然这种团结，不是可以恒久的事；要有恒久的团结，须靠教育与娱乐事业，使他们保持一种亲密的关系。而平日常用和平的，或者激烈的手段，改良他们的经济生活。这样，便可以使他们隐隐约约的站在革命的旗帜之下；在相当的时间，他们可以助成我们的革命事业。

　　自然这种农人、工人运动，不是一件容易的事。中国有这样广漠的境域，这样多的农人、工人，他们的知识是这样的固陋而愚昧，若只是三个五个热心的人到民间去，能够有甚么影响？不错的，三个五个热心的人，是对于中国不会有用的。我们必须有一个伟大的党，由这个党的指挥，使许多党员到农人、工人中间去，而且亦使在农人、工人中间的党员，大家努力：在平常的时候，我们要做教育与娱乐的工夫，要研究农人、工人各种有利害关系的问题；在有事的时候，要引导农人、工人为他们的利益而奋斗。这样，农人、工人便会渐渐团聚而行动起来。这种运动，亦可以说是很艰难的；一切运动的策略，须经过多数人的考虑计议；各方面运动的心得成绩，亦应当交互告语，以为鼓励参证的资料。所以个人行动的到民间去的主义，是我们所不能赞同的。

我们固然应当注重农人、工人的势力了。然而仅靠农人、工人的势力，以进行革命，这是可以有希望的事么？自然是不可以的。农人、工人的眼光，比较是浅近的，思想比较是简单的。他们虽能枝枝节节的为他们的利益而奋斗，然他们对于社会问题的总解决，不容易居于主动的地位。为此，我们仍有利用兵匪游民的必要。不过这所谓利用，是与专靠他们以从事革命的人不同的。我们越要利用兵匪游民，越须尽力培植农人、工人的实力。而且此所谓兵匪游民，要有于革命成功以后，使他们化为农人、工人的把握，这样，才不至于受他们反噬的祸害。兵匪游民，不是天生而游惰的，只因外资压迫的结果，使他们失其安居乐业之常，故习于游惰。他们既因为游惰而成为社会上一种破坏性的实力，革命的人，不知利用他们，他们必为反革命派所利用，而成为革命的障碍。然而只知利用他们，而不知所以改变他们的生活，他们终于得不到一种归宿，结果仍会被反革命派所收买。所以在革命以前利用他们，以援助农人、工人的革命，是不可免的；然而在革命以后，用农人、工人的实力以援助他们，使他们均得归于农工之途，这亦是必要的事。

我们由这看来，可知一般急躁而太不审慎的人，以为运动了兵匪游民，便可以三天五天成功革命，这种话是不能赞成的。然而撇开了兵匪游民，而以为中国便只靠这些安居乐业的士、农、工、商来革命，亦不会有这一回事。照第一说的办法，我们的势力，既完全建筑在兵匪游民身上，我们便没有法子使他们化为农人、工人，照第二说的办法，我们既不肯接近兵匪游民，他们的实力，必然被反对派利用去了，这亦使农人、工人的革命，处处受他们的阻碍。

对于士、商、绅、吏等人，有时亦可以宣传革命的学说，引他们加入革命的队伍。这是我们所不能反对的。"十室之邑，必有忠信。"无论在甚么方面，都可以找得出忠实勇敢的革命人才。而且就历史上看来，凡倡导革命的人，每多出于中产之家。这只因中产之家，一方比农工要多有受教育的机会，所以他们的知解与想象力，都比较的发达。而一方所受生活的压迫，有时与农工不甚相远，这使他们中间气质厚重的，不能不感觉革命的必要。在这些人中间，每可以产出几个革命的好领袖。所以这些人我们不能不注意。不过我们说注意这些人，必须先纠正两种错误见解：

第一、我们不可有化他们全阶级成为革命的痴想。他们中间有能成为强有力的革命领袖的个人，这是不错的。然而这必是少数的个人。我们决不能拿这去希望他们的全阶级。他们的阶级中，多数人是要靠不正当的机会，谋他们自身利益的。还有些人，纵然不是甘心愿意的像这样做，他们亦是因为没有勇气，违叛自己的阶级，丢掉自己的机会，而仍不能不像这样做。所以希望全智识阶级，全商人、绅士、俸给生活者阶级，成为革命的，只是一种梦想（在革命势力已经得势时，他们自然亦会全阶级随风而靡；在这个时候，亦是可以利用他们的。然而无论如何，不能靠他们做基本势力）。

第二、我们不可有迷信他们个人力量，而忘却农工群众的弊病。我们说士、商、绅、吏阶级中，可以找得出少数的个人，能成为强有力的革命领袖；然而我们必须注意，所谓革命的领袖，是他们能领导农人、工人，并不是说我们可以忘却农工群众，而迷信他们个人的力量。我们要知道中产之家，固然可以产出几个革命的好领袖；然而这种领袖，必须是能投身到农人、工人中间去，从他们中间得着革命的群众势力。倘若这些人不与农人、工人发生关系，他们只悬在空中，想以三五日之力，利用兵匪游民，以侥幸成功；结果，所谓利用兵匪游民，必无所成功，而反只为兵匪游民所利用。我们只有唤醒而组织农人、工人，才可以得着切实的革命力量，我们要找许多革命领袖；然而每个革命领袖最大的事业，便是去唤醒而组织农人、工人。

倘若上面的话都不错呢，那便我们对于各种阶级，应当因为我们目的的不同，而运动的方式亦因之而各异。我们运动的方式，应当有下之三种：

一、对于农人、工人，应当是注意他们的团结，以及教育他们，使他们知道注意自身的利益。自然在革命以前，因为产业的退步与政治的压迫，农人、工人的组织是不容易维持的。我们必须借教育娱乐事业，以与他们保持一种关系；有了这样一种关系，便容易引导他们去参加各种和平的或激烈的，政治上或经济上的战斗。

二、对于兵匪游民，应当是注意使他们与农工结合，而且使他们将来有化为农工的机会。在我们农人、工人的运动还正在萌芽的时候，不要急功近利的，希望专靠兵匪游民能做甚么事。我们须先把革命势力，建筑在工人、农人身上，或者建筑在确愿献身为工人、农人利益而奋斗的兵匪游民身上。不然，一定不能做出好的功效。

三、对于士、商、绅、吏各阶级，应当注意在他们中间找可以做革命领袖的分子，引导他们到农人、工人中间去。对于这种人，最要紧是要他们为农人、工人做事。他们纵然不知道革命的必要，如果能切实为农人、工人谋利益，自然有一天感觉中国非革命不可，至少他们亦会成为热心欢迎革命的人。

原载《新建设》第 1 卷第 5 期，1924 年 4 月 20 日

我们要雪的耻岂独是"五九"吗

我承贵校的同学邀来讲演。到此，适听到胡先生的演讲；差不多我要说的话，胡先生已多说过叫我真无话可讲。不过今天是个什么日子？大家都知道是国耻纪念日。国耻纪念是中国很可悲的时节，凡我国民，莫不愤愤欲一倾其议论，故我亦得稍微讲讲。我们先要问："五九"纪念何以可悲痛？可悲痛的是否只有"五九"一天？我觉着可痛的不独是"五九"，"五九"的前前后后，可痛的日期，可痛可耻的事情，正多得很哩！

今日的中国，各种情形都很紊乱，几乎在没有一方面，不足以叫我们国民感觉出一个"耻"字来。讲到疆土，却日蹙百里。讲到事业，是一未举办，其有举办的，多不外操权于外国人的手里。在国内无论何处，只要是外人的足迹所到，也就是他们的势力的所及。概括的说起来，那一时，那一事，不是外受列强的帝国主义的压迫？内由军阀和官僚的蹂躏？所以从各方面看来，中国的奇耻大辱，决不止"五九"一端。也可说中国是已经一半亡国。我们如果是不知耻，或是知耻而不知雪耻，或是仅仅知一种耻，雪一种耻，而不能知种种的耻，而一概来洗雪了，那中国全亡的时期，恐怕就在目前！

只有一点，即所以使中国得苟延残喘，不即沦亡的！并不是因为人多，地大；也不是因为中国有数千年的历史，有什么文化不文化；更不是因为什么门户开放，机会均等的均势，只不过是因为中国原来是一个富于民族性的国家，在根本上国民有一种反抗异族的精神，这种精神，在辛亥革命时，汉族一致之排满清，五四运动时，国民一致之排日本，都很足以明白地表现出来。这种精神的永远存在，也就是我们中华民国的一线曙光。现在我们随时，随处，还可以看到这种精神的发现。此所以中国不即亡国的，全在于这种精神。而将来换〔挽〕救危亡，振兴国家的，也全靠这种精神。我们应该鼓励这种精神使它格外发扬而光大。

今日我们最可痛心的事，就是仅知日本，仅仅知道日本给我们的耻辱，而忘却了其他种种的耻辱。美国对华的态度，果真是好的吗？英国对华的手段，果真是不差的吗！啊！你们已忘了他们给中国的耻辱了么？一般所谓"毋忘国耻"，似乎只对日本而发。这是大错了。不过日本对中国的侵略，是格外显著些罢了。

中国之所以不亡国，并不是靠的外国对华的均势，完全是我们自己的一种民族性的精神，这固然不错，就是构成种种国耻的原因，也并不尽因为外国对我的手段的舛谬，十分的无礼，其实至少也有一小半是由于我们国人自己的不争气，军阀官僚的营私，没有国家观念，铸成卖国式的外交的失策。这些军阀官僚固不足论了。至如此次日本政府退还庚子赔款，举办什么对支文化事业。我们国民，如果根本上不承认什么退款不退款，文化事业不事业。我们先振作起来，打倒日本的帝国主义，然后再说话。这原来也是一个方法。即不然，我们承认日本退款，办什么文化事业。认清他们有什么政治作用？野心何在？由我们国民共同采一个适当的对付方法。这岂不甚好。不意我国留日的公费学生和自费学生，在东京居然为这事弄了互相打架；在国内方面，弄了梁启超和黄炎培争起科学院在北京或是在上海的问题来。这岂不是也是可耻事吗？我只希望这是传闻失实，这是不确的消息；并没有这回事。美国拿着庚子赔款在中国办教育，造成一班留美亲美的学生，代美国鼓吹。现在日本也来行美国的故智，办文化事业，要一班人将来为日本去鼓吹。我们反对日本，也要反对美国、英国因为它们都不是好东西。

是的，不错，美国是好的。美国人对我们是多么亲爱呀？广州的关税问题，临城的匪案，哪一件没有美国的加入？而尤其他们闹了最利害。别国派军舰来示威，美国格外派了多些。美国是爱中国的吗？美国人是好的吗？由这种种的事实看起来，美国对中国是最坏的。它的手段来得阴险，心地尤其奸恶。我们再看到英国，英国人也是好的！英国人在中国杀死了几个中国人，他是不理会的。新近在北京，我中国人偶然伤了一个英国人，他们就将这凶手带到英领事馆里去，作威作福的胡乱地处判他。因此，我们又可以回想到中国拳匪之乱，当时真不知杀了几个外国人？既要割地，又须赔款。真是大惊小怪，可算是闹了个天翻地覆。像这次日本地震，因地震而死的我们的同胞且不算，被他们日本人无端地杀死了的几百个人，也不曾见得日本赔一个钱的款，割让给我们斗大的一块土地。这旦是公平的事吗？由此可见中国和别国，何尝能一刻立于对等的地位？时时感受不平，就时时处于被压的耻辱的底下。现在还不即刻昂昂我们的头，抵抗这种的大不平，那恐怕不久，我们的头一起被他们压到地，一跌而倒在地上，蹶不复振，从此就死了说不定啊！国民！觉悟罢！你们也都不要再昏昏糊糊了。要知道各图其私，是救不了亡国的啊！

前面我已经说过，外人在华的势力，是怎样的大？中国今日，既不完具独立国的资格，已不啻一个半亡的国家。这种说话，不是我凭空臆造。我们同是中华国民，又谁愿说些自馁的话？不过实际的情形，确是这样的。我们与其讳而不言，何如大声疾呼，期于共知共闻，大家来策个万全，挽救它一下呢？这是想来你们都已知道的啊：就是，那满蒙的地方，现在究竟是一种什么情形？中英的西藏问题，又将怎样去解决？你们是否又知道，中国的内地，黄河上游，已经建设了一个不可思议的王国？是日本学生所组织的陇绥旅行团所亲见到的。

这个消息是我（恒耀）在前年的《新闻报》上，留心看到的。现在将它节录如次，以见此王国成立之历史。亦可证明今日的中国不独边疆的地方为外人势力所侵占，即中国的腹地，如黄河上游，也已有了脱离中国统治权的不可思议的外人所建设的国家：

"甘肃地方荒凉，……忽至黄河上游与贺兰山山脉之间，为阿拉善蒙古之一角。……中间洋房高耸，发见无数之家屋。殊可惊异。盖地图上迄未有此事之记载。后经详细调查，始知其乃为一耶稣教国，完全脱离中国政教之范围。该国乃比利时宣教师闵玉清在一八九〇年所建设。有东西二百六十里，南北三十里之面积。闵氏初旅其地。见该地有开拓之希望，遂向阿拉善王租借。于是该地遂由宣教师支配矣。（此王国称三道河。旅行者呼为阿拉善之乌托邦。）内分十八主要部落，又分多数之小部落。人口约达一万。内有十八所教堂，以统辖居民。从事布教之宣教师，比利时人四名，法兰西人四名，荷兰人十名，此外更有华人宣教师多名；各向所定之部落，从事进行。信徒多从事耕作。……又该国之行政，由自治团体执行，不受华政府之干涉。各教堂设管区之区长各四人，执掌警务。盖已宛然为一独立国矣。三道河初订十年租借之契约，后于民国元年，蒙古土匪卢占魁率众掠夺，放火杀人。信徒七十二人，及比利时教士一人，均遭惨杀。当时该处教会，要求政府赔偿损失。政府以该地为无直接管辖权，诿诸阿拉善王。阿拉善王无赔偿之能力，遂将三道河一切权利，移入教会之手。遂成此不可思议之王国云"。

这是说明中国领土权的丧失。租界的例子，大略也是与此相同：一个九十九年，又一个九十九年，中国不自强，终久是没有满租收回的日子。他如各国在华的治外法权底存在，以及诸种公营事业，如海关，邮政，铁路等事业之委权于外人的手里，在在都可以证明中国不窗成为一处半殖民地。也可说是一个半亡国。况且如在上海，外人势力的膨胀，我国人事事之无能为力，可说是已成为一个完全的殖民地了。我们处在这半殖民地的中国，求学于这全殖民地的上海，"燕雀处堂，不知火之燎栋"。请问诸君，不知处地这种危急之秋，又作怎样的感想？

我们内国的情况是如此。外国所加于我国的压力又如彼。你们要记得日本的二十一条。你们不要仅仅只记得那二十一条；你们也须记得八十年前的中英条约，近数十年来中法，中英，以及一切被各外国威胁——其实也是因为我国人的庸弱无能，才受人家的威胁，人家才能来威胁。——所缔结的各种不公平的片面的条约。我们对日本要雪耻。我们不仅仅雪了日本所加于我们的耻就算了事，我们也要雪美国，英国，法国，以及任何一国所加于我们的耻。我们不当疏忽了，以为那西洋各国处在和我国的距离远些，关系不亲密，就不足惧我们是不当被那美人（指美国人）笑迷迷的面庞迷着了，也不要被那英雄（指英国人）的豪气吓倒了，也不要被那法师（指法国人）的庄严之气镇慑着了。他们都是戴着假面具。我们更不能再架着蓝色的眼镜，向他们瞧着。我们虽然不必用 X 光镜来着透他们的心肝五脏；好者，朋友们的托列克多得很，我们尽可以借以看破他们的什么经济政策，教育事业，都是用以达到帝国主义的侵略政策的一种一种的手段。黄种人究竟是蠢汉。你看日本人不是现在才来学他们的故智吗？我们应该一律谢绝，一律反对，不问他们是黄种人的日本人，或是白种人的美国人，英国人，法国人也好。我们总归是个一概拒绝。

白种人是天使。他们是受着上帝的委托，采救我们这些愚昧可怜（？）的人们的。——尤其是中国人罢？——日本人欺我们中国，美国人又去欺日本，黄种人总比白种人痴些。哑！黄种人真是可欺的么？我们现在且不管你是黄种，白种，黑种，绿种（？），凡是压迫我们的，我们都是要反抗。老实些说罢，现在"割股疗亲"的愚孝，现在已尽没有这种的孝子肯为。何况你们是兄弟？何况你们是邻人？我们和他们有什么情感？要谈情感，先拿我们的土地和主权还过来！

耻，国耻——公共的耻，也就是国民人人个个的耻，——受了人家的侮辱，恬不以为耻，是耻；知耻而不雪耻，也是耻；有耻而知，而雪，雪之而不力，雪之而不能尽，更是耻。耻耻复耻耻，不尽的耻。我们要纪念耻做什么？将永久地纪念着它，是好玩些么？我们的纪念，是要雪耻，一雪一个干净光。我希望这个耻，至多还有五年纪念；我希望这个耻，还有三年纪念，不，两年；不，一年；不，不，今天纪念了以后，再在没有耻可以纪念。

啊！我发狂了么？我说的什么？不是！我不狂！我也不说！我立志去雪耻！去了！你们也来一同去罢。你们如其有看到《字林西报》的，你们天天都可以看到，他们不是说我中国人的爱国者是发疯，就是斥我们中国人尊崇主权是发狂。不错！我们是发疯！也是发狂！不疯不狂，到久已变为奴隶了。我只希望你们——《字林西报》的记者，大约是英国人罢？——不疯，也不狂，那我们就可以制你们国家的死命了。

好一个"公理战胜了强权"！这个词句是多么的悦耳好听？你们是上帝的赤子，你们一切的言行，都按着公理，——或者还合于真理呢？——不必说，你们"奉之以为准绳"的条约，格外是公理的公理了，恐怕还要比什么自然法则（Natural Laws），地心吸力的法则（Law of gravitation），因果律（Law of Causation），相对律（Law of relativity），动力的法则（Laws of Motion），葛莱歇的劣币逐良币的法则（Grecham's Law），报酬递减法则（Law of diminishing returns）等等法则的真确不可改易罢？可是，我们是不能相信你们的。不讲你们这些随心所欲的，以侵略为前提的，诈伪的条约，就是无论在什么物理，化学，工程学，经济学，诸种的自然科学，或是社会科学上，全由实验而来的，用以求真理的种种的法则，我们还须研究潜修一下，如果发现了它的错误，尚且还要推翻呢，何况你们纯以侵略为前提的，诈伪的条件？我们要图自强；我们不受任何的缚束。——除非是于我们有益而无害的，正当的规范——管它什么九年前的秘约，八十年前的公约，某年某年的协约，我们一概不应当遵从。可撕的就统统撕碎了了事；撕不破的，就从契约库（？）里拿出来，付之一炬。我们履行什么条约？遵从什么条件？条约条件，就是造成我们国耻的原素，我们要雪国耻，我们要将一切不平等的条约扯破了。

贵校是工科的学校。诸君热诚的研究机械学，电机学，种种的工程学，将来成为工艺或工业界的专门人才。振兴中国的实业，以救国家。我们也可以相对的承认你们的不错。我也很敬慕你们。但是，你们也要看看世界的大势啊！现今的中国究竟是一种什么现象？危险呀！是你们知道的。真的危险呀！也是你们相信的。在这种危险的状态之中，是否只是在书本上可以求得着解决这种危险的方法？是不行的，是万万不行的了。你们大家走来罢！你们要做专门的人才，中国的现状不允许你们。不允许你们，你们偏要去做，必是不得成功。就是侥幸，能如了你们的心愿，达到你们的目的，恐怕也不过跑到外国人所办的工厂里，得借一枝之栖罢了。如果是你们的本愿吗？你们要自己生活，要学问，你们当先要国家。要国家，你们至少也须要探首于自习室，实验室的外边，看看国势是怎样；插足于民众的群中，问问国事罢？不然，不幸国势竟不能挽回了。好些，无论什么人，他学再至好的多也不过成为一个亡国的学者，像太戈尔那样罢？求学是求学，做一个人。做人，第一要明白人生的意义，当此国国竞争的时代，尤其是要明白我们国民对于国家的责任。诸君！我知道你们都是爱国之士呀！可是，你们的手段谬误了。照你们那样迟迟延延地去进行，恐怕国家等不到你们来救，已尽亡了啦！看呀！请看啊！看前面那样乌烟瘴气笼罩着的所在，中国是多么的危险？你们的态度究竟怎样？

你们要想，在座的诸君，你们大家都应该想想：究竟怎样救国？怎样为中国做事？如何地做法？是否读书以外，还有更要紧的事？有的，有更要紧的事，这事不做了，就叫你读书也读不成功啊！认清了，认清了去前进，前进去做！

人说，中国人无三个人以上集合起来的团体。果真的吗？三人都不能集合，哪怎样集千千万万的同胞，来救国呢？果真我们是没有团集的精神吗？我们不能合作起来做事吗？如其是真的，那我们中国就真个无望了。

不难，团体的生活，并没有什么困难，只要我们立定一个共同的目标，手段容或各有不同，只要我们向这目标去做就好了。自然，我们凡是做一件事，要得它的成功，不知其中要经过许多的周折。我们要吃苦，我们要受气，我们也不当怕走许许多多的歧路去寻光明的路。我们要能吃苦，能受气，能走冤枉路，去达我们的目标。如果不是这样，不能吃我们同胞的苦，受我们同胞的气，和我们的同胞一同去走冤枉路，以寻光明之路，那我们就将吃外人的苦，受外人的气，自投到奴隶之途，永久也再不能雪耻伸冤！

我说了这一大遍，我也不是发狂，也不是发疯，我只是叫你们不要仅仅纪念国耻，我们大家要一同来湔灭国耻，洗雪国耻。不然，国耻重重，我们也纪不了许多，念不了许多。所以我们必得要做，必要向前进行，向上努力地去做。我们哪知道有一切，本来也没有一切，我们只知道有国家，有我们的中华民国。我们拥护中华，救它的危亡，就是救我们自己的危亡，图它的兴盛，就是谋我们自己的幸福。

我来讲，诸君来听，诸君也得要想想才好。我不是讲完了就算的，诸君也不要听了，想了就算了。你们总得岂记在心头；你们总得要去做。我想［相］信今日在座的人，大约总有一大半能够体贴这层意思罢？总有几个能体贴这层意思罢？至少至少，也有一个人能体贴这层意思罢？（耀当时在座，听恽先生，不觉洒了不少的爱国泪。当时尽已默认我自己就是这至少至少的一个人了，不，不，和我洒同情之泪的，正多着哩！）

原载《南洋周刊》第 4 卷第 9 号，1924 年 5 月 18 日，徐恒耀记录

预备暑假的乡村运动

——"到民间去"

（一）为救济闭塞穷苦的农村的父老子弟，为要谋与占中国人口最大部分的农民相接近，联络其感情，辅进其知识，使他们在必要的时候，能与我们一致的进行破坏与建设的事业，以完成国民革命的工作；我们应当利用休假日期，作普遍全国的大规模的乡村运动。我们都知道俄国的"到民间去"运动，是俄国大革命的导线；我们亦都知道中国的革命，若不是能得着大多数农民的赞助，不容易有力量而进于成功。知识阶级是惯于看风色行事的，资产家尤其非在革命确有成功希望的时候不肯轻易加以赞助。真热心于革命运动的青年，真不满意于受这种列强横暴的压迫的青年，必须毫无疑惑的投身到民众中间去，为他们作工，使他们信爱我们，渐渐认识我们是他们忠实的伙伴，我们提倡的革命是为的他们的利益，然后我们容易得着他们热诚的拥护，而革命的势力亦才可以加大起来。

（二）不久要来的暑假，使全国各处的青年学生，都可以有四十日，五十日，乃至于九十日、一百日的闲暇，这些青年们，至少有几十万人要分散了回到许多不知名的县分乃至乡村里面去，所以便是至少有几十万青年学生，要在这个时间，与几百万的农民相接触，这真是一个可注目的事情。我们没有人不知道人应当为社会服务，人应当帮助他周围的人；那便在这样长期的暑假当中，既不要耽误我们的功课，又因为我们本有回到乡村中的便利，我们一定要趁今天决定我们要做的工作。我知道每次假期的中间，各处都有许多青年，都想回到乡村中间做一番事情；不过因为他们不免有些错误的观念，因此常感于无从下手，再不然，亦做不出甚么成效。所以我今天愿意特别提出这个乡村运动，而且要请大家趁在还未放假的时期以前，加一番预备功夫。

（三）我第一希望的，便是各地方已经决定在这个暑假要回去做乡村运动的青年，可以组织一个乡村运动研究会。这个研究会是专为研究乡村运动的目的与方法，并大家谋一种互相补助，互相督促的法子的。这个研究会可以把研究的材料以及将来实际运动时的报告，醵款印布于一种刊物中；若能在已有的刊物中，请他专辟一栏，登载此种稿件，更可以节省金钱时力，自然是更好的事了。这个会可以每星期开会一次或二次，议定实行办法；放假以后，便大家根据这些议案去实行。一切议案务须使他十分切实可以一点一滴的办到，所以大家要以本乡的实际的状况为讨论的根据。在大家回到乡村去的时候，城市中应当有负责通信的人，各地方运动的实况，应当常有报告；这些报告，应当即刻发印于刊物中，分布各地同志，使他们可以互相观摩鼓舞。到下学期开学的时候，各地同志回到城市中，更可以大家拿出实际的经验以相互讨论，这将使农村运动变成更有趣味的事情。所以当真是大家能这样做呢，我相信下学期农村运动研究会加入的人数必越多，会务必越有精神，以后的假期，回到乡村中间去作此项运动的人必然更加增了。

（四）这个研究会的发起，必须认定简简单单的只用做预备乡村运动，所以无论甚么人只要他愿意去做乡村运动，都可以让他加入的。我们可以是为了国民革命而进行乡村运动；然而只要能切实作乡村运动的人，他纵然还不赞成革命，我们亦很应当诚意的与他在这一方面合作。这个研究会内部的组织要简单，最好由会员举三个人组织委员会，会务由委员会中举定一个负责的人主持，其非此一人所能办，而另须找人负责的，由委员会议定指派任何会员。不能自己到乡村里去的人，若愿意赞助乡村运动，亦可以加入这个会；他们可以出捐款，可以帮着搜集或供献一些关于乡村运动的材料，亦可以在假期当中做一个收集报告，编印散发刊物的负责任人。此外虽不愿加入这个研究会的人，如于乡村运动有些特别见解，不妨由研究会邀请他们谈话或公开的讲演；一则他的话可以供大家的参考，二则亦可以借这些活动以引起会外的注意。自然我们对于这些人的话只能作为一种参考，他们错误的地方，至少要引起会员们的辩论，我们最重要的是要每个认为正确的意见都须要切实可行。

（五）关于实行乡村运动，我愿意提出几个重大的意思，以供这些研究会开会时讨论的资料，自然我亦很愿意听见大家讨论的结果。我第一个意见，是大家回到乡村的时候，如稍有困难，最好不要从破除迷信、改良风俗等运动下手。这是很多人试验过而都失败了的。人的信仰与风俗，都只是经济背景的反映；不改变社会的经济状况，不要希望你能够改变人的信仰与风俗。其实这种信仰与风俗又并不是真能怎样妨害人类前进的。富强的国家，仍是不少可笑的迷信与风俗，日本是每条街都有神社的，英国的民间仍是有许多鬼神的迷信。至于一切无谓的忌讳，更是东西一致的。西洋女子的系腰缚胸，亦与我们的缠足无异。然而虽则如此，他们政治、经济方面并不曾受甚么重大的影响。我们看到这个地方，便可以知道我们一向把破除迷信、改良风俗太看重要了，致于因打菩萨，废礼仪而引起乡村中的恶感，使一切工作都无从进行，这是大错误，是以后必须加以改正的。

（六）我以为最好的农村运动，仍是平民教育。讲演与演剧，亦多少可以有功效的；但是讲演与演剧，只能使农民普泛的在一时得着感动，平民教育却可以在比较长的时期与他们相接触。我所谓平民教育，不仅仅是一种识字运动；我以为教他们识字亦好的，教他们看较高程度的书亦好的，教他们写信亦好的，教他们习珠算亦好的；总之他们要甚么，我们便可以教甚么。这样，他们才觉得平民教育是他们有益的事，他们才愿意常接近我们。

（七）还有一件事可以做的，便是教他们打拳习武，亦可间杂些游戏唱歌。这些事特别是青年农民所高兴的。我们借这亦可以每天与他们相接近，而且使他们感觉得有兴趣。

（八）自然说到教珠算，教拳术，有些青年是会要感觉困难的。然而这不要胆怯。我们可以趁还未放假的时间，买了书来自己练习，或者在教员或同学中找人来教授。再则便是教平民千字课或教他们看书作文，关于教授法，亦是须先加一番研究的。这些本事，学了于自己有益，为农村运动又是非学不可的。同学中间都可以找着教授的人。我们从前便曾经找过一个同学，在我们自己的小团体中，教我们的"八段锦"。只要我们诚恳而谦恭的请求人家，一定人家愿意帮助。

（九）那般农民既经到了我们面前，我们最注意是要在教授以前或以后，多与他们接近。我们所教的只要能得他们的欢心，不可把那看作过于重要。我们最要的是与他们谈话。在谈话时间，我们不要自己说得太多了，不要用很多他们不懂的名词。不要说"革命""流血"等骇人的话把他们吓得不敢亲近了。我们最好是少说，多问询他们，让他们多说。我们要从他们所说的当中，学习他们的生活状况，研究他们说话时所用的话头与格调，亦研究他们的思想，与他们所觉得的问题。我们要学得用他们的话头与格调对他们说话；从他们的思想与问题，以引他们渐渐的与我们表同情。"我们要教育农民，先让农民来教育我们。"所以在这一次暑假的乡村运动，只希望我们能从农民受他们的教育，学他们的言语与思想：走了这一步，才说得上怎样引导农民做甚么事。

（十）自然你要与农民说话，都是不易的。他们看你是一个先生；他们怕说错了话，得罪了你，所以他们不敢任情放谈。有人说，因此所以我们一般青年要使自己混在农民里面，这自然是不错的。但这不是一件易事。青年们的生活与农民悬隔得很，想假装得与他们一样，不是容易的，而且在我看来这亦不是必要的事。青年们最要是谦恭和气；不要因为农民说了一句可笑的话，便笑他们；亦不要因为他们做了一件可恼的事，便对他们发气。你要把他们看做自己的兄弟一样，很坦白的，很自然的，对他们谈话。他们一个人怕与你谈话的时候，让他们把你围绕起来，七嘴八舌的随便谈话。你问的话，定要他容易答覆的。你从他家里的人口、父兄的年岁、每年的收入与支出等等，或者他自己做工的时间、工作的种类、生产的成绩等等问题说起来。你亦可以有时发表一点议论，但总要他们听得懂，而且愿意听；不然，你宁可以不讲。果然你能这样做呢，你纵然不能假装作农民，农民亦会认你为一个忠实友爱的朋友。

（十一）我们在乡村的运动，在我看来，一般有机会比较多受一点教育的农民，应当值得我们特别注意小，学教师中有思想比较进步的人，自然更应留心。我们应当借我们这一次的乡村运动，立一个乡村运动永久的根基。我们可以在乡村中亦设立乡村运动研究会，继续的进行一切公益的事情。这些公益的事情，亦可以还是识字，读书，习珠算，学拳术；但如可以有款项，不妨更进一步，建设阅报社，或者买报纸张贴于乡间；亦可以建设长久的讲演所或运动场。再则，借中国人注意消极道德的心理，设立乡村进德会，使进会的人不嫖不赌，而无形的团结了他们的精神，可以使他们长久的在我们的训练与教育之下。

（十二）我们应知道我们这几年只能干喊革命，而终久不能有革命的实力，都由于不曾得民众同情的原故。我们必须借各种机会"到民间去"，研究他们的言语与思想，把他们组织于我们的训练与教育之下，耐耐烦烦的做几年功夫，他们自然有一天完全会懂得我们的思想，他们自然有一天为他们自身的利益，成为国民革命的基本势力。所以我十分看重这一次暑假的农村运动，我愿意引起读者诸君热烈的讨论，使这件事或为全国有志青年一致担负的工作，而且使此工作能做得很切实而有成效。

原载《中国青年》第 32 期，1924 年 5 月 24 日

中国民族独立问题 ①

我要是不说，说起来就很多比众不同的奇怪话。这些话究竟对不对，我自己也不知道，而且也不管它对不对。我所希望的是要求诸位听过了我那种奇怪的话以后，细细地去思量一下、重想一遍，如果诸位思量、重想了的结果，觉得我的话实在荒谬无稽，不合事理，难以信服，那你们就痛快地来驳我骂我。不然，那你们就是已经相信了我的话，你们就应该拿我的话去转告人家，如果那时候有人来责骂你们反对你们，你们应得自己研究自己答复，切不要推托地说这是恽某人说的，与我本来无涉；因为那个时候，已变了你们自己的话，应该自己负责了。

我觉得现在一般人，所说庸俗的平淡的话，实在太多了，而且这种话又完全是错误的，不论怎么样多，不会弄好中国的；所以我要多说句奇怪话去矫正他们。我一有机会就要说我的话。实在的，你们也不必这样正正经经坐了满室的人，我才跑来演说，就是你们有三四个人随便叫我来谈谈，我也是同样高兴的。来你们听了就转告人家，人家再转告人家，有了一万万一百万一千万人晓得了这些话，——不，也用不到这么多，中国就有希望就会变好了。

中国已成了殖民地，这是实在的。恭维一点说，中国已成了半殖

---

① 这是恽代英 1924 年 6 月 10 日在上海同文书院中华学生部的演说，高尔松记录。

民地的国家了。譬如我现在所住的地方明明是中国土地，但什么事都要外人来干。中国人不问犯什么罪，打什么官司，都要经中外人共同会审，而且一切的会审，又都是外人占势力；我试问诸位，这种事还算是平常的吗？是号称独立国所应有的现象吗？中国人在外国有没有自己审问的例子呢！海关是一国的经济命脉所赖，有哪一个国家的海关权是操在外人的手里呢？中国独是不然，中国的海关权完全操在外人手里，自己一些些也做不来主的。这样幼稚原始的中国工业生产，是完全要靠国家用保护关税政策，方才能不受外货的过分压迫，而得慢慢地发达起来；但因为海关权是在外人手里，出入货的税率都是值百抽五，中国的工商业就没有一些保障，完全受外货势力的层层压迫。所谓值百抽五，便是任何货物每值百元完税五元，因为这样规定，中国不能自由变动，所以价值比较低廉的外货得能自由输入，夺得了中国货的地位；中国人眼见许多的工人农人因此失业了，却因格于条约，一些没有办法。我们试看，美国花边入口，每值百元须完七十五元的税；日本卷烟入口，每值百元须完三百五十元的税，就明白他们是怎样的利用关税权来抵御外货，使利源不致外溢了。中国不能这样，所以外货自由流入，国人因其价廉物美，争先恐后地买它来用，因而国货销路日形减少。我们说国人不知爱国，其实这也是难怪的，须知世上没有甘心出重价来爱国家的。外国到了这种时候，他们就有办法，譬如说美国某种货物值一百六十五元，而中国所产此种货物仅值一百元，那美国人当然要用中国货，而此种美国货倒不会有销路了，但美国政府决不放自己的国货没有销路的；他们于是把中国货抽了百分之七十五的进口税，这样价值百元的货物立刻就高了一百七十五元，那比之一百六十五元的美货不是反而高出十元吗？美国人自然不得不买自己的国货，而中国货就没有销路了。

因为中国没有自由制定关税的权力，外货就肆无忌惮地源源进来，又因外货进来，除了值百抽五的海关税外，再出百分之二·五的子口半税或叫落地税，就可运往中国任何各地，不论原箱或是分装杂货箱内，再也不受任何地方任何厘卡的抽税了。至于中国货，就是在国内运输，要缴纳许多厘金，平均起来，所纳税额常常要高出外货数倍以上。外国的货物是由大规模的机械工业制造出来，其成本比之幼稚得很的中国工业所出产的本是低廉得不少；如今又加了税率上的特别便宜，那外货自然要价钱便宜了；中国人看见自己的国货又拙劣又价贵，当然免不了要舍此就彼争买外货了。因此，英国、日本的棉织匹头，安南、暹罗的米，美国的面粉，都是很顺利地运到中国，而且备受中国人的欢迎购买。据海关报告，每年有几千万银两的米和布匹自外国输入，总计全年输入与输出相抵之后，输入超过输出竟达三万万银两。中国许多农夫、织女以至手艺工人所产货物都是没有销路，全国因外货的畅销而陷于失业状态的至今已不下数千万人，而且还是在一天一天的增加。我们只晓得军阀争地盘，其实全国上上下下，东南西北，哪一处哪一界不是在你抢我夺明争暗斗呢。你们看教育界不是也结党分派吗？他们冠冕堂皇地说我们的教育主义是什么，我们将怎样实施我们的主义，以怂惥国人耳目，其实都是鬼话。他们所以这样，老实说，不过为的利于抢到饭碗罢了。自然，我们也不必责骂他们的丑态，因为他们这种可怜的境况，全是外人压迫他们迫害他们的，他们要活命，不得不这个样子了。我们现在只有提醒他们，使他们明白他们都是吃了帝国主义列强的苦。

的确啊！中国人的饭碗，中国人的生活之路，已是一天少一天了，随处都闹着失业恐慌，譬如说有四个人要做事，现在只有二个位置，他们夺来夺去，总是有一个落空。这个位置究竟哪里去了呢？不待说，是给外国人夺了去。你看全中国的海关、铁路、矿业公司，不是用了许多洋人吗？各地的大商业大实业工厂，不都是又全握在外人手里吗？

中国人当然要没有饭吃，当然不能不铤而走险云当兵做土匪了。

有人说，中国人自己不多做出些货物来，自然国人不能不买外货了。我说，发这句话的人一定是发疯了。中国是个不能自给的国家吗？中国没有布了吗？中国没有米了吗？现在大家不用国货，去买外货，叫那般中国的劳动群众如何生活，如何能多产生被国人视为废物的货物？他们是不能饿了肚子做工的啊！我们只有不放外货无限流入，国货才有出路，中国的劳动者才能够活命。

因为外人是用了机械，设了工厂，大规模的生产的，所以能制造出成本低廉，品质美观的货物，于是中国人自己也集起资本，开办用机械制造的工厂，但是中国货没有政府的保护，外国货没有海关的限制，不论中国人如何的努力，他要完比外国货数倍以上的税，到底还是敌不过外货的。所以关税不改良，厘卡不废除，中国实业是断然没有振兴之望的。近来中国自办的纱厂、面粉厂，都发发不能自保其地位，倒闭的倒闭，亏本的亏本，就是这个缘故。然而外国货依然有增无已地源源输入。

外国人真是聪明，他晓得中国人糊涂，就利用了种种机会，定下了许多不平等的条约。他们借了这种不平等条约，施行武力的经济的以至文化的种种侵掠手段，来压迫我们，剥削我们。这样的国家不仅仅是一个日本，西方许多国家比他还要凶得多呢。我并非叫国人不必反对日本，我是要你们明白我们还有更大的敌人呢，我是要你们认清凡是以帝国主义来侵害我们的，都是我们的敌人，我们要一律的加以反对。

我常常听到国人说，"我们要打倒军阀"；不错的，我们应该打倒军阀。但单单打倒了军阀，中国就太平了吗？得救了吗？不会不会，一百个不会呢。你们试想，曹锟、吴佩孚究竟是什么东西，他们是天降下来的吗？他们是有了什么奇才大略吗？老实说，吴佩孚在太平时代，不过是个凡民，侥幸些至多做到了个知县官已是了不得；曹锟呢，连字也写不来，更不配称做什么东西，他至多是个布贩子罢了。他们所以有今日的地位，完全是由中国许多的游民军队，随波逐浪顺水行船般胡乱地弄出来的。有了这许多的游民军队，就有了今日的曹锟、吴佩孚，打倒了个把曹锟，中国就会兴了吗？不会的，须知有了这许多游民军队，就会产生无数的曹锟，打倒了一个还有一个，倒来倒去倒不尽的，因为像曹锟那样的头儿是阿猫阿狗都会做的，只要游民的军队推上了就是。所以要真没有曹锟、吴佩孚，第一在除去游民军队，要除去游民军队，又先得使国内没有失业的工人，因为有了失业者，他们为活命计不能不当兵的。因此，我们知道单是打倒军阀还是大大不够，我们必得要把帝国主义者所有侵掠我们的种种条约一张一张的都撕碎了，把一切的压迫都解除了，我们才能得救。关税权在我们的手里了，我们才有方法保护我们的农人、工人，使他们人人有事不受外人压迫。到那时候，吴佩孚就是要招兵也没有地方招了。打破了帝国主义，军阀是不会发生的。所以我说，中国有今日的地位，完全是外国人来造成功的。

有的人还在那里发梦呓，以为中国所以到今日是由于道德的低下。这种话，在曹锟、吴佩孚听到了最欢迎。我们要晓得人到了饿死的时候总要做坏事的。所谓"凶岁多盗贼"，就是指明做坏事不是在乎道德不道德，乃是由于环境使然的。我们先使人人肚子饱了，就不会做坏事，道德自然高尚了。

我们要真心救中国，我们要找个根本的办法，那就是民族独立了。要求民族独立，必须抵拒列强的侵掠。如何能抵拒列强的侵掠呢？自然，只是嘴上谈谈是不会有用的。那我们用兵吗？兵又不在手里。所以我们要抵拒列强，又应先事打倒军阀；打倒军阀，实是抵拒列强的第一步。

有人很感到中国的情形已糟透了，就是天天打电报、刻刻发传单，军阀决不会倒，中国也决不会好的。所以他们说"安静些吧，中国是不会有办法的了。"这话的真意明白些说，就是："由外人去自由地杀到我脚边，我尽管安心的做了亡国奴吧。无代价的爱国，不可必的牺牲干它做甚么呢？"

我以前也这样想过，但后来觉得不对，现在更觉得不对，现在更觉大错特错了。

中国国内的情形，到今日固然是纷乱极了，但决不至已经没有药吃。五代那时的局面，不是比现在更糟了吗？藩镇节度使的跋扈比之现在的巡阅使、督军还要高出几倍；民间所受痛苦，比现在也要深上几层：皇帝是完全没有权力，他的位置总是朝不保夕，所以仅仅五六十年，换了十多个皇帝，拿现在的情形比，那曹锟还是威风得多享福得多呢。我们生在那时，一定也要说时局乱到这个样子，实在没有办法了；然而仅仅一个平凡的宋太祖，经了陈桥一变，天下便太平了，杯酒之间，就能把许多节度使的兵权释除了。今日的中国，难道就没有了办法吗？我是不能相信的。

不错的，中国现在除了国内纷乱外，还有列强的压迫呢。但这也决不能使中国完全没有出路的。我们一看土耳其的情形，就能明白今日的中国不会没有办法的。土耳其是个回教国，他国土包有欧亚二洲，欧洲人因为它是和他们异种异教的国家，所以非常的嫉视它！他们以为欧洲是白种人的领域，现在黄种的土耳其也来占了一块地，这是不应该的，因而他们总是千方百计的要征服它逐出它。英国、法国、俄国都是层层的来压迫它。自从柏林会议的俄土战争，直到欧战以前的巴尔干战争，无非列强欲使土国藩属叛乱，境地削减，以逐渐完全逐之于欧洲以外；故挑唆播弄，使土国内政纷乱，外交失败，受尽了许多灾祸耻辱。因此，土耳其一般青年爱国的人，乘着德国的中欧政策和横贯中亚政策进行的时机，和德国携手结合，想借德国的扶助，脱离了英、法、俄三国的束缚。哪知欧战五年，德、奥、土的同盟军完全失败，土耳其不得不无条件的投降，战胜的协约国会议，便对土耳其大大的惩罚，把土耳其仅存的余地也四分五裂的占领了。即土耳其的京都地方和中央政府，也由列强来共同管理，事实上土耳其是个亡国了。我们中国虽说受列强多方压迫，但比土耳其究竟还好一些；我们说疆土日蹙，至少还有二十二行省是自己的，至土耳其的国土，那时只及我们湖南或湖北一省那样大了。土耳其人怎样了呢，他们就此放手了吗？就此看它灭亡了吗？他们的青年党，联合了爱国的军人，拥戴他们民族的英雄凯末尔将军做首领，在安哥拉组织了土耳其的国民政府。他们一方和俄国亲近，一方利用英法对土政策的冲突，经过了许多次的苦战，才打败了法国所教唆出面的希腊军队，退走了联合国的驻屯军，把土耳其的国土、土耳其的国魂完全恢复了转来。

土耳其和中国是出名的两个东亚病夫国，而土国的境遇，比中国实在还要危过几倍；然而土耳其终于复兴了，终于独立了。中国反倒没有办法吗？反倒没有希望吗？老实说，只要我们个个负责，人人努力起来，中国是不会没有希望的。

我们将怎样使中国有希望呢？我们将从何努力起来呢？那当然是不出（一）打倒国内军阀，（二）解除帝国主义的侵掠，二条路。但究竟怎样去打倒军阀，怎样去解除帝国主义者的侵掠呢？那是我们最该要注意的问题。

先说打倒军阀问题。我们要反对军阀，要打倒军阀，但军阀有兵力有枪炮，他要杀几个就杀几个，最近汉口青年工人的被杀，北京大学学生的被捉，就是个显例。我们既然一些实力也没有，如何能够打倒军阀呢！有人说，运动军队最是有效，以一个根深蒂固有二百六十多年历史的满清，仅仅武昌一举，各处军士都反戈相应，不半年而清廷倒，不是运动了军队的成绩吗？但不知今昔的情形不同了，那时一般军人都是汉人，他们受了那时最盛行的口号"不要帮满洲人杀中国人"而激动，良心容易发现，所以达了目的；现在的军阀呢，他们的兵士大都是同乡的关系，他们都是失业游民，当兵是为了糊口为了活命，你现在要运动他革命，他就以为要发生打碎饭碗活不成命的危险，他们就会认你乱党，当你敌人，立刻要把你捉杀了。故我们去运动军队，我说简直是送死。

但因此打倒军阀就没有办法了吗？不会的。

许多的兵士帮了一二个军阀拚死搏战，结果不过是使得一二个人发了大财升了大官，他们不但没有好处，连粮饷也时常拿不到手。兵是我们可怜的兄弟，他们为了几块钱一个月的粮饷，卖掉了身体，牺牲了一切，他们何尝是甘心为此。他们也有家庭，有兄弟，有妻子，在他们家人当中也有做农人、工人的，现在因为军阀阶级的存在，使一家人都受到痛苦，这又岂是他们所甘心的。我们现在做些什么事，他们完全不能理会。兵士的家里，看到我们的举动，只知道"你们帮孙中山打天下"，完全没有明白我们真正的好意。我们要打倒军阀，要倡言革命，我们先要想想中国人当中最是受到痛苦的，究竟是不是工人、农人。如果是不然，那革命就不会成功，因为革命的原动力已失去了。但在事实上，我们都晓得中国最受痛苦的，的的确确是农人和工人，内乱频盛他们死的是最多；苛税繁多，他们出的又最多；外货充斥，他们的生计又是最先受打击。不过他们所受痛苦的真情和程度，我们还是没有彻底的明白。现在我们要去研究他们的真实生活，考查他们究竟吃了多少苦，然后才能切实的和他们代谋补救的方法。我们要革命，要打倒军阀，都是为了增进工人、农人的幸福。他们一旦明白了我们的努力就是为了他们自己的幸福，他们岂有不来帮助我们的道理。你们不要到兵士那里去说话，犯不着做这种送死的笨事；

你们应当先到农人、工人的群众中去，你们要和他们亲近做他们的兄弟，研究他们的生活，考查他们的苦痛，指引他们的路向，使他们都明白痛苦的所由生，使他们相信中国今日非革命不可的道理，于是他们也成了革命的分子，你们有十万个人分散到农工群众中，竭力的向他们宣传，那你们的努力立刻可影响到兵士的身上。因为他们究竟也有良心的，他们那时耳闻目睹都是反对军阀的空气，他们一到了家里，他们的父母就立刻向他进劝诫说："我的儿子啊！你何苦帮了军阀，害得我们一家都受苦呢？"他们的弟兄一定哀恳的说："我的同胞手足啊！你去帮忙了军阀，弄得外国人的势力一天大一天，我们的生路都没有了。"他们的妻子更是真情地说："人家都在驾军阀，你为什么反而奋不顾身的帮他呢，你也得和一般的同胞和我们的子孙设想！我的亲人啊！"他们的邻舍朋友更是要告诉他，革了命不但大家有饭吃，就是连他们（兵士）自己的生活也会进步的。到了这个程度，所谓民众革命的时期就到了，那时候不是民起兵应，便是兵起民应。军阀有什么东西，他至多有一把手枪，但是他的四周确有千千万万的枪炮对着他，他还会不倒的吗？

自来民众的革命，没有不在很短的时期内成功的，辛亥之役不到半年工夫，满清便倒了；俄国的大革命，只有七天工夫；德国革命只有一夜。因为人人的心理都有了同样的倾向，事情没有不成功的。所以我们现在要希望革命早些成功，只有大家到农工群众中去宣传我们的意思。

讲到第二个问题，一般人总以为更难了。外国人有许多机关枪，他们的海军飞机都是吓得死人的，我们要反对，我们有什么办法呢？但是我说，你们是想错了。你们知道世界上究竟有多少国家呢？是不是只有一个两个呢？你们要晓得，世界上最强的头等国也有四五个，其次的不知有多少呢。他们中间常常你争我夺，闹个不了；法国和英国为了争欧洲的霸主，明争暗斗了已是好久；美国和日本，近来为了移民案，更是其势汹汹，大有决裂之势。土耳其的独立，就是利用了这种机会，英国要多得土国利益，法国就不服起来，他对土国说你尽可去反抗英国，有我来帮你，于是英国的势力终于赶走了，后来法国见土国有俄人的帮助，于是他也不得不把军队退出土境了。当俄国劳农政府初告成立的时候，各国都恨不得把他打倒，在西伯利亚，各列强都派军队驻屯，后因日本军暗中帮了俄国白党，美国就起反对，立刻撤回美兵，给日人一个警告，于是日本也不得不把自己的兵撤退了。列强自伙间的花样实在也多得很呢。所以我们就是把种种不平条约一张一张的都撕破了，外国人也不会真的打进来的。而且各国内部也有革命党和政府捣乱呢。俄国就是因此得救的。大家都晓得俄国是个社会主义的国家，世界上资本主义的国家个个都反对他，英国、法国的政府，前几年且要派兵去打他，但是他们国里的工人不答应，竭力反对政府，甚有以全体罢工相抵制，因而政府终于被工人征服了。现在的英国，自身的问题正多呢，爱尔兰天天想独立，印度、埃及又是千方百计的要脱离了他的束缚；日本呢，自从大地震以后国内的政潮起伏不定，朝鲜、台湾又是时常想谋乱。我们一方自己振作，一方和世界的被压迫民众联合起来向帝国主义共同作战；那我们的民族，必有达到完全独立之一日。

所以我们要打倒军阀，全在你们到民众队里去宣传你们的意思。

我们要抵拒帝国主义，只要我们有勇气，北京东交民巷的外交团，不过戴上了个鬼脸子专门吓吓中国人，我们不要去怕他。我们利用列强的分离，就一步一步的做过去。现在有很多很多的机会，我们快快努力啊！

原载 1924 年 6 月 29、30 日上海《民国日报》副刊《觉悟》

民治的教育 ①

　　民国以前的教育，专制的，压迫的，不能自主自治的：因为皇帝时代的主人翁，就是皇帝，不是人民，所以那时代的教育，只是叫人服从君主，君主的一言一动，不论他对与不对，都应该服从，都应该顺受，不应该稍有反抗，所以一般读书的人，都只知道忠君爱国，只知道有皇帝，不知道有自己，也不知道有民众。民国成立了，教育还是从前的教育，大家脑筋里的观念也还是错误，所以并没有知道自己是民国的主人翁，自己应该自主自治，自己应该为民众服务。十三年来国家的情势，没有改进，社会的程度，仍旧幼稚之极，就是因为这种错误观念没有改正的缘故。要改正这种错误观念，先要改正教育的主义，叫大家明白民国时代与皇帝时代的不同，皇帝时代的主人翁，就是皇帝，所以他的教育，要养成为皇帝做事，知道忠君爱国的道理民国时代与此大不相同，主人翁就是民众，所以要大家明白自己的地位，知道自己的责任。换句话说，民国时代的教育，应是"民治的教育"，分析开来，有下面两层：

一、自主自治的教育：

　　怎样使他们能自主自治呢？也有下面几层：

---

　　① 本文为恽代英演讲记录，笔记者周应星。

（一）独立思想

（二）独立行动

要养成独立思想，独立行动，先要使他勿受压抑，勿受阻止。从前的教育，儿童一有了独立的思想，一有了独立的行动，当教员的，就要压抑他，阻止他，说他不应该：其实儿童有儿童的事情，成人决不宜压抑他，也决不宜阻止他，他们到经验丰富了，自然也和成人一样，譬如走路，起初学步，总一蹶就跌，久而久之自然纯熟，自然能疾趋疾行。从前的教师，不明白这个道理，一味的压抑，一味的阻止，或一味的爱护，绝不肯循循善诱，使儿童的本能，发展到无限量；所以现在的一般人，办事能力不很丰富，遇有事情发生，不能措置裕如，就是这个缘故。实在讲起来，教师的职务，是在帮忙儿童，指示儿童，使儿童不发生大谬，不走入歧路，决不是压抑的，阻止的，替儿童走路的。所以做教师的人，应该时常考查他们，遇他们有能力不足，就应该帮他们的忙；遇他们有谬误，就应指示他们的误，使他们不致畏难，不致有大谬，不致入歧路为止。此外，就不应该再事过问，从前的教师，事事压抑，专事阻止，就是大大的谬误，这是我们现在应该注意的。

（三）使其自尊

（四）使其自信

有了独立的思想、独立的行动，还要叫他能自己尊重自己，自己信仰自己；不然，还是不行的。但是怎样叫他去自尊自信呢？那就要叫他知道自己是个人，从前的教师，不明白这个道理，只教他尊敬圣贤，尊敬师长，并不教他尊敬自己，只教他信仰圣贤，信仰师长，并不教他信仰自己，所以一个儿童，一读了几年书，就忘记了自己是个人。这种观念，实在是大谬特谬的。所以现在的教育界，应当视学生如朋友，并且如尊敬的朋友，切不可再有轻视的表示，因为儿童的自尊习惯，完全在被尊的环境里养成的，倘然他所处的境遇，完全是被轻视的，一遇谬误，责骂随之，怎么还能养成自尊自信的人呢？并且像从前的教育，学生并没有错误，教师有时也要加以责骂，以致学生看自己，并不是个主人翁，是奴隶；看见了教师，好像老鼠看见猫一般，所以造就出来的人才，都是奴性的，无办事能力的，现在的教育，不应该这样，应该使他自知为中国的主人翁，并且还要叫他了解中国的事情。所以教师平日的陶冶，就要叫他自己做事情，不依靠人家，有时有了错误，也不要即加责备，应当缓言劝慰，譬如某学生做错了事，教师就应当说："不要紧！不要紧！你的智慧很聪明，办事能力也很不差，不过稍微有些不对。"这样一来，他就高兴了，能勉力改过了，自己也不致轻视自己了。有时他的错误，竟致没法可想的，也要推求他的原因，看他究竟是家庭的关系，或是其他环境的关系，寻到了他的原因，就从原因上设法补救，那末他的教育，容易有效果，学生就有自尊自信的习惯了。现在的教员，对于这一层，也没有明白，往往要驾驭学生，其实这也是个大大的错误观念，因为驾驭两字，是用在牛马身上的，学生既非牛马，怎样可以驾驭呢？所以现在的教育，应当循循善诱，使未入轨道的学生，渐就轨道，变成自尊自信的人，这是办教育的人应当注意的！

（五）使其练习团体生活

共和国家是多数人组成的，所以个个人是主人翁，个个人应当办事，既然个个人办事，就个个人应当说话，个个人应当负责，并且还要虚心下人，遇有相左，亦不应即生意见。这是因为从前的学校，学生没有自治的组织，一有问题，就完全取决于教师，以致造就的学生，既没有办事的能力，更没有团体生活的习惯。将来出外应事，既不能应付裕如，并且意见横生，越弄越糟，这就是皇帝时代遗传下来的教育所造成的，因为这种学校的内部组织，既像专制时代的君主国家，那末教师、校长，就好像一个皇帝，学校中的一切事情，均由校长、教师专断，学生哪里再有办事的机会呢？办事的机会既少，办事的能力即无从养成，并且同学接触的机会一少，学生就在书本上做工夫，哪里再有练习团体生活的机会呢？所以现在的学校组织，应该像一个共和国家有立法、司法、行政等机关，使学生在这小国家里练习各种团体生活养成各种办事能力，将来到社会上，才能够尽主人翁的责任，不然，怎样能恰像主人翁的身分呢？

二、养成为民众服务的人

从前皇帝时代，皇帝就是一国的主人翁，所以那时的教育，只要使大家知道忠君报国，换句话说，就是只要使大家知道为皇帝服务，旁的像民众和社会的事情，可以完全不管；所以教育的要义，要叫大家明白君主有如何的威严，君主应如何的尊重，如何的敬仰，使大家对于君主，看得至尊无上，那才算尽教育的能事。现在却不能这样，因为主人翁已经换了，大多数的民众，就是民国的主人翁，所以现在的教育，应该叫大家为民众服务。但是要他们为民众服务，也有几层应该叫他们晓得的：

（一）使其尊敬民众

从前的人，有一种错误的观念，往往把士、农、工、商四民，看得有等级的，好像做士的人，应该尊敬的，做农、工、商的人，应该轻视的，其实士、农、工、商，何尝有尊卑贵贱之可分呢！并且士为民众养护的人，应该为民众帮助，而这一辈做士的人，非但未曾为民众帮助，而且反轻视这养护他的恩人，这又是什么道理呢？到了现在时代，与前不同了，从前是专制，现在是共和，专制时代，主权在君主一人，共和时代，主权在民众，所以现在大多数的民众，更无尊卑贵贱之可分，那么农、工、商各界，出了血汗换来的钱财，养护了我们，付托我们办教育，及其他各种事业，我们怎么可以不尽职呢？并且我们既由他们供养，那么他们简直就是我们的恩人，我们怎么还可以轻视他们而自以为高贵呢？然而现在一般读书的人，尚有这种错观念，所以有了知识，并未尝为民众办事，民众也并未尝得到他们的好处，而他们却自以为高人一等，遇有农、工、商等，冒犯了他，他就非骂不可，非严加责备不可，这实在大错而特错的。因为皇帝时代，读书人做的事情，是为皇帝，所以觉得高贵；现在读书人所做的事情，是为民众，民众是一律平等的，哪里还觉得尊贵呢！并且受了民众的养护，自己又是民众的一个，那么所做的事情，也是应尽的义务。所以我们对于民众，非但不应该再轻视他，并且要表示相当的尊敬，这是我们应当注意的一点！

（二）使其了解民众

其次，要叫大家明白农民、工人的情状。农民、工人的情状，同我们一样随时变迁的，我们从前读的，是二千年的老书，现在却不然了，读的多是东西洋的书籍了，情状不是大变吗？所以我们晓得现在农民的情状，也决不是以前农民的情状，现在工人的情状，也决不是以前工人的情状，应当想法子，了解他们，方才可以同他们办事。有人说："现在有许多学生，是农民、工人出身的，他们对于农民、工人的情状，已了如指掌，可以不必另外教育。"但要晓得他们所知道的，是个人的，一种社会的，非一般民众的，我们倘使不去特别教育他，训练他，将来怎么叫他们为民众办事呢？从前有许多学校，天天讲唐虞三代怎样盛怎样兴，却不讲近代的国势怎样衰怎样弱；外交怎样失败，内政怎样紊乱，更是学校里所讲不到的。所以学校里的学生，只知道唐虞三代如何如何，却不知道近代衰替的原因，至于上海的租界怎样，吴淞的商埠怎样，更是他们所不明白。这样对于社会不了解，将来怎么为民众办事呢？即使做了事情，又怎么会得合民意呢？所以现在办教育的人，要叫学生了解民众情状，也是应当注意的一点！

（三）使其愿为民众利益努力

民众的情状，既然了解了，就应该想法子，为民众帮忙。现在一般有钱的人，以为读书是为自己找饭吃，出洋回来，做大学教授，可以多赚几个钱，多有些名声，一般小学教师，也是这样想。所以他们以教育为谋生的职业，或为某家的孩子教书，目光不注在全民众的身上，以致平日的生涯，觉得枯燥乏味，好像做人家的奴隶一般。其实，这种观念，是大谬特谬的。做学生读书，是为民众，当教员教书，也是为民众，决不是为自己赚钱，也不是为某个孩子。譬如宝山的教师，他的事业，就是为宝山的民众，宝山的全社会，决不是为宝山某家的孩子，也决不是为自己赚钱，所赚的钱，不过为民众的酬报罢了。又有一般人，他们也知道为民众办事，但一经责骂，就生消极，这种观念，也是大错而特错的。因为做了事情，总有毁誉两面，在这时候，倘使自问良心，觉得并没有惭愧，而且所做的事情，实在是于民众有利的，那就誉我不足为荣，毁我更不应消极。因为做事本来是我们的本分，并不算热心，倘使一经挫折，就消极不做，岂不是忘了自己的本分么。这也不是共和国家的民众应有的观念，但是现在的读书人，都这样想法，都不明白这个道理，所以心里总情愿读书，不情愿做事。现在的中华民国，弄得这样糟，就是大多数的民众，不尽了本分所致，倘使不然，一个督军，一个师长，哪里敢弄权呢！一个吴佩孚，哪里敢专制蛮横呢！欧洲的福煦、海格，他们都立过很大的功，打过数次的胜仗，他们为什么不敢在欧洲横行无忌呢？这完全是民众强弱的关系，完全是民众有势力的关系。倘使欧洲的民众也像中国一样，恐怕他们也要专横呢！所以现在的教育界，除了使读书人尊敬了解民众外，还要教他们愿为民众利益努力，这也是我们应当注意的一点！

总之，中国十几年来，各种事情，一点没有进步，一点没有弄好，完全是这许多错观念弄坏了的，他们时常说："学生不应该干涉政治，不应该为民众办事"，所以造就出来的人才，都是"各人自扫门前雪，莫管他家瓦上霜"，置国家政治于不闻不问，以致大权旁落，为督军省长辈所播弄，所压抑。这种情形，实在遗害不少，所以我们万万不可再将这种教育，传给现在的一班读书人，以致遗害将来的主人翁。所以我们应当提倡"民治的教育"，以救济从前人贻下的祸根，开辟将来的幸福。

原载上海《民国日报》副刊《觉悟》，1924 年 8 月 28 日、29 日

怎样做一个宣传家？

　　我们不靠用手枪炸弹，打死一个阿猫阿狗，以改造世界；我们不靠像买彩票一样的送几个人到军队中间去，以便逐渐变成督军、师旅长的所谓实力派，以改造世界；我们不靠练几队精兵去打天下，学吴佩孚的武力统一，以改造世界。我们怎样改造世界呢？我们靠宣传的工作；靠一张嘴、一枝笔，宣传那些应当要求改造世界的人起来学我们一同改造世界。我们要宣传到使勇敢的人起来帮着我们宣传，我们要宣传到使怯弱的人都了解而赞助我们的主张，我们要宣传到一切被压迫的人们都联合起来，大多数向来为统治阶级作爪牙效奔走的人们都对于统治阶级倒戈相向，于是统治阶级便土崩瓦解的倒下来了！

　　怎样做一个宣传家呢？

　　第一，你要有一个坚强的信念　要相信只要你能说明理由，解释疑惑，群众一定能够接受你的宣传。为甚么你能这样相信呢？因为你要改造世界，不是你爱捣乱，亦不是你放弃要提出这些高远不必要的理想；你们因为群众受压迫痛苦太利害了，所以为群众求解放而作此种主张。为甚么自己亲受压迫痛苦的群众反会不赞成你的主张呢？他们所以不赞成，总不出两个原因，一是因为他们不明白自己的地位，一是因为他们不明白你主张的真相。这是很难怪他们的。统治阶级为要保障他自己的地位，设种种方法障蔽群众，使他们看不清自己的地位，更看不清自己地位的堕落与统治阶级之关系，他又为要使群众隔离你，对于你的主张，造出种种曲解的谣言，或消极破坏目为不可能的空论。这只要你能去同群众接近，把真的东西赤裸裸的指给他们看，他们自然易于恍悟。有时你不耐烦这样做，你看见这些被欺骗的群众说了几句不入耳的扫兴话，便以为这些人是天生的蠢牛，不愿意再去接近宣传，这却正中了统治阶级要使他们隔离你的诡计了。

第二，你要去宣传，须对于所要宣传的理论，自己先有充分的明了，而且对于一切反对理由要都能够答辩。倘若你自己都有些闹不清楚的地方，你怎样好去宣传人家呢？你在宣传的时候，不要避掉那些反对的理由，要自己提了出来，把那些反对理由自己充分的叙述出来，而且亦很诚恳的欢迎人家提出这种反对理由，然后加以指摘驳正，这最能使人加增注意力，而且为他们把疑团打破，最易使宣传生功效。你要避去人家怀疑的地方不加解释，任便你在别方面说得如何的天花乱坠，人家总要为了这一点疑团不肯接受你的话，所以你的宣传便收不了功效了。

第三，你对人家宣传的时候，要表示出来你自己很有把握的态度，但不可骄傲夸大，惹起被宣传人的反感。你既担负了宣传的责任，不要怯惧，无论你说得好与不好，胆子放大些，脸面放厚些，要表示从容不迫的样子。但你必须要谦和，对于被宣传人要有充分的好感，不要有一丝一毫藐视被宣传人，或自己刚愎武断的态度。你要像是一个来为他们的利益，告诉他们真的消息的人，你不是为你自己出风头，标榜你自己的学问见解，你只是很诚恳的将你所知道的告诉他们，而且答复他们的疑问，那便他们自然心悦诚服了。你宣传得有不合宜的地方，在工作中你可以自己研究改进，不要在宣传的时候预先胆怯；丑媳妇想要见公婆，只要大着胆子去，在去的时间想些最好的应付的方法，反比那样张皇狼狈要少闹许多笑话。

第四，你要注意在说话的时候，每一句清楚，每一个字清楚；不要说得太快，不要在一句话要说完的时候，把尾音吞在肚子里去了。你说话要注意少用任何听众不容易找的名词，不要因为要表示你的学问，引用许多"主观"、"客观"、"积极"、"消极"等要人思索推敲的话；须知道听的人若要去思索推敲这些名词，便要少听你的几句话，他便不能把你的话上下文接了下去，便感觉无味了。你要极力避去一切专门名词，用极普通易懂的话传述你的意思。在应注意的一句或几个字，你要特别着力的引起大家注意；但不要乱着力，亦不要一开口便太着力了，使以后在要引人注意的地方没有法子引人注意。

第五，你要知道被宣传人的生活，从他的生活中找你说话的材料，找那些可以证明你所说理由的例子，而且利用他生活中常要听见的土话或其他流行的术语说明你的意思。人都希望听些新奇的道理，最不喜欢人云亦云的话；然而这个新奇的道理，若不用眼前的语句与例证来解释，却不能使他声入心通，不能使他听了全身爽快，丝毫不怀疑的相信你。

第六，不要问是不是有人反对你，或者是不是有人不怀好意的提出了反对你的理由，你仍旧要很和平的然而很有把握的从他们所疑惑反对的地方加以解释。若是疑惑反对你的人所说的话有一部分理由，你应当先把那一部分理由摘出来表示你的同意. 若是还有些他自己没有说到的可以使他的话更有力的理由，你应当一并站在他的地位为他补充了出来；然后再很从容的指正他的错误的地方。我们用不着狡辞强辩或一切诡诈的方术，我们只要自己有一番研究，尽可应付一切反对的理论。反对的理论所以会为人所相信，或者在群众中间有时亦能迷惑群众的，总有他的若干理由；不要一笔抹煞，令说的人与群众都疑惑这只是你的偏见，你尽管把他的理由完全提出来，然后就他的破绽或他的前提的错误，加一番批驳。在群众还不曾相信你的时候，你的态度要和平一些，把你的理由很委婉然而很有力的说出来，滑稽的指出反对理由的错误；待到群众相信你的时候，你要完全打倒反对的理由，应当指出这种反对理由的错误，是无意的、有时甚至是有意的帮助统治阶级欺骗群众的，对于那些显然的邪说，应当要求大家排斥拒绝他。在答复反对理由的时候，自然有时能用和平的态度，连反对者都可以使他接受你的宣传是最好的；但若遇见那种有意帮统治阶级说话，或遇见顽固偏见的人，在群众相信之后，还要严厉的驳斥他，这不是为要侮辱他，是因为要群众的观念更确定而清楚的原故。

原载《中国青年》第 84 期，1925 年 7 月 25 日

组织群众与煽动群众 [①]

今天讲的是要说明我们应怎样唤起大的群众，到了有大的群众运动已经起来之时，我们应又怎样的去继续维持他的进行。

要讲这个题目，我们先要认清群众运动的重要，群众是我们革命的基础，革命运动的成败，完全要看群众运动的基础如何。我们说某某人为伟大的领袖，就是说他是能够领导群众的领袖；比如我们说，总理是伟大的领袖，便是说他的主义能够领导几十万的群众，一切的民众都跟他所指示的道路前进。若是一个人没有群众，决不配称为领袖，为什么呢？第一，没有群众，我们便造不起很浓厚的革命空气，比方在五卅以后，全国都市的地方，甚至于穷乡僻壤，都充满了反帝国主义的空气，没有一个人敢反对打倒帝国主义的口号。若是没有五卅运动反帝国主义的空气，决不会能够这样普遍的。在群众革命空气不高的地方，就是有武力，兵士也不会有勇气为一种主张作战的。兵士虽然受过政治训练，若是他们的周围没有很浓厚的革命空气，他们是不能提起勇气的。第二，没有群众，我们便不能胜过敌人的一切压迫，只有合群众的力量去应付，方才是有把握的事。现在一般反动份子，不但用武力来压迫我们，并且会用舆论来压迫我们，如他们所鼓

---

① 本文为恽代英在国民革命军总政治部特别训练班的讲演，曾作为国民革命军总司令部政治部丛书第二十六种印行。

吹的反赤论调然。而我们有了群众，这种压迫也是没有用的，因为群众自然可以看得清楚我们是真正为群众的利益奋斗的，自然可以有真正的舆论压倒他们。但是我们若没有群众，这种舆论的压迫便十分可怕，他们的反宣传，可以动摇我们的基础，使我们自己的人发生出怀疑或分裂等现象，到那时便令我们有武力，亦会自己崩溃下来的。我们懂得这两层道理，便懂得群众运动必须特别视为重要，有武装实力的人，亦不容有一点忽视群众运动，不然，便一定要失败的。

群众运动不是随便可以号召起来的，比较有价值的群众运动，更不是我们凭空可以希望产生出来的。要想号召群众运动，必须五个先决条件：

（一）群众须有普遍要求，因为一定要群众中各方面的人有了普遍的要求，才能造成极伟大的群众运动。若为了一个人或一部分人之利益和要求，便不能得着别人或别一部分的人热烈的同情，所以便不能造成很大的群众运动。五卅运动之发生，因为一方是利用上海工人、商人、学生共同感觉上海公共租界工部局的压迫，一方亦利用中国多数的人都感觉受帝国主义压迫，所以才有这次极伟大的反帝国主义的民族革命运动。

（二）须有相当的宣传工夫，要造成群众普遍的要求，相当的宣传工夫是不可少的。比方五卅运动所以能起来而且能轰动全国，便是因为全国已经有了两三年反帝国主义的宣传，尤其是在上海，因为新书报购买之容易，与国民党和工会的宣传，已经深入学生、工人群众中间，所以受革命运动的影响更大，五卅运动，便从上海发生起来。

（三）须使党的组织比较能深入群众，具体的说，便是要我们党的区分部在各工厂各学校中都有组织。当一个运动发生的时候，各处（或者大多数处所）都有我们同志去活动，这样，一方可以使群众运动受党的统一的指挥，以免步伐凌乱，一方可以使党的意志借各机关中党的组织的努力，使每个党员在群众中间实现出来。如五四运动的结果不好，便是由于彼时没有党的组织去指导群众运动的原故。

（四）须党的纪律比较的好，若没有好的纪律，就不能使每个党员都服从党的命令去指挥群众运动。所以党的纪律要严，要使党员都能依照党的意思到群众中间去活动，才能实现党在群众运动中的功用。

（五）须党员有相当的训练。群众运动起来的时候，在敌人与群众自身都是时时刻刻会发生出各种麻烦问题，须要善于应付的。党员必须是一个有战斗力的人员，而且必须有相当的战斗经验，便是说必须有实际工作的经验；若是不然，一定不能应付得合当的。

以上五个先决条件，前两件就是说，要群众有共同的要求和相当的宣传，这是很重要的。没有这两个条件，决唤不起任何群众运动。但是后三件也很重要，没有后三件，要想使群众运动能得着有价值的发展，亦是不可能的。

现在再说我们怎样去煽动群众，譬如去岁五卅运动以前五月二十七、二十八等日，上海是无声无浪，空气沉寂得很的。我们怎样能引起群众都起来参加反帝国主义运动呢？我们要煽动群众，必须注意下列四个条件：

（一）要了解并利用群众的普遍急切之要求　群众没有普遍与急切的要求，是不能煽动群众的。五卅运动的起来，便是因为上海工人罢工，日本资本家不许别人帮助工人，想强硬的将工潮压迫下去！学生帮助了工人，被巡捕房拘捕起来，亦没有方法交涉解决；同时商人也因帝国主义的工部局决定六月二日通过印刷附律、增加码头捐、筑路、交易所注册等案，感觉帝国主义对于他们肆无忌惮的压迫与剥削，所以上海的工人、学生、商人那时候有个普遍急切的要求，便是怎样免除帝国主义的淫威。他们都要反对外国势力的压迫。在五月三十日左右，工人的罢工快要失败了，商人亦眼看见六月二日即刻便要来了，学生被捕的日益加多，亦束手毫无办法。这时候有人能够了解了群众普遍急切的要求，便能够唤起一个在中国民族革命运动史上最有光荣的反帝国主义的民族革命运动。再说俄国在一九一七年十月革命时，农民土地的问题没有解决，同时与德国战争，使一般人民妻离子散，死于战场者很多，刚刚又遇见全国饥荒，许多人没有面包吃，俄国的革命党即提出了土地、和平、面包的口号，因为他们看出这是全俄民众普遍急切的要求，所以亦获得了大多数民众的参加，俄国革命也便迅速的成功了。

（二）要有简单明了的口号　辛亥革命的口号是排满，俄国革命的口号是土地、和平、面包，这都是很简单明了的。我们说打倒帝国主义，这个口号是用以教育群众的，是平常宣传的，因为这是最正确告诉大家革命的对象；但是若到了要煽动群众时，我们有时还需要提出更能唤得起群众即刻有所行动的口号，便是说更简单明了、使民众易于了解接受的口号。如五卅运动时，我们的口号是"上海是中国人的上海，中国人不能受外国人的压制。"这都是上海各界民众心里的话，所以大得着各界的同情。我们的深挚的意思，要用极浅显的意思表明出来，才易得着人民的同情。

（三）要有紧急出人意外的行动　我们要煽动群众，要做事很迅速，能迅速到出人意料之外最好，因为这样，既免得统治阶级知道了而加以防备，亦可以免得反动派从中破坏捣乱，同时顺群众热血高涨之时，激动他们，亦免得他们经过许久时间，反转犹豫不定起来，或甚至因恐惧而退缩，以减少了群众运动的力量，或至根本消灭了下去。如五卅运动是在二十八日决定，二十九一天便有许多人到各学校演讲，以鼓荡各校学生，到三十日趁一股热血高涨无论何人压迫不下去的时候，便将大家引出来了，这是何等紧急的行动。而且五卅之时，学生出来都到租界上演讲，这是八十年以来所没有的。这种行动，引起中外人都觉得非常奇怪，租界上的市民更感受了一种莫明其妙的刺激，所以这次运动便很容易扩大起来了。再北京之首都革命，开会的目的与地点时间是在开会前三小时才在各校用大字揭示出来的，这亦是紧急出人意外的行动，他很引起群众好奇的注意。凡一种群众运动，行动越迅速越可以使群众热烈的前进，越能接二连三继续不断的提高空气，鼓动群众，便越容易扩大这个运动。

我们说：中国人是五分钟的热心，其实不但中国人是五分钟的热心，人类都只有五分钟热心的。我们只要能善用这五分钟的热心，让他们这一刹那的热心去摧坚陷锐，亦便可以使无坚不摧，无锐不陷了。

（四）要有党的一致动员 在我们已经决定要唤起一个大的群众运动时，党要下一个一致动员令，要能够使全体党员都活动起来，都到群众中去活动，去领导群众依照党的意思去宣传鼓吹，把各方的人，将他们都引出来。如五卅运动时，上海各学校的党员很少，但出来演讲的学生很多，便因为那时党员能在学校里面活动，能在学校里面造出很浓厚的革命空气，所以能使每个学生都趋向而且勇于参加这一次运动。这是党员能够一致活动的好处。革命本不专靠党员，一定要靠各种群众，但必须能命令党员于紧急时间一致的到群众中间去，领导群众，以实现党的计划。

其次我们再说组织群众应注意的地方，我们的意思便是说，在群众已经起来之时，我们应如何组织之，使在我们领导之下继续去奋斗。要组织群众，有下列几点要注意的地方：

（一）党团的组织是很重要的 党团必须有各方面都负责的同志，能获得各方面的消息，到党团中报告，这样使党的负责人并各方面同志均能知道了各方面的消息，才可以根据这种材料，决定而且解释党的策略，使同志到各方面依此策略去努力。学生会中要有学生会的党团，工会中要有工会的党团，还应当有联合各方面的党团，做党对各方面搜集材料、指导进行的总机关，所以党团是很重的。没有党团，党不能容易给合当的指导于党员，而且党不能了解各方面客观的情形，党所决定的政策亦一定是空想，不合实际需要的。

（二）要同各派分子共同合作去奋斗　我们有了党团，并不是要包办群众运动。一个伟大的群众运动，是任何党派所不能而且亦不应当包办的，我们一定要同各种各色的人合作。各种各色的群众的智识是不一致的，他们的经济地位也各不相同，如果我们只顾自己的意思去包办，别的群众就会离开我们。我们可以说他们的思想比较落后，是比较富于妥协性的，但若我们就不理他们，不与他们设法合作，以引进他们，不久他们就会被反革命的势力勾引去了。自然与各种各色群众合作不是一件很容易的事，他们思想上、生活上，都是常常彼此冲突的，但我们总要想方法把他们拉拢，把各种工作分配得很妥当，只要他不破坏革命的前途，就是比较反动分子亦要给一点工作使他做。有些反动分子根本便没有群众理会他们的，我们亦自然可以不管他。不过我们总要能了解各派的种种情节，那一派在群众中是比较重要的，那一派是较次一点儿，我们要看得清清楚楚，更使各派分子都各得其所，才不至于惹出一些无味的麻烦来。有一般爱出风头的人，是必须审慎处置的，最好是在事先不要随便予以很重要的位置，使他尝了出风头的味道，越发增长了要出风头的欲望。我们要把一个人安放到什么地方，最好是斟酌各方情形，总以能不引起反感，而同时又能使他不致害了团体的事。若对一个人的位置安放错了，到他反动的时候，那就很要费力了。我这所说并不是我们有甚么阴谋的手段，这都是为了革命的工作是必须这样做的。而且即是诡计，我们对待这些人也是好心，我们能安置他们得好，他们幸而不致闹到反动地位，我们亦没有什么对不起他们的地方。

（三）要利用机会公开的训练群众　我们在群众大会里不要争论什么小的事情，一切小的事情，都要预先由委员会讨论清楚，到大会中能迅速解决最好。我们要利用大会的机会来训练群众，在大会里多做有意义的报告。如五卅运动中有许多教会学生都出来了，这是我们宣传打倒帝国主义的好机会，我们应当随时将各方面搜集得来的帝国主义的罪恶阴谋，在开会时根据事实作有系统的报告，这比任何不相干的问题是容易得着群众欢迎的。在此时亦便可借此给教会学生一种好的训练。大会中的报告，时间不要太久，要简单有条理，使群众易于明晰。

根据这种报告，提出各种意见，群众自然不期然而然的接受我们的宣传了。我们对他们说，帝国主义怎样，军阀怎样，所以我们应该怎样，若有人反对我们的话，我们应该态度和蔼的详详细细去解释，结果只望他们又给了我们一个宣传的机会，使群众更能了解我们的理由。我们的态度既和蔼，当然人家不能反对。万一还有捣乱分子从中捣乱，那末不待你骂，群众自然就会骂他了。

我们不但要注意利用学生会、工会向各校各厂代表宣传，并且要学生会发告学生的传单，利用工会发告工人的传单，要学生会派人到各校去，对学生群众作报告，要工会派人到工会中去，对工人群众做报告。我们同志现在亦知道利用学生会、工会作我们的宣传，不过我们的传单宣传品，每易陷空泛、似乎无的放矢之弊。我们要使传单宣传品发到群众中间去。学生会、工会不但注意对一般国民发传单宣传品，特别要注意在学生、工人群众中发传单宣传品，用这去训练一般学生、工人群众。

（四）注意扑灭反动派破坏的阴谋　反动派有两种，一种是帝国主义的走狗（如五卅时出的人），一种是妥协派（如国家主义者、孤军社）。反动派他们常常宣传说，学生会被某一派某一地的学生包办了，工会被那一派操纵了。他们制造并分布谣言，这是他们常常破坏我们的手段，如果学生会做错了两件事，他们就更可以大大的宣传起来，使一般群众或不知其用意，或亦因自己认了学生会的错误，亦便随声附和。结果中了他们的计，学生会内部受他的影响，便会发生各种纠纷了。反革命派总是日日设法来分裂革命势力的联合，他们吹毛求疵，以事攻击。他们若找到了我们一点错处，他们便宣传得十倍百倍的大。如我们交朋友不慎，自己有点浪漫，对于事情有点不认真，他们便会大吹大擂以作攻击的材料，使你减少在群众中之信仰；此时有些自命不偏不党的好人，每每也要出来说你几句空话，于是群众对于你的信仰更加动摇了。所以我们应该注意自己的党和个人，不要把甚么话给人家说，亦不要随便跟着人家说革命团体或个人的坏话，要使反动派无所施其技俩，那便我们不致中人破坏的奸计了。

（五）我们要随时注意联络群众左倾分子，要拉拢一切右倾分子，不要使他离开了我们。这样，他们就可以在群众中帮我们解释宣传，使一般人明了我们的态度，大家都比较左倾些。有些同志自己犯了过于左倾的幼稚毛病，对于比较左倾的分子，轻易为他们小小缺点，用不好的态度或冷淡的态度对付他们，使他们因而亦不愿帮助我们，甚至于有时还要反对我们，这是很重大的损失。我们要训练我们自己不要太左了，左得离开了群众。脱离了群众，就不是革命党员，并且所做的是反革命的事情，何况是脱离了左派的群众呢？我们应当不要弄出这种错误，失掉了一切可以得着的许多帮助，而且反转在工作上生出来了许多障碍。以上所说是我关于煽动群众与组织群众的意见，诸位不久要到群众中去的，能够参考对我所说的意见和方法去努力，而且能从工作中去找求经验，一定还会发现其他更好的方法，都是不消说的。

恽代英讲演，策明、叶平笔记，1926 年

秀才造反论

"秀才造反，三年不成。"

为甚么秀才造反，三年不成呢？

因为他们是属于小资产阶级性的智识分子，他们怯懦、狡猾，或富于领袖欲、忌妒心。若专靠他们去进行革命事业，革命事业每每是被他们的互相猜疑、倾轧、好奇立异所牺牲破坏的。所以我们主张革命的主要力量应属于农工阶级；智识分子参加革命事业，应当极力抛弃其小资产阶级性，极力求自身的无产阶级化。

若是专靠秀才们去进行革命事业，一定会发生下列的弊病！

（一）他们空话多而实际行动少。读书的先生们都是会说大话的超等名角，他们平常在文字语言之间，甚么"肝脑涂地""热血无处洒"等像煞有介事的话头，是最说得响亮的。不过到了甚么实际行动，到了要与反动势力直接搏斗，亦许要中流弹，挨拳头，或别样丧失面子的事情，他们便退缩不前了。他们最巧妙脱卸责任的话，便是"我们认为我们这种（宣传教育）工作还未十分做到，所以不可操切，不可妄动，以徒苦我国民。"（见《醒狮》六十二号）这种话便是一般腐败校长、教职员禁止学生做爱国运动时说的，亦便是一般腐败官僚禁止人民做爱国运动时说的，亦便是一般虚伪的国家主义者自己不实际参加爱国运动时说的。因为他们都是秀才，所以都是这样一鼻孔出气。

（二）他们有时能有一点浪漫的行动，然而很不容易有纪律的行动。秀才还是有些富于感情作用的，他们有时看见坏事就会暴躁如雷，要用手枪炸弹对付敌人（《学生杂志》中幼稚的作者与李璜博士都有这种论调，虽然没有那个有胆量自己去干）；但是，这完全是五分钟的冲动，想到甚么便说到甚么做得甚么的。倘若我们指出他们这种办法于事没有实益，劝他们要加入有纪律的革命党，像军队一样的努力革命事业，他们便要拱手说："你们诸位的热心与你们贵党的宗旨，是我很佩服的，不过我吃不来你们那样严格的纪律，而且还有我的'个性'以及我的甚么甚么的关系，我只好站在党外同你们一块儿做事。"自然这是最诚朴无欺的秀才才说话这样老实；若是狡猾一点的，他还不肯说他自己吃不来纪律，他要想出许多别的花头，做他不入党的借口，例如说："你们是很好的，但是你们党里还有些分子（亦许一万人中只有一个）品行很不好"；或者说，"我很赞成你们的主张，不过人家说你们拿了俄国的金卢布，而且俄国人占据了外蒙与广州（自然这位先生只生了两只耳朵听谣言，他的眼睛生来便是不管事的）。"他们说了这些话，于是便自觉很有理由的不加入一个革命党，一点亦不觉有甚么惭愧了。

（三）他们有时也做一点不大得罪人的事情，若是要得罪许多人来干甚么革命事业，他们便不愿干，因此他们便造作许多理由，而努力造成革命运动中右派的思想。前几年过激派提倡打倒帝国主义的思想，他们除了在洋行、外国工厂、官署做事的人以外，本来乐得赞成的；然而他们还是不敢公然表示态度，生怕帝国主义和他的走狗要为难他们，所以只是站在旁边看这些不知死活的过激派为中国撞一条出路。那时候"风起云涌的国家主义团体"还不曾听见一点声响，"醒狮"亦还不曾睁开乳眼，那时"醒狮"纵然真正醒了过来都要假马儿闭上眼睛，装作还在睡的样子，所以左舜生君在《前锋》上做了一篇骂留美学生的文都要署个 TSO 的假名。等到打倒帝国主义的声浪唱高了，于是"醒狮"亦醒了，国家主义团体亦"风起云涌"起来了，懿欤休哉，据说共产党一向还是跟着"醒狮"跑的；若不是"醒狮"在民国十三年双十节出了世，共产党在民国十一二年还没有人引他走路呢！但是虽然这样"懿欤休哉"，他们的胆小怕得罪人的天性，仍然与从前一样的。他们现在虽然亦讲甚么"外抗强权，内除国贼"，然而离帝国主义军阀远远的站着，说些不痛不痒的话，为帝国主义、军阀们"小骂大帮忙"。至是国内学者名流造了甚么罪恶，本国地主、资本家有甚么压迫人家的事，他们以为最好是不要提起。他们本来不敢反抗帝国主义，然而有一天拿着了反抗帝国主义这一句话，居然又用以为掩饰他们不敢反抗国内特权阶级的借口。他们说，要反对学者名流是减轻对外力量，要反对地主、资本家是挑拨阶级恶感——无论有何正当而且必要的理由。他们明明看见上海总商会不肯与工、商、学界合作，但他们相信工、商、学界应与总商会取一致的态度；他们明明看见上海资本家用各种方法欺骗压迫工人（如不履行罢工条约及其他虐待），但他们相信工人应当与资本家协调。有了一句反抗帝国主义的话，于是本国特权阶级大可以无恶不作，横竖有《现代评论》《醒狮》等爱国之士为他们保镖，替他们骂那些反抗他们的人。本来这些秀才亦有他们的苦衷，他们都是穿长衫的，而且是体面的世家的子弟，一般学者名流、资本家、地主或是他们的亲戚长辈，或多少与他们有些关系，有时他们自己的生活还要倚靠这一般人。他们如何敢惹到这一般人身上来呢？他们并不是不知道这一般人造了许多罪恶，而且甚至于明明知道这一般人是不革命而且妨害革命运动的，但他们只有两个办法，一个办法是做些眼泪鼻涕满纸的劝世文，希望这一般人讲一点"仁慈"，受一点"感化"，让他们好借此有一点理由禁止人家反抗这一般人（如戴季陶、陈畏垒、李璜卿等）；还有一个办法，是不问三七二十一把那反抗这些一般人的人，硬咬他们是赤色帝国主义的走狗，或者还想些甚么可以吓糊涂人的罪名加在他们的头上，以免他们的思想传播得滋蔓难图（如"醒狮"诸君）。他们这种做法，在我们看起来，明明是为了要保障一般不革命而且妨害革命运动的人的利益，损害一般需要反抗帝国主义的农工的组织力与觉悟程度，但他们可以完全不问这些事。因为他们本不像共产党一样不知死活的一定要反抗帝国主义，他们本可以不反抗帝国主义的。要是他们能压倒农工阶级的兴起，或者甚至能打倒这些努力得使他们于相形之下很难堪的共产党，那时帮着帝国主义恢复巩固了在中国的势力，"醒狮"还是可以再去睡一觉的，风起云涌的国家主义团体还是可以不"风起云涌"的，至于戴季陶先生更可以发表一篇脱卸一切责任的宣言，躲在湖州去养病著书。梁启超等像这样帮助了袁世凯、段祺瑞几多次，他们每次于国民党势力强盛时，便去帮北洋军阀"即位"；以后，梁启超等便又登启事去著书讲学了。秀才们口里说革命，实际是帮助反动势力，研究系等秀才是这样的；戴季陶派、好人政府派、国家主义派等秀才，亦是这样的。

（四）他们在革命运动高潮之下，既不敢像革命的左派那样猛进，又不愿受左派之指导，他们为要妨害左派势力的发展，而且为自己要做领袖"不受人家利用"，便曾用种种方法做成与左派相争的右派势力。所以现在醒狮派啊！独立青年党啊！社会民主党啊！新社会民主党啊！西山会议所"本店制造"的中国国民党啊！一定还有的，还要"风起云涌"的，无论有党员没有党员，这些党是要一天天多起来的。但是造得成一个甚么革命的右派吗？不可能的。他们不但不愿受左派指导怕受左派"利用"，他们彼此之间，亦不愿受指导而怕他人"利用"，所以他们是很不容易统一的。他们只有一个共同点，便是讨厌忌妒共产党与国民党左派，但这不能使他们归于一致。他们各人都相信只有自己配领导别人，或者更说爽快些，只有自己配"利用"别人，所以他们各人有各人的意见与权利关系。他们可以因为忌妒共产党而来想个甚么花头，自己组织一个党派，但是他们这个党派很不容易组织起来。有的人做出高不可攀的样子，希望组织党派的时候，他一定可以做一总理；但有些人采取了他的主义的名目，却标出许多小小不同的意见，先自己创一小派，去尝尝中央执行委员的滋味去了。有的人做出鞠躬尽瘁的样子，希望组织党派的时候，他一定可以得一个月薪若干元的位置；但一天只要位置分赃不匀，便去借一句甚么理由，登报脱离关系了。而且这些秀才先生们不但自己要得位置地位，他们各人还要扶植各人的党羽，便在同一党内，都要使自己有一派势力，可以压倒别派。所以他们在组党以后，还是要大家钩心斗角的在党部以内安置自己的人，扩张自己的势力，于是引起彼此间的互相猜忌，又拿出甚么理由，发生出党的分化。秀才先生们自己不知道自己的性格本来天生便是这样，还要以为这些互相猜忌是甚么人在中间挑拨离间所使然，真是笑话极了。这种党的分化，不一定不是好事，有时亦可以分出一派左倾的人，能够注意接近取得农民、工人的力量，以建筑革命势力的真实基础。不过又另有一派可怜的秀才，像戴季陶先生等，既不敢自居右派，又无力打击右派，而同时又不愿到左派中间去，于是造出不左不右的学说来。结果呢！左派是反对这种话的，右派却拿这来用为攻击左派的材料，尽量利用以求达他们自己的目的。若是这个秀才想要出来申明他的本意呢，右派却不像左派对他们文明，他们赳赳武夫，最出色的行头是打架绑票，真是"秀才遇了兵，有理讲不清"啊！戴季陶派！咳！可怜！不过是反革命派的玩具罢了，被人家强奸了还不敢哼一声呢！这样的一些秀才先生们，造起反来便三十年亦不会成功的，岂但三年不成？

秀才先生是会说的，尤其是会"造"理论的，若是把革命事业专靠他们，越说得多便越做得少，理论越多派别越纷歧（实际还是派别越纷歧，所以理论越多，因为理论是因为要分派别才造出来的）；这样下去是永远不能成功革命的。所以我们反对"士大夫救国论"，相信只有无产阶级能够领导各阶级从事国民革命。

原载《中国青年》第 109 期，1926 年 1 月 9 日

诗　歌

赠夏长青诗二首①

一

闻道人间事，由来似弈棋。
本是同浮载，何用逐雄雌？
鬼垢千金子，人窥五色旗。
四方瞻瞅瞅，犹复苦争持。

二

每作伤心语，狂书字尽斜。
杜鹃空有泪，鸿雁已无家，
浩劫悲猿鹤，荒村绝稻麻。
转旋男儿事，吾党岂匏瓜？

1919 年 8 月

---

① 夏长青(1896—1979)，学名夏维海，湖北汉阳人。恽代英在中大预科同班同学。

时代的囚徒

囚徒，时代的囚徒，
我们，并不犯罪，
我们，都从火线上捕来，
从那阶级斗争的火线上捕来。
囚徒，不是囚徒，
是俘虏！

凭它怎么样虐待，
热血仍旧是在沸腾！
蚊蝇和蚤虱，
黄饭和枯菜，
瘦得了我们的肉，
瘦不了我们的骨！

囚徒，时代的囚徒，
我们并不犯罪，
我们都从火线上捕来，
从那阶级斗争的火线上捕来。

囚徒，不是囚徒，
是俘虏！

我们并不怕死，
胜利就在我们眼前！
铁壁和铜墙，
手铐和脚镣，
锁得住我们的身，
锁不住我们的心！

1930 年

狱中诗

浪迹江湖忆旧游，
故人生死各千秋，
已摈忧患寻常事，
留得豪情作楚囚。

1930 年